ALTRO CHE FANFICTION

CHRIS COLFER

ALTRO CHE FANFICTION

Traduzione di Tommaso Varvello

Rizzoli

Titolo originale: STRANGER THAN FANFICTION

Pubblicato per la prima volta negli Stati Uniti
da Little, Brown and Company
una divisione di Hachette Book Group, Inc.
1290 Avenue of the Americas, New York, NY 10104

La presente edizione è pubblicata in accordo
con Little, Brown and Company
New York, New York, USA

Prima edizione Narrativa ottobre 2017

ISBN 978-88-17-09645-4

Realizzazione editoriale: NetPhilo, Milano

Ad Ashley,
sei la migliore amica che si possa desiderare.
Visto che hai una memoria molto migliore
della mia, è compito tuo ricordarmi quali
parti di questo libro sono successe davvero.

Capitolo uno

RICHIAMO ALLA CONVENTION

Non sarebbe stata la WizCon se qualcuno non fosse stato calpestato. Era così che la pensavano i dipendenti del Santa Clara Convention Center. Il successo dell'evento annuale non veniva misurato in base al numero degli ingressi (era scontato che fosse tutto esaurito), ma da quello degli infortuni che causava la folla entusiasta. Per fortuna gli incidenti della WizCon non erano mai gravi, anche se i visitatori erano così eccitati da diventare un pericolo per se stessi e per quelli che avevano intorno. Insomma, più incidenti accadevano e più gli organizzatori dell'evento erano sicuri di aver fatto bene il proprio lavoro.

Fuori dall'entrata, i primi arrivati premevano contro le porte di vetro, frementi d'impazienza: lo staff della convention era convinto che la WizCon 2017 avrebbe infranto tutti i record.

«Sono le dodici e un minuto!» esclamò un ragazzino vestito da alieno grigio. «Dovevate aprire a mezzogiorno!»

«Dai, sono ore che aspettiamo!» disse una signora anziana travestita da Maria Antonietta senza testa.

«Alcuni di noi sono qui da ieri!» aggiunse una ragazzina assonnata, che faceva parte di un gruppo in cui tutti indossavano tute da dinosauro.

Il centro congressi era circondato da una massa gigantesca di figure storiche, specie ormai estinte e creature extraterrestri. Era una vista spaventosa per chiunque passasse lì vicino, ma quella folla era molto più innocua di quanto i costumi non dessero a vedere.

Tutte quelle persone erano riunite alla WizCon perché fan di una serie televisiva di successo di nome *Wiz Kids*. Era un telefilm di azione/avventura su un trio di giovani geni che viaggiavano nel tempo e nello spazio grazie a un'invenzione fantastica costruita all'interno di un bagno chimico.

Come è facile immaginare, al suo debutto la serie era stata bastonata dalla critica, neanche fosse una pignatta. Le recensioni erano una più aggressiva dell'altra e tutte sembravano soffermarsi sulla "trama ridicola". I giornalisti provavano gusto nel fare a pezzi la serie, tanto che facevano a gara a chi la odiava di più. Ma le stroncature procuravano a *Wiz Kids* sempre più attenzione. La gente la guardava per rendersi conto di quanto fosse ridicola, ma molti finirono per non trovarla così terribile come previsto. Il grande pubblico si affezionò all'assurdità della serie e si trovò in sintonia con il suo spirito da derelitti, e ben presto lo show diventò un fenomeno mondiale.

Non era certo Shakespeare, ma d'altra parte in un certo senso la sua fortuna era proprio *di non essere Shakespeare.*

Quasi da un giorno all'altro, il cast di ragazzini diventò famoso in moltissime case d'America. I loro volti si ritrovarono impressi su magliette, scatole per il pranzo, lenzuola e diversi prodotti da bagno, e le loro vite diventarono materiale scottante per i tabloid.

Nove stagioni dopo, il pubblico di *Wiz Kids* era più vasto e appassionato che mai. I fan, che si facevano chiamare "Wizzer", dominavano internet con più hashtag, discussioni, forum e fanfiction di ogni altro show televisivo. E come un pellegrinaggio religioso, ogni anno il quarto weekend di giugno i Wizzer di tutto il mondo andavano a Santa Clara, in California, per festeggiare lo show tutti insieme durante la sacra convention di *Wiz Kids.*

«Sono le dodici e cinque!» esclamò la madre di tre gemelli vestiti da soldati dell'antica Roma. «Aprite le porte!»

«Fateci entrare! Si muore di caldo qui fuori!» aggiunse un uomo vestito da capo a piedi come una lumaca marziana.

«Mi si stanno sciogliendo i baffi!» gridò una ragazzina vestita da Edgar Allan Poe (o almeno così sperava la gente).

Finalmente alle dodici e dieci le porte si aprirono e una folla di creature aliene, personaggi famosi defunti e grossi rettili prese d'assalto il centro congressi: *la WizCon 2017 era cominciata!* Gli addetti alla sicurezza guidavano con cautela la fiumana euforica come fossero alle prese con un gregge di pecore esplosive. I medici erano pronti con le barelle. Gli altri impiegati del centro congressi scommettevano su quali visitatori fossero i più propensi a collassare.

I primi Wizzer che entrarono si misero a correre fino alla sala, dove nel pomeriggio si sarebbe tenuto l'incontro con il cast e il team di creativi di *Wiz Kids*. Solamente le prime seicento persone avrebbero potuto sedersi, i più sfortunati sarebbero stati costretti a guardare l'evento trasmesso su un grande schermo in un'altra sala.

Animati dal disperato desiderio di vedere i loro attori preferiti in carne e ossa, i teenager si lanciarono a tutta velocità per i corridoi, abbattendo bancarelle di costosi souvenir e anziani visitatori che si trovavano sulla loro strada. Varcarono le porte della sala e corsero ad accaparrarsi un posto a sedere, e appena qualche minuto più tardi tutte le poltrone erano state occupate da centinaia di ragazzi impazienti. Sguardi di compassione venivano lanciati verso le anime sfortunate che erano rimaste senza un posto, come fossero passeggeri di terza classe del *Titanic*.

Nessuno dei Wizzer lì presenti riusciva a stare fermo, aspettando che l'incontro cominciasse. La sala si agitava e si muoveva come se tutti i presenti avessero un tremendo bisogno di andare in bagno. L'attesa era soffocante, e alcuni dovettero mettersi a respirare in sacchetti di carta per non svenire, ma chi poteva biasimarli? *Era l'evento dell'anno!* L'incontro che avevano aspettato così a lungo sarebbe cominciato di lì a qualche minuto!

Gli occhi di tutti correvano lungo il palco, mentre si chiedevano da che lato sarebbero entrati i loro eroi. Era stato allestito un tavolo con quattro sedie, quattro microfoni e quattro targhe con il nome. La folla stridette come un branco di iene quando i nomi del cast e del creatore di *Wiz Kids* vennero annunciati; soprattutto al nome di Cash Carter, il protagonista dello show.

Non c'era dubbio che i Wizzer desiderassero incontrare Cash Carter più di chiunque altro. Praticamente tutti quelli che non erano travestiti indossavano una maglietta che raffigurava il personaggio che interpretava, il dottor Webster Bumfuzzle. Quest'ultimo era famoso per i suoi occhiali spessi, il papillon verde e il camice da laboratorio blu. I Wizzer bisbigliavano tra loro, domandandosi che cosa stesse facendo Cash Carter in quel momento e se fosse tanto eccitato per quell'incontro quanto loro...

Dalla stanza per gli artisti dietro il palco, il rumore del pubblico assomigliava al tuonare di una tempesta lontana. Cash Carter trovò un po' di pace in bagno, dove il chiasso distante venne soffocato dal ronzare delle luci fluorescenti. Rimase in piedi davanti allo specchio con gli occhi chiusi, godendosi la quiete fintanto che poteva.

Cash non era una persona gelosa, ma era invidioso della gente che poteva godere della vera *tranquillità*. Soltanto in assoluto silenzio poteva semplicemente *esistere*, senza che gli venisse ricordato chi e che cosa fosse, oppure chi e che cosa *non fosse*, secondo le parole dei critici. Era molto raro riuscire a trovare uno spazio che non fosse dominato dalla confusione del set televisivo, dagli scatti frenetici dei paparazzi o dal mormorio di una folla famelica. Il bagno aveva alcune piastrelle rotte sulle pareti, strane macchie sul soffitto e un terribile odore di muffa, e non c'era dubbio che lì qualcuno in passato fosse stato assassinato, ma per Cash era un santuario.

La pace fu interrotta da qualcuno che bussava alla porta.

«Signor Carter?» chiamò un assistente sottopagato. «È ancora lì dentro? Dovremmo cominciare l'incontro tra cinque minuti.»

«Cinque minuti? Credevo che non cominciassimo prima delle due» rispose Cash.

«*Sono le due*» osservò l'assistente.

Cash era rimasto nel bagno per più di un'ora senza rendersene conto. Aprì gli occhi arrossati, segnati dalle occhiaie, e fissò il proprio riflesso. L'attore ventiduenne era magro, non si era fatto la barba e aveva i capelli spettinati. Indossava una giacca nera sopra la maglietta con cui si era addormentato la sera prima, e aveva messo un intenso profumo per nascondere il fatto che non faceva la doccia da due giorni.

«Va tutto bene?» domandò l'assistente. «È lì dentro da un po'.»

«Sto bene» mormorò Cash. «Ho perso la cognizione del tempo. Possono cominciare a introdurre l'incontro, esco tra cinque minuti.»

«In realtà i produttori vogliono dire due parole al cast prima di iniziare» disse l'assistente.

Cash sbuffò. «In questo caso, esco tra dieci.»

L'assistente sospirò. «Ricevuto» disse, poi schiacciò un bottone sulle cuffie con microfono integrato. «Dice che uscirà tra dieci minuti... Sì, so che siamo già in ritardo. Fate sapere al pubblico che cominceremo intorno alle due e mezza. Calmati, Gary... Questa è la WizCon, non gli Oscar.»

L'assistente si allontanò lungo il corridoio, lasciando a Cash qualche altro minuto di pace.

Un brivido di nervosismo attraversò il corpo di Cash, come uno stormo di pipistrelli. Dopo nove anni di convention era ancora agitato, prima di apparire davanti al pubblico. Forse era pazzo, ma c'era qualcosa nel dover entrare in una sala piena di estranei che gridavano, applaudivano e piangevano a cui Cash non sapeva abituarsi. Benché non desse mai per scontato l'affetto dei Wizzer, era una grande responsabilità essere la fonte di tanta gioia. Con una parola fuori posto avrebbe potuto ferire un'intera generazione per il resto della vita e scatenare una conseguente ondata d'odio.

Essere amato era maledettamente difficile.

Per fortuna in quel periodo Cash aveva trovato qualcosa che lo aiutava a scaricare un po' la tensione. Affondò la mano in tasca e afferrò tre grosse pillole e due orsetti di gelatina al gusto di marijuana. Ingoiò le pillole, masticò gli orsetti e mandò giù bevendo un sorso da una fiaschetta che teneva nascosta nella giacca. Non era la combinazione più sana che esistesse, ma il tutto funzionava meglio se assunto insieme.

Cash chiuse di nuovo gli occhi, trasse un respiro profondo e lasciò che i suoi rimedi segreti facessero effetto. Un momento dopo udì di nuovo bussare alla porta.

«Signor Carter?» chiamò l'assistente. «Sono passati *quindici* minuti. È pronto?»

Perdere la cognizione del tempo era uno degli effetti collaterali dei rimedi di Cash, ma almeno l'ansia era sparita. Anzi, Cash non riusciva a provare quasi nulla. Tutto ciò che lo circondava sembrava semplice e leggero, come se stesse volando tra le nuvole su una mongolfiera. Fu solamente quando aprì gli occhi con le pupille dilatate e si guardò intorno che si rese conto di essere ancora in bagno. Il suo cocktail pre-incontro aveva funzionato!

«Signor Carter? Mi ha sentito?» domandò l'assistente, sempre più impaziente.

Cash ridacchiò. C'era qualcosa di davvero divertente nell'essere chiamato "signor Carter" da qualcuno che aveva il doppio dei suoi anni.

«Sì, ho sentito» disse. «Si va in scena!»

Cash lasciò suo malgrado il santuario di porcellana e seguì l'assistente lungo un corridoio. La stanza dietro il palco era più affollata di quanto si aspettasse. C'erano sette persone sedute con le sedie rivolte verso di lui e, per via della sua condizione, gli ci volle qualche secondo per riconoscerle.

Damien Zimmer, creatore di *Wiz Kids*, era seduto al centro, insieme al produttore esecutivo dello show, Jim Kaufman. Alla loro destra c'erano gli altri membri del cast, la bellissima Amy Evans e il muscoloso Tobey Ramous. Alla sinistra di Damien e Jim c'erano due uomini e una donna di mezza età, tutti in abito firmato. Cash capì che erano dirigenti della televisione, ma siccome i dirigenti venivano licenziati e assunti di frequente, non conosceva i loro nomi.

«Ma che bella sorpresa» disse Cash.

«Ci può scusare un momento?» domandò Jim all'assistente.

L'uomo, visibilmente nervoso, non vedeva l'ora di far cominciare l'evento, ma lasciò loro un po' di privacy.

«Siediti, Cash» lo esortò Damien, indicando una sedia vuota.

«Uhm... Ok» disse Cash, e si sedette.

Lo fissavano tutti con occhi severi, tranne i suoi colleghi attori che avevano lo sguardo fisso sui loro smartphone, immersi nei social media. Cash intuiva che erano tutti arrabbiati con lui per qualche motivo che sembrava molto peggio del tempo che aveva passato in bagno. Forse aveva detto qualcosa di scomodo in un'intervista o aveva dimenticato di twittare in diretta durante una replica dello show.

«Allora... Che succede?» domandò Cash.

«Prima di cominciare, è importante che tu sappia che siamo tutti qui perché ci teniamo a te» disse Jim.

«Ma non mi dire, siamo alla WizCon» ribatté Cash, «e tutti sono qui perché tengono a me.»

La sua risposta suscitò diversi sospiri e sguardi al cielo, ma Cash non stava cercando di fare lo stronzo. Tutt'altro: dopo tre antidolorifici, due space cake e un sorso di whisky, era troppo intontito per fare allusioni di qualunque tipo.

«È una cosa seria, Cash» disse la donna della televisione. «Non sarà una conversazione piacevole, ma è necessaria, prima che le cose ci sfuggano di mano.»

«Sfuggirci di mano?» domandò Cash. «Di che diavolo stai parlando?»

Tutti sembravano voler scaricare la responsabilità di quel discorso alla persona accanto, finché non venne mollata a Damien come una pesante pila di libri, libri che *non* aveva intenzione di leggere.

«Abbiamo sempre avuto un rapporto un po' difficile, e sento di non essere l'ambasciatore migliore per quello che sto per dire» disse Damien con un sospiro drammatico. «Da quando abbiamo chiuso la stagione nove e ci siamo presi un periodo di pausa, sei andato completamente fuori. All'inizio pensavamo fosse solo una fase, ma dopo due mesi interi di stupidaggini abbiamo paura che sia molto peggio. Tutti noi ci siamo presi il tempo di venire qui oggi per discutere del tuo recente comportamento.»

Damien aveva ragione: non era il messaggero giusto. Era l'ultima persona sulla Terra che Cash voleva sentir parlare di come comportarsi.

A soli trentacinque anni di età, Damien Zimmer aveva l'ego e il carattere di tutti i peggiori cliché di Hollywood. Aveva cominciato la sua carriera di attore da bambino in una terribile sitcom chiamata *Who's the Parent?*, memorabile più per le fastidiose risate di sottofondo che per la sceneggiatura. All'età di venticinque anni, Damien aveva scritto *Wiz Kids* come trampolino di lancio per se stesso. La televisione ne aveva comprato i diritti ma aveva ritenuto che Damien fosse troppo vecchio per recitare, e lo aveva costretto a cercare attori più giovani. Anche se *Wiz Kids* si era rivelato un successo strabiliante che lo aveva reso disgustosamente ricco, Damien aveva sempre odiato Cash per avergli "rubato" la parte e la luce dei riflettori che la accompagnava.

«Aspetta un attimo» disse Cash. «È un *richiamo*? Appena prima di un incontro?»

«Proprio così» disse Damien. «E ritengo che sia più che giustificato. Sei stato visto mentre ti ubriacavi in vari locali della città e ti drogavi in luoghi pubblici, mentre sfrecciavi in Lamborghini lungo Sunset Boulevard con delle prostitute sul sedile posteriore e la polizia si è presentata a casa tua quasi ogni sera per interrompere le tue ridicole feste.»

«Per prima cosa, erano *spogliarelliste*, e guido una *Maserati*» mise in chiaro Cash. «E non mi risulta che fare festa e ubriacarsi sia contro la legge.»

«No, ma *l'abuso di minore* lo è» continuò Damien. «Ti è andata bene che non sei stato denunciato per aver portato i bambini di Boys and Girls Club of America a fare paracadutismo, o quei poverini di Make-A-Wish al poligono di tiro.»

«Sappiamo anche che sei stato beccato a violare una proprietà privata» aggiunse Jim. «Qualcuno ti ha filmato mentre salivi sulla statua di un elefante a La Brea Tar Pits, *nudo*, e urlavi "sono il re dei mammut". Non hai idea di quanto abbiano dovuto lavorare gli addetti alle relazioni pubbliche della rete televisiva per impedire che venisse diffuso online.»

Cash ridacchiò. «Dovete ammettere che è stata una cosa *davvero leggendaria*» disse. «Già che ci siamo, come posso averne una copia? Ho perso il telefono quella notte, e magari riesco a scoprire dove l'ho fatto cadere.»

La sua richiesta ebbe come risposta un silenzio passivo-aggressivo.

«Credo che tu sia entrato in una spirale di egoismo, stupidità e autodistruzione» disse Damien. «Ti stai rovinando la reputazione e allo stesso tempo stai compromettendo la popolarità del programma. Anche se non siamo impegnati nelle riprese, tu rimani un rappresentante di questa televisione, di questo studio e della *mia* casa di produzione...»

Damien recitò quel discorso come fosse un monologo di Shakespeare, ma Cash distolse lo sguardo. La sua attenzione era rivolta ad Amy, che aveva cominciato a farsi dei selfie con il suo telefonino. Cash non riusciva a pensare a nulla di più inappropriato da fare nel bel mezzo di un rimprovero ufficiale; era come ordinare una pizza a un funerale. Ma non rimase affatto sorpreso. Il narcisismo di Amy lo aveva sempre affascinato.

Una volta, mentre erano sul set, Cash era incappato per caso nell'album di fotografie di Amy, quando aveva scambiato il suo telefono con quello di lei. Ogni foto era un selfie con la stessa posa e la sua espressione preferita, *sorpresa sensuale.* Aveva guardato moltissime foto ma non ne aveva trovata nemmeno una di amici o famigliari: sempre e solo Amy. Qualche volta era preoccupato che Amy non fosse Amy, ma una stalker che indossava un costume fatto con la sua pelle.

«Cash, mi stai ascoltando?» domandò Damien, allungandosi in avanti per dargli un'occhiata più da vicino. «Aspetta un momento, *sei fatto*?»

«Non abbastanza per sopportare questa conversazione» mormorò Cash a bassa voce.

Questa scoperta suscitò una forte reazione nei colleghi, soprattutto in Tobey Ramous, che ne fu talmente seccato da lasciar perdere il telefonino.

«Così non andiamo da nessuna parte!» disse Tobey. «Non gliene frega un cazzo di quello che gli state dicendo. Io devo essere a Los Angeles questa sera per girare. Quanto deve durare ancora questo incontro?»

Tobey (o "Mr. Steroidi", come lo chiamava Cash dietro le spalle) si riferiva al film *Moth-Man*, un progetto da milioni di dollari basato su un fumetto di successo. Per la sua parte aveva messo su così tanti muscoli e così in fretta che era un miracolo che riuscisse ancora ad allacciarsi le scarpe da solo. *Moth-Man* era l'opportunità che ogni attore sognava, e Tobey stava utilizzando la pausa da *Wiz Kids* per girare il film. Cash trovava piuttosto paradossale che Tobey passasse ottanta ore a settimana vestito da insetto gigante e continuasse a pensare che il suo tempo fosse più prezioso di quello di tutti gli altri.

«Lascia che metta fine a questa discussione» disse Cash. «Posso capire che il mio comportamento non sia andato a genio a tutti, ma dopo nove stagioni a seguire le regole, a dire e fare la cosa giusta senza mai agitare le acque, direi che mi sono più che meritato l'opportunità di *divertirmi un po'*. Su, ragazzi, faccio questa serie da quando ho dodici anni. Si è giovani una volta sola: voglio solo essere *giovane* mentre lo sono veramente.»

A giudicare dagli sguardi che si scambiarono i presenti, nessuno provava una goccia di compassione per lui. A nessuno fregava nulla del suo desiderio di essere giovane.

«Purtroppo la tua definizione di *giovinezza* non è

in linea con il tuo contratto» disse uno dei direttori. «Quando sei stato ingaggiato, tu e il tuo agente avete accettato la clausola di moralità dello studio, e ancora una volta quando hai rinegoziato il tuo contratto durante la sesta stagione. Se il tuo comportamento non cambia, saremo costretti a procedere per via legale.»

Era una minaccia davvero seria, ma invece di mettersi a tremare, Cash scoppiò a ridere.

«Potete farmi causa solo se sono ancora sotto contratto» disse. «E a giudicare dal mio comportamento, non credo che mi darete lavoro ancora per molto.»

«È a *questo* che vuoi arrivare?» esclamò Amy. «Stai cercando di farti *licenziare*? Sei davvero patetico!»

«Amico, sei un vero coglione» disse Tobey. «Se vieni licenziato non lavorerai mai più, e i fan ti odieranno!»

Cash rimase impressionato dall'amore e il supporto che i suoi colleghi attori gli stavano dimostrando. Non c'è che dire, il loro richiamo era perfetto. Lo avevano proprio convinto a cambiare comportamento in modo che le *loro* vite fossero più comode.

«Calmatevi, tutti quanti» disse Jim. «Nessuno verrà licenziato. Siamo qui per *aiutare* Cash, non per insultarlo o accusarlo.»

Era chiaro che la sua opinione non fosse condivisa da tutti, perché lo sguardo che Damien stava rivolgendo a Cash era di puro rimprovero. E in nove anni non aveva mai perso l'occasione per strigliare Cash.

«Mi dispiace tanto per te, Cash» disse Damien.

«Non sei maturo abbastanza per capire quanto tu sia fortunato. Ci sono milioni di persone al mondo che *ucciderebbero* per essere al tuo posto. Che ti piaccia o no, sei il protagonista del programma di punta di un canale televisivo, che ti farà causa per tutto quello che può prima di licenziarti. Perciò continuerai a onorare il tuo contratto e lo farai il meglio possibile. Me lo metterei bene in testa, se fossi in te.»

Cash non sapeva se rimanere incredulo o applaudire: Damien dava sempre il meglio di sé quando era nervoso. Ma le sue accuse non potevano essere più distanti dalla realtà. Essere immaturo e ingrato erano qualità sue, non di Cash. La verità era che Cash aveva fatto pace con la realtà, più di quanto tutti gli altri lì riuniti potessero comprendere.

«C'è più di un modo per liberarsi da un contratto» disse Cash.

Un ampio sorriso gli si dipinse in volto. Non importava quanto cercassero di spaventarlo, Cash sapeva che non avrebbe recitato nella serie per un'altra stagione. C'era una cosa che non aveva detto a nessuno, una cosa che avrebbe voluto confessare solo per dimostrare loro che avevano torto, ma doveva essere cauto.

Presto si sarebbe presentato un momento migliore di quello.

L'assistente rientrò imbarazzato nella stanza, come se stesse entrando nella camera da letto dei suoi genitori mentre facevano sesso.

«Scusatemi, non voglio interrompere» disse. «Abbiamo detto alla gente che avremmo cominciato alle due e mezza, e sono le due e tre quarti. Ci siamo quasi, o devo annunciare che cominceremo alle tre?»

«Fermiamoci qui, finché non avremo tempo di finire la discussione» disse Jim. «Abbiamo esposto le nostre preoccupazioni a Cash, e ora è compito suo farne tesoro. Lasciate solo che vi ripeta che *nessuno* verrà licenziato e *nessuno* lascerà il programma. Siamo qui per parlare della prossima stagione e *nient'altro*. Ora andiamo là fuori e facciamo felici i fan. Non avremmo un lavoro, se non fosse per loro.»

Nessuno ebbe nulla da obiettare. Erano tutti sollevati che quella conversazione fosse finita, soprattutto Amy e Tobey. Sembravano stremati da quell'incontro. Cash fu lì lì per offrire loro alcuni dolcetti che aveva in tasca, ma pensò che non fosse una grande idea proporre droga dopo un rimprovero ufficiale.

Jim e i dirigenti lasciarono la stanza per andare a guardare l'incontro dalla platea. L'assistente scortò Damien, Tobey, Amy e Cash fino al palco e li fece aspettare dietro il sipario.

«Quando chiamano il vostro nome, attraversate il sipario e sedetevi al tavolo» spiegò.

«Ma dai, è *così* che si fa?» disse Tobey imitando una persona con qualche ritardo mentale.

«Come se non l'avessimo mai fatto» aggiunse Amy, poi scattò l'ennesimo selfie.

Cash ridacchiò, ma non all'indirizzo dei suoi colleghi. Gli sembrava divertente avere in circolo idrocodone, marijuana e alcol durante un evento di lavoro e ciò nonostante riuscire a non essere il più grande stronzo sul palco.

«Scusate, me lo fanno ripetere ogni anno» disse l'assistente, poi schiacciò il bottone sul suo sistema radio. «*Siamo pronti. Via all'introduzione!*»

La voce di un energico presentatore esplose dal sistema di amplificazione e riempì il teatro, come fosse la voce di Dio.

«*Signore e signori, ragazze e ragazzi, extraterrestri, rettili e insettoidi, personaggi del passato, presente e futuro e Wizzer di tutto il mondo, benvenuti all'incontro con il cast e i creativi di* Wiz Kids *del 2017!*»

Il pubblico impazzì. Se fosse stato possibile assorbire l'energia emessa dai loro corpi, questa avrebbe potuto alimentare tutte le case d'America per decenni.

«*Diamo il benvenuto all'ex star di* Who's the Parent? *e creatore di* Wiz Kids, *Damien Zimmer!*»

Alle parole "ex star" Damien doveva aver avvertito una fitta di dolore, perché contrasse i muscoli, visibilmente turbato.

Attraversò il sipario e si inchinò davanti al pubblico. I Wizzer lo accolsero con un caloroso applauso, ma la maggior parte di loro parte cercò di sbirciare alle sue spalle, per vedere il cast dietro le quinte.

«*Lo conoscete tutti come l'antropologo distratto, il*

Professor Fitz Luckunckle! Diamo il benvenuto all'uomo che incarna perfettamente il "one" in "sapientone" e la star del film di prossima uscita Moth-Man, *Tobey Ramous!*»

Tobey balzò oltre il sipario come un toro scatenato che si precipita fuori dalla gabbia. Si mise a correre per il palco facendo salti mortali e flettendo i muscoli per il pubblico. Tobey era così eccitato che nemmeno un tranquillante per elefanti sarebbe riuscito a calmarlo.

«*L'avete conosciuta come l'ingegnere meccanico con il cuore d'oro, la dottoressa Jules "the Tools" Peachtree! Diamo un caloroso benvenuto all'attrice, supermodella e pescetariana dichiarata, la bellissima e talentuosa Amy Evans!*»

Amy avanzò come fosse in passerella. Lanciava baci al pubblico, faceva il simbolo del cuore con le dita e poi scattò un selfie sul palco, ma la cosa strana fu che non incluse il pubblico nella foto.

«*L'ultimo, ma certamente non da meno, lo conoscete tutti come l'adorabile, strano e curioso esperto di fisica quantistica, il dottor Webster Bumfuzzle! Diamo un caloroso benvenuto, in perfetto stile WizCon, all'unico e inimitabile Caaash Caaarter!*»

Prima ancora che il presentatore avesse finito di parlare, la folla aveva cominciato a gridare così forte che Cash stentò a udire il segnale che gli indicava di muoversi. Si presentò sul palco e venne travolto da uno tsunami di adorazione. Il pubblico ruggiva il doppio di quanto avesse fatto con gli altri. Le luci del palco gli rendevano molto difficile vedere, e un riflettore lo accecava quasi completamente.

Cash non vedeva altro che il forsennato scatto dei flash tra il pubblico, come se fosse in piedi davanti a una galassia infinita e pulsante.

Quando gli occhi si furono abituati, vide Wizzer che tremavano, piangevano e saltavano, isterici, in tutto il teatro. Salutò il pubblico, con l'unico effetto di aumentare il fragore. Cash prese posto al tavolo accanto ai suoi colleghi mentre la gente in platea continuava a sgolarsi fino a perdere la voce.

«*Diamo il benvenuto ai moderatori dell'incontro. Da Entertainment Weekly, Jennifer Smalls; dall'Hollywood Reporter, Terrence Wallem; e la star di YouTube, Kylie Trig!*»

I riflettori illuminarono la prima fila del pubblico, dove erano seduti i moderatori. Ciascuno di loro teneva in mano un microfono e un blocco di *Wiz Kids* con le proprie domande.

«*Cominceremo l'incontro con una domanda di Jennifer Smalls*» disse il presentatore.

«Grazie per avermi invitato, WizCon» rispose lei al microfono. «Prima di tutto, è fantastico essere di ritorno qui alla WizCon!»

Su una cosa il cast di *Wiz Kids* si trovava d'accordo: Jennifer Smalls era Satana in leggings neri. Prima di cominciare a lavorare per *Entertainment Weekly*, aveva scritto per un sito internet chiamato *Gotcha*, un blog di gossip che svelava quali attori fossero gay, quali coppie celebri stessero per separarsi, metteva in giro voci sulle attrici incinte, diffondeva foto di nudo e complicava il più possibile la vita di ogni persona famosa.

Quando Cash aveva comprato la sua prima casa, Jennifer Smalls ne aveva pubblicato l'indirizzo online: una sorta di invito ufficiale per paparazzi, bus turistici di Hollywood e cinque maniaci che si rifiutavano di andare via. Assoldare addetti alla sicurezza e procedere con le ordinanze restrittive era costato a Cash centinaia di migliaia di dollari. È comprensibile che non fosse il fan numero uno di Jennifer Smalls. In realtà era stata invitata alla WizCon solo perché nel 2004 aveva scritto un articolo in cui sosteneva che Damien Zimmer fosse stato ingiustamente privato della nomination agli Emmy come Miglior Attore Non Protagonista per il suo ruolo in *Who's the Parent?*

«Sei sempre la benvenuta, Jennifer» disse Damien.

«La mia prima domanda è per Cash» disse. «Abbiamo notato che di stagione in stagione ci sono sempre più effetti speciali e parti acrobatiche e pericolose. Mi chiedevo come sia stato filmare l'episodio 908: "La Caduta di Atlantide".»

«Mi sono bagnato un sacco» rispose Cash, e non aggiunse altro.

Le sue risposte secche e brevi non erano una tattica che adottava soltanto con le domande di Jennifer, ma durante tutta la convention. Meno parlava e meno fotografie di lui a metà parola sarebbero apparse; in quegli scatti sembrava sempre che avesse un attacco di cuore. E per qualche motivo ormai utilizzavano solo quelle, negli articoli su di lui. Per fortuna il pubblico trovava le sue risposte lapidarie davvero intriganti, e nessuno se ne chiedeva il motivo.

«*Passiamo a Terrence Wallem per la prossima domanda*» disse il presentatore.

Il reporter che lavorava per l'*Hollywood Reporter* sfogliò aggressivamente le pagine del suo blocco mentre si preparava alla domanda. Era un uomo sulla settantina, uno dei critici televisivi più temuti di Los Angeles. Terrence era famigerato perché trovava sempre qualcosa che non gli piaceva in quello che guardava. Aveva scritto che *Il Trono di Spade* era "troppo soft", *Downton Abbey* "infantile" e *The Big Bang Theory* "un insulto alle persone intelligenti".

A giudicare dall'espressione irritata che aveva in volto, avrebbe preferito una colonscopia senza anestesia che trovarsi lì seduto in mezzo a un mare di Wizzer.

«La mia domanda è per il signor Zimmer» disse Terrence. «Con tutto il dovuto rispetto, questo show non ha senso. Nello stesso episodio si vedono personaggi nuotare nei fiumi dell'antica Mesopotamia in una scena e scalare i crateri di Marte nella seguente. Qual è stata la sua fonte di ispirazione per la serie televisiva?»

«Sono sempre stato un grande fan della fantascienza e della storia, e nessuno aveva mai pensato di unirle, almeno non bene quanto pensavo di poterlo fare io» rispose Damien passandosi le dita tra i capelli. «All'inizio avevo pensato di recitare come protagonista, ma dopo aver cominciato a sviluppare l'idea con lo studio ho deciso che la parte non era adatta a me. Ho detto loro che avrei fatto meglio a rimanere dietro la macchina da presa e dedicare tutte le mie energie alla sceneggiatura.»

«Capisco» disse Terrence, prendendo appunti. Per il momento la componente *creativa* dell'incontro non l'aveva affatto impressionato.

«*Passiamo a Kylie Trig per la prossima domanda*» disse il presentatore.

Il pubblico esultò alla vista della celebrità di YouTube come se fosse anche lei nel cast della serie. Kylie si alzò in piedi e salutò i suoi ammiratori: sembrava la concorrente di un concorso di bellezza. Aveva poco meno di vent'anni, i capelli celesti, e indossava occhiali a occhi di gatto e un tutù color arcobaleno. Era un personaggio difficile da digerire, ancora prima che aprisse la bocca.

«Ciao a tutti, Wizzer!» disse Kylie nel microfono con l'energia di un neonato fatto di cocaina. «È così bello essere di nuovo qui alla WizCon!»

Fino a non molto tempo prima Kylie era una superfan di *Wiz Kids* che seguiva il cast di hotel in hotel, di aeroporto in aeroporto, durante i tour promozionali in giro per il Paese. Kylie aveva aperto un vlog in cui raccontava i suoi brevi incontri con loro (ingigantendo la realtà ogni tanto) e si era guadagnata un proprio pubblico. Più la serie era popolare, più lo diventavano i video di Kylie.

Era ormai una delle personalità di YouTube più famose al mondo, e il suo libro di esordio – *Confessioni di una fangirl: una storia d'amore Wizzer*, pubblicato da HarperCollins – era diventato un bestseller, scalando le classifiche del *New York Times*. Secondo la rivista *Forbes*, Kylie Trig valeva ormai più di tutto il cast della serie messo insieme.

Il successo di *Wiz Kids* le aveva dato alla testa più di quanto non avesse fatto con chi era direttamente coinvolto nello show. La ragazza che un tempo aspettava ore e ore sotto la pioggia per riuscire a vedere di sfuggita Cash, Amy o Tobey, ora partecipava agli eventi di *Wiz Kids* solamente se pagata somme a sei cifre e fatta viaggiare in un jet privato. Secondo Cash, Kylie Trig rappresentava il sogno americano della nuova generazione.

«La mia prima domanda è per Cash *e* Amy» disse Kylie. «Qual è il futuro di Peachfuzzle? E il nome Peachfuzzle vi piace tanto quanto piace ai Peachfuzzler?»

Cash fissava Kylie come se stesse parlando una lingua a lui sconosciuta, ma fu attento a mantenere l'espressione più impassibile che poteva per non rischiare di diventare un nuovo meme di internet.

«*Eh?*» domandò Cash. «Che cos'è un *Peachfuzzler*?»

Kylie alzò gli occhi al cielo come se le fosse stato chiesto se i suoi capelli blu erano naturali. «Sono i fan che fanno il tifo per la relazione tra la dottoressa

Peachtree e il dottor Bumfuzzle» rispose. «Sono sicura che hai visto gli hashtag.»

«Credevo si chiamassero Bumtree» disse Cash.

Kylie scosse il capo. «L'abbiamo cambiato.»

Terrence Wallem si guardò intorno confuso. Non aveva capito niente di quel discorso. Qualunque cosa fossero i Peachfuzzler e i Bumtree, non sembravano argomenti appropriati per i bambini presenti nel pubblico.

«Cash e io siamo felicissimi che così tante persone s'interessino alla relazione dei nostri personaggi» disse Amy, che voleva disperatamente dire qualcosa prima che l'incontro terminasse.

«Allora, staranno insieme o no nella prossima stagione?» continuò Kylie. «*Cash?*»

Era una domanda complicata, soprattutto perché Cash non aveva una risposta pronta. Quei fan erano i più appassionati di tutto il pubblico di *Wiz Kids*. Se Cash avesse detto qualcosa che fosse piaciuto ai fan, i suoi account sui social sarebbero stati invasi da immagini, video e GIF del dottor Bumfuzzle e della dottoressa Peachtree che si baciano o si guardano innamorati. Se avesse dato una risposta che *non* fosse piaciuta, sarebbe stato bombardato di immagini, video e GIF di animali decapitati, feci umane e guerriglieri che distruggono importanti monumenti storici. Doveva stare molto attento.

«La loro relazione ha alti e bassi dalla quinta stagione» disse Cash con un tremito nervoso nella voce. «E dato che la stagione scorsa non erano in ottimi rapporti, direi che la prossima dovrebbe andare meglio.»

La sua risposta fu musica per le orecchie dei Peachfuzzler. Tutti quelli che erano nel pubblico si alzarono e applaudirono. Era un momento emozionante, un momento trionfale, come se la squadra di football americano della loro città natale avesse vinto il Super Bowl.

«*Torniamo a Jennifer Smalls per la prossima domanda*» annunciò il presentatore.

Jennifer si sistemò sulla sedia, ritraendo la testa come un serpente pronto ad attaccare. Cash si preparò mentalmente per il fiotto di veleno che avrebbe dovuto schivare.

«La mia domanda è ancora per Cash» disse Jennifer. «Durante le ultime settimane, ho ricevuto centinaia di tweet da persone che ti hanno visto uscire dai bar reggendoti in piedi a malapena o ballare impazzito in discoteca. Sei d'accordo sul fatto che lo stress di Hollywood stia cominciando a farsi sentire? È vero che hai deciso di appendere al chiodo il mantello di ragazzo modello per indossare i panni del ragazzaccio?»

Sulla sala calò un silenzio mortale. A quanto pareva, se anche si allontanava la ragazza dal peggior giornalismo, il peggior giornalismo non si allontanava da lei. Con grande orrore di Cash, Damien prese la parola prima che lui avesse modo di rispondere.

«La gente dimentica che Cash è un normale ventenne quando non si trova sul set» disse. «Se le cose non gli sfuggono di mano, ha tutto il diritto di divertirsi un po' finché è giovane.»

Cash voltò la testa verso Damien così velocemente che fu un miracolo se non si spezzò il collo. Non aveva mai sentito pronunciare una frase così gentile e *allo stesso tempo* tanto meschina. Cash era tentato di schizzare Damien con l'acqua per vedere se si fosse sciolto.

«Non avrei potuto scegliere parole migliori» disse Cash. «Lavora un sacco e divertiti un sacco. È questo il mio motto.»

«*La prossima domanda sarà di Terrence Wallem*» disse il presentatore cercando di cambiare discorso.

«Davvero? D'accordo...» disse Terrence, poi pensò rapido a una domanda. «Quante altre stagioni di *Wiz Kids* saranno trasmesse?»

Tutti i presenti rimasero con il fiato sospeso. Se fosse stato per loro, la serie non sarebbe mai finita. Per la maggior parte del pubblico era stata la compagna di gran parte della vita; per alcuni *era* la vita. Non potevano immaginare un mondo senza *Wiz Kids*. Perderla sarebbe stato come perdere un membro della propria famiglia, o peggio.

«Saremo in onda finché ci saranno persone che ci guardano» disse Tobey, alzando un pugno in aria.

«Siamo devoti ai Wizzer tanto quanto loro lo sono a noi» aggiunse Amy, ravviandosi i capelli.

Per un attimo Cash pensò di dire al pubblico quello che per poco non aveva detto nella stanza dietro il palco. Scoprire che non sarebbe tornato per la decima stagione di *Wiz Kids* avrebbe distrutto i fan, ma farlo sapere a tutto il mondo prima di annunciarlo ai propri capi sarebbe stata una vendetta davvero gustosa. Ma Cash si guardò intorno, vide tutti i volti felici che lo stavano guardando e non ci riuscì.

«Già... proprio così» disse, abbassando lo sguardo.

La sua risposta fu accolta da un'esultanza assordante, ma Cash era tanto assorto nei propri pensieri da non sentirla nemmeno.

Il rapporto con i fan di *Wiz Kids* era la cosa più importante del mondo per Cash. Riuscire a fare quello che amava e dare alla gente così tanta gioia era la sensazione migliore che potesse mai provare. Valeva la pena di affrontare tutte le sfide e le difficoltà che essere famosi comportava, solamente per godere di quell'attimo.

Il cinismo era solamente uno scudo che utilizzava per proteggersi dalla responsabilità di essere così importante per così tante persone.

Deludere i Wizzer era la più grande paura di Cash, e sapeva che la sua partenza da *Wiz Kids* li avrebbe devastati. Osservare tutta la felicità che aveva ispirato negli anni svanire e diventare ira e frustrazione lo avrebbe distrutto. Ma era inevitabile.

Ciononostante, lasciare la serie non era quello che lo preoccupava di più. La ragione che lo spingeva ad andarsene era più difficile da accettare che non il fatto in sé. Anche se non poteva fare granché, una volta che la notizia fosse uscita si sarebbe diffusa come un incendio, e la sua vita sarebbe cambiata per sempre. Le difficoltà che gli si presentavano ogni giorno a causa della sua notorietà non erano nulla in confronto alla tempesta che lo aspettava.

Cash Carter aveva un segreto che teneva nascosto al mondo intero, e purtroppo per lui era solo questione di tempo prima che la verità venisse a galla.

Capitolo due

UN'ESTATE DA RICORDARE

L'entusiasmo per la WizCon si spingeva molto più in là delle sale strapiene del Santa Clara Convention Center. In ogni angolo del mondo, i fan cercavano in internet dettagli sugli incontri, le mostre e i costumi che popolavano la fiera. Lo sforzo collettivo dei Wizzer era tale da ridicolizzare le squadre investigative dell'FBI e della CIA.

A Downers Grove, una cittadina dell'Illinois a venti miglia da Chicago, Topher Collins, fresco di maturità, era incollato al suo computer portatile come fosse una flebo. Scavava nelle profondità dei social media e osservava attentamente le foto di perfetti sconosciuti come fosse un cyberstalker professionista. Aveva pagine web aperte su ogni blog che raccontava del raduno, e le ricaricava ogni venti secondi per non perdersi l'ultimo dettaglio. La sua casella di posta elettronica continuava a trillare come un neonato che gioca con la campanella alla reception di un hotel, mentre le notifiche di Google lo aggiornavano sulle ultime notizie dalla WizCon.

Topher era molto alto e stava curvo sulla scrivania come un adulto seduto a un tavolino per bambini. Sarebbe potuto essere un giocatore di pallacanestro se non fosse stato per la sua assoluta mancanza di doti atletiche (una giraffa appena nata era più coordinata di lui). Topher aveva invece una mente brillante, e teneva esposta in camera sua con grande orgoglio la medaglia data agli alunni migliori, che avevano l'onore di pronunciare il discorso di commiato durante la cerimonia del diploma, appena sopra la cosa a cui teneva di più al mondo: un poster incorniciato della sesta stagione di *Wiz Kids*, autografato da tutto il cast.

Ricaricò la pagina web di un blog chiamato "The Nerd Herder" e rimase sbalordito da una nuova foto della convention: una formosa donna bionda vestita da Regina Aliena del Nord della quinta stagione; si era incollata a mano dei lustrini direttamente sulla pelle per ricreare l'effetto della tuta strettissima che il personaggio indossava. Si vedeva praticamente tutto, e gli ormoni di Topher vennero attratti come una graffetta a un magnete. Teneva la faccia così vicina al computer che quasi riusciva a vedere i singoli pixel.

Improvvisamente un messaggio video apparve sullo schermo, e per poco Topher non ebbe un infarto. Era un amico, Joey Davis, che chiamava dalla sua camera da letto, a pochi isolati di distanza.

«Ehi, fratello» disse Joey. «Ti ho spaventato?»

Joey era un bellissimo ragazzo di colore e, al contrario

di Topher, era molto coordinato. Era il capitano della squadra di danza hip-hop fin dal primo anno delle superiori, era sempre il protagonista in ogni spettacolo o musical organizzato dalla scuola e poco tempo prima era stato nominato re del ballo di fine anno. Tutti quelli che lo conoscevano gli volevano bene, e le persone che lo incontravano se ne andavano sempre col sorriso sulle labbra. A quanto ne sapeva Topher, essere un fedelissimo Wizzer era la cosa più vicina a un difetto che Joey avesse.

«Amico, hai visto la ragazza vestita da Regina del Nord alla convention?» domandò Topher. «È una milf pazzesca! Ti mando il link.»

Topher condivise il link. Joey gli diede un'occhiata e reagì con uno sbuffo sonoro.

«Fratello, ti consiglio di leggere la didascalia della foto prima di sparare.»

Ridacchiò.

Topher lesse velocemente il testo sotto la fotografia. «*Timothy?*» esclamò scioccato. «È un *uomo*? Oh santo cielo, mi stavo già facendo in testa uno di quei film indipendenti francesi mettendocela dentro!»

«Sono sicuro che Tim lo prenderebbe come un complimento, non c'è dubbio che abbia dedicato parecchio tempo a quel costume» disse Joey leggendo il resto del blog. «Che cosa fa questa gente nella vita? Come fanno a permettersi tutti quei costumi? Ogni tanto penso che i fan abbiano più senso estetico delle persone che lavorano al programma...»

«Pazzesco, vero?» disse Topher. «Ho visto un uomo travestito da cyborg con dei veri schermi al plasma attaccati al corpo.»

«In confronto i costumi da androide che abbiamo indossato alla WizCon 2015 fanno schifo» disse Joey. «E ci abbiamo messo *ore* a prepararli. Ho ancora le cicatrici della pistola per la colla a caldo.»

Un altro messaggio video apparve sui computer di entrambi. Questa volta era Sam Gibson, che chiamava da casa sua dall'altra parte della città. Sam era una ragazza minuta, bella anche senza trucco, e aveva i capelli corti e scuri. Indossava ancora la divisa gialla e il cappello di Yolo FroYo, il negozio di frozen yogurt dove lavorava d'estate.

«Sono *corsa* a casa dal lavoro!» ansimò Sam. «Ho cercato di leggere il blog durante la pausa ma non avevo segnale. Che mi sono persa? Hanno detto nulla della decima stagione?»

«Niente di troppo entusiasmante per ora, solamente alcune foto dei travestimenti e degli stand» spiegò Topher. «Kylie Trig non ha ancora postato il resoconto dell'incontro.»

«Se la prende comoda da quando ha raggiunto dieci milioni di iscritti» disse Sam. «A che ora dovrebbe caricarlo?»

«Il suo tweet diceva intorno alle cinque, orario della California, e qui sono già le sette e dieci, quindi dovrebbe apparire a momenti» disse Joey.

«Sono stati condivisi video dell'incontro? Di solito se ne trovano un po' fin da subito» domandò Sam mentre frugava in internet per mettersi in pari con gli altri.

«Solo qualcuno, ma tutti gridano e si agitano così tanto che non si riesce a vedere o sentire nulla» disse Topher. «Sembrano girati a un concerto di Bieber, o durante qualche calamità naturale.»

«Non che ci sia una gran differenza» aggiunse Joey.

Sam scosse le mani e si agitò sulla sedia, in preda al nervosismo e all'eccitazione: stava vivendo un terremoto tutto suo.

«Non vedo l'ora!» esclamò. «Sarà meglio che ci dicano tutto. Non riesco a dormire da quando ho guardato il finale di stagione! Perché hanno deciso di chiudere la serie con il dottor Bumfuzzle intrappolato in quel nido di Rettiloidi sul pianeta Kepler-186, e la dottoressa Peachtree in tribunale durante il processo alle streghe di Salem? È stata la classica mossa sadica di Hollywood!»

Un terzo video messaggio apparve sui loro schermi. Moriko Ishikawa (o semplicemente "Mo" come era stata soprannominata fin dalla scuola elementare) fissava la telecamera con le braccia conserte e uno sguardo furente. Di solito traboccava di energia, ma in quel momento la sua espressione trasmetteva pura delusione.

«Scusatemi, sono passati *tre giorni* da quando ho postato il capitolo quattro del mio romanzo di fanfiction di *Wiz Kids* e nessuno di voi stronzi si è degnato di commentarlo» disse.

Toper, Joey e Sam guardarono il proprio schermo con espressione colpevole.

Anche se Mo glielo aveva ricordato quasi due volte all'ora dal momento in cui era stato pubblicato, erano comunque riusciti a dimenticarsene.

«Mi dispiace, Mo, ho passato la settimana a servire dolce latte fermentato a famiglie altoborghesi» si difese Sam. «Prometto che lo leggerò stasera prima di dormire.»

«Sono stato occupato con Billy» disse Topher, riferendosi al fratello minore. «Lo leggo dopo.»

«Sai che non voglio nemmeno avvicinarmi alla fanfiction» disse Joey fiero. «Mi spaventa, soprattutto la *tua*. L'ultima storia che hai scritto mi ha segnato per la vita. Non credevo esistessero tanti aggettivi per descrivere i peli pubici di Tobey Ramous.»

«Non ho mai detto che dovete *leggerlo*!» disse Mo. «Andate sul sito e lasciate un commento. Più commenti ricevo e più Wizzer saranno interessati. Sto cercando di costruire una fanbase... *Date una mano a questa povera ragazza asiatica!*»

«Ok, ok, ok» ridacchiò Joey. «Calmati, ci vado adesso, mi inventerò qualcosa. Di cosa parla il romanzo?»

Mo si sistemò i capelli dietro le orecchie e si raddrizzò sulla sedia, come se stesse per descrivere la sua opera a un talk show del mattino.

«È una storia che esplora la primavera sessuale dei Peachfuzzle» spiegò. «Scritta nello stile di Nicholas

Sparks, il romanzo si apre con il dottor Bumfuzzle e la dottoressa Peachtree che viaggiano per la galassia Andromeda e finiscono su un pianeta in cui il contatto fisico è proibito. All'inizio si sottomettono alle leggi del mondo alieno senza opporre resistenza. Tuttavia, più rimangono bloccati lì e più la passione tra loro cresce. La tensione aumenta a ogni ora che passa. *Un desiderio animale li consuma! Presto la tentazione è troppo forte per resistere! Devono confessare il loro amore reciproco utilizzando una lingua che solo i loro corpi conoscono!*»

«Cristo Santo, Mo!» ridacchiò Topher. «Fatti una doccia fredda!»

«Sembra uguale alla tua ultima storia» osservò Sam. «Pensi sempre e solo ai Peachfuzzle? Sai che stai mandando messaggi subliminali degradanti per le donne?»

La scrittrice scosse la testa e alzò gli occhi al cielo: era visibilmente delusa. Non importava quante volte si sarebbe spiegata, i suoi amici non avrebbero mai compreso la natura della sua opera.

«Non sto scrivendo dei Peachfuzzle, li sto usando per creare un pubblico tutto mio» disse. «Non appena avrò un contratto per il mio libro cambierò i nomi e i luoghi in modo che nessuno mi faccia causa, e *boom*, ecco pronta la mia serie di successo! Ridete pure quanto volete. Sono sicura che la gente rideva anche di E.L. James, ma guardate ora dov'è arrivata scrivendo fanfiction!»

«Ehi, ho appena lasciato un commento al capitolo quattro» disse Joey.

«Grande! Sei il migliore, Joey!»

Mo controllò felice il riquadro dei commenti, ma il suo umore cambiò radicalmente una volta letto il post dell'amico. «Tutto quello che sei riuscito a scrivere è "ottimi aggettivi". Non potevi pensare a *niente* di meglio?»

«Ehi, sei *tu* la scrittrice» disse Joey. «Perché non ti scrivi da sola le recensioni e le fai postare a noi?»

Sulle prime Mo fu disgustata dall'idea, ma più ci pensava e più quella proposta la intrigava.

«È davvero geniale» disse. «Di regola mi terrei alla larga da una cosa così disonesta, ma la fanfiction è come Hunger Games: solo i più furbi sopravvivono. Stasera controllate le mail, più tardi vi mando i commenti da postare.»

Gli altri tre erano curiosi e impauriti dalle parole che Mo avrebbe loro messo in bocca, ma erano sempre felici di aiutarsi a vicenda, anche nel territorio pericoloso della fanfiction.

Topher, Joey, Sam e Mo non potevano essere più diversi, ma erano migliori amici fin dalla quinta elementare. Tutto era cominciato nel cortile della Schiesher Elementary School nel 2010, quando si erano tutti e quattro travestiti da dottor Bumfuzzle per Halloween. Fu un momento magico per loro: un po' come quando Tony nota Maria dall'altra parte della pista da ballo in *West Side Story.* Prima di allora, fare amicizia e integrarsi non era stato il loro forte, e scoprire che altri condividevano la passione per la stessa serie televisiva fu fantastico. Fu l'inizio di un legame indissolubile, la gioia più grande delle loro vite.

Da sette anni il quartetto improbabile si riuniva tutti i mercoledì alle otto di sera in un luogo diverso per guardare il nuovo episodio di *Wiz Kids*. Avrebbero poi passato la settimana seguente a discutere la trama, analizzandola secondo per secondo, e a cercare di indovinare quello che avrebbe riservato loro l'episodio successivo. Questo si ripeteva di settimana in settimana, di mese in mese, finché il finale di stagione non chiudeva le discussioni (a meno che una stagione non finisse con una grossa rivelazione o con una situazione complicata, allora ci sarebbe stata agitazione fino al ritorno dello show).

La loro passione per un programma così insensato destava l'ilarità di tutti quelli che conoscevano, ma per loro *Wiz Kids* era molto più che un frivolo programma televisivo. Era stata la loro prima fonte di entusiasmo, e dava un senso alla loro gioventù. Li aveva portati in luoghi lontani e aveva mostrato loro il mondo al di là delle noiose strade di Downers Grove. Avevano imparato tanto. Ma, cosa ancora più importante, era stata la loro prima esperienza di amicizia e aveva dato loro un senso di appartenenza che non conoscevano. La serie era la forza che mandava avanti la loro relazione, il fondamento del loro rapporto, e speravano che continuasse per molti anni ancora.

Wiz Kids non aveva solamente unito Topher, Joey, Sam e Mo, ma aveva fatto conoscere loro moltissimi altri Wizzer in tutto il mondo.

Un quarto messaggio video apparve sui loro computer: era il loro amico Davi, un tredicenne di Macapá, Brasile, conosciuto online. Era magro, con la pelle marrone chiaro e gli occhi grandi come quelli di un cerbiatto. Dietro di lui si intravedevano le onde del mare e la costa brasiliana illuminati dalla luce della luna.

«Ehi, Davi!» esclamarono tutti insieme.

«Ciao, sbroccati» disse Davi, che stava ancora imparando a usare lo slang. «Buon WizCon Day! Scusate se ci ho messo così tanto a unirmi a voi. Il cybercafé è pieno di brutto stasera.»

«A che episodio siete arrivati in Brasile?» domandò Sam. «Il dottor Bumfuzzle è già arrivato su Kepler-186?»

«No, lui e il Professor Luckunckle stanno ancora combattendo i nazisti insieme al generale Patton» rispose Davi. «Quanto manca prima che vadano nello spazio? Spero poco, cazzo. È difficile stare dietro a tutta questa storia americana.»

«Aspetta e vedrai!» lo stuzzicò Sam. «Il finale della nona stagione ti farà impazzire!»

La casella mail di Topher scampanellò: era una notifica di YouTube.

«Ragazzi, Kylie Trig ha appena postato il suo resoconto!» annunciò Topher. «Andiamo su YouTube e guardiamolo insieme. Al tre premiamo play...»

«No, dobbiamo aspettare Huda» lo interruppe Mo. «Ci resterebbe malissimo se lo guardassimo senza di lei.»

«Ma sono le tre del mattino a casa sua» disse Joey. «Starà dormendo.»

Come se Huda stesse rispondendo all'invito, una quinta schermata video apparve sugli schermi di tutti. Huda era una quindicenne mussulmana che viveva in Arabia Saudita. Aveva il viso tondo, le guance paffute e delle lentiggini adorabili. Anche se viveva dall'altra parte del pianeta, la conoscenza che aveva Huda della cultura pop americana e degli ultimi gossip di Hollywood non mancava mai di sorprendere gli altri. Quando usciva una nuova notizia, Huda ne era sempre al corrente.

«Ditemi che non avete guardato il riassunto di Kylie senza di me!» esclamò con il viso a pochi centimetri dalla sua webcam.

«Ciao, Huda» disse Topher. «Tempismo perfetto. Stavamo per andare su YouTube a guardarlo tutti insieme.»

«Aspetta!» disse Huda. «Qui censurano tutto, non ho YouTube. Non puoi fare play sul tuo iPad e tenerlo davanti alla telecamera, così lo vedo anch'io? Ti preeeeeego!»

«Nessun problema» disse Topher, caricando il video sull'iPad.

«Huda, se la censura è così rigida, come facevi a sapere che il video è stato appena postato?» domandò Joey.

Huda si guardò intorno per assicurarsi che nessuno la sentisse in casa sua.

«Merito del movimento anticensura dei Wizzer» sussurrò. «Non appena qualcosa di importante accade nel mondo dei fan di *Wiz Kids*, i Wizzer in Messico scrivono a quelli di Porto Rico, che scrivono a quelli a Cuba, che scrivono a quelli in Giappone, che scrivono a quelli in Cina, che scrivono a quelli in Russia, che scrivono a quelli in Turchia, che scrivono a tutti quelli che vivono nei paesi del Medio Oriente, come l'Arabia Saudita. È un sistema molto complicato e ci sono voluti *anni* per metterlo a punto, ma abbiamo abbattuto quei firewall come Jenga.»

Tutti gli altri erano davvero impressionati che ci fosse un sistema così segreto ed efficiente nella comunità Wizzer, ma non erano affatto sorpresi. Era la messa in pratica del motto di *Wiz Kids*: «Dove c'è un Wizzer, c'è una soluzione».

«È pazzesco, Huda» disse Mo. «Se solo i rapporti diplomatici funzionassero bene quanto quelli tra fan, non ci sarebbe mai più una guerra.»

«Ho caricato il video di Kylie!» annunciò Topher. «Cominciamo?»

«Sì!» esclamarono tutti all'unisono, avvicinando il viso allo schermo.

Topher schiacciò play e alzò l'iPad in modo che la webcam lo inquadrasse. Il video era online solo da tre minuti e aveva già quattro milioni di visualizzazioni. Dovettero sopportare quindici secondi di pubblicità per un energy drink chiamato CherryInsulin, seguito da trenta secondi di sigla in cui Kylie Trig intonava una canzone terribile, battendo su un tamburello fuori tempo.

Finalmente il video cominciò; Kylie era distesa su una chaise longue trapuntata nella suite presidenziale dell'hotel in cui alloggiava a Santa Clara.

«*Che si dice, sgualdrine Wizzer?!*» esclamò Kylie. «Benvenuti a un nuovo episodio di *Trig Talk* con Kylie Trig! Come sto? Non c'è male... Sono appena tornata dall'incontro con il cast e i creativi alla WizCon 2017... Niente di particolare... Abbiamo più roba da sezionare e analizzare di un biologo marino, ma prima lasciate che risponda alla domanda che mi ha fatto la maggior parte dei miei follower: Cash Carter ha confermato che nella prossima stagione di Wiz Kids... *i Peachfuzzle saranno di nuovo insieme, cazzarola!*»

Kylie agitò una coppia di maracas e fece piroettare una gamba intorno alla testa come fosse un elicottero umano. Mo e Huda strillarono così forte che per poco non fecero esplodere le casse del computer di Topher.

«Ecco tutti i dettagli che voi piccoli Wizzer dovete sapere» continuò Kylie. «Innanzitutto parliamo del cast: Tobey Ramous è muscoloso da far paura, ci farei un pensierino se non fosse che probabilmente mi stritolerebbe. *Memo per Amy Evans*: se hai intenzione di farti un selfie sul palco, fai in modo di includere il pubblico, in modo che ci possiamo taggare. Si chiamano *buone maniere*. Cash Carter ha preso in prestito il look *troppo-sbronzo-per-fregarmene* da Robert Pattinson, ma a essere sinceri non gli dona granché. E stava *sicuramente* flirtando con me quando gli ho chiesto dei Peachfuzzle. Non che mi sorprenda, accade ogni anno.»

«*Passa ai dettagli della decima stagione, patetica stalker sopravvalutata!*» gridò Sam da parte di tutti i fan.

«Non per vantarmi, ma sono stata senza dubbio la moderatrice migliore dell'incontro» continuò Kylie. «Mi hanno messo a fianco del vecchio Prostata McGee dell'*Hollywood Reporter* e a Jennifer Chicazzosenefrega di *Entertainment Weekly*. Che ha avuto l'*audacia* di far presente a Cash Carter il suo recente comportamento a Hollywood. So bene che siamo tutti preoccupati per lui (ho personalmente indetto una veglia a lume di candela nel mio ultimo video), ma ci sono cose che *non si dicono* alla WizCon! L'atmosfera si è fatta davveeeeeero tesa. Per fortuna Vecchia gloria-Zimmer ha domato l'incendio. E ora passiamo a quello che sappiamo della decima stagione...»

«Finalmente!» esclamò Joey.

«Il cast ha confermato che lo show andrà in onda finché ci saranno persone che lo guardano, possiamo darci una calmata tutti quanti, ok? Specialmente tu, *WizzerJane97*» disse Kylie. «Tuttavia, il Professor Luckunckle sarà assente per tre episodi in autunno, perché Tobey Ramous sarà impegnato a girare di nuovo alcune delle scene di *Moth-Man*; a quanto pare la Warner Brothers sa già che ce ne sarà bisogno. E se non vi piace la storia che si sta sviluppando su Kepler-186, peggio per voi. I Rettiloidi non ci lasceranno fino a metà della decima stagione.»

«I Rettiloidi *ritorneranno*? Cazzo, non può essere!» disse Davi prendendosi la testa tra le mani.

«È questo il colpo di scena del finale di stagione a cui alludevo» disse Sam.

«Non parlare del finale di stagione!» la implorò Huda. «I Wizzer in Turchia non me l'hanno ancora mandato!»

«Vecchia gloria-Zimmer ha detto anche che ci saranno tre attori ospiti a sorpresa nella prossima stagione» spiegò Kylie. «Non ha detto chi siano, ma ha dato questi indizi: uno ha vinto un Oscar, uno un Grammy e uno ha fatto un video hard. Ha anche promesso ai fan che non scriverà mai più un ruolo basato su se stesso o non ci costringerà a sopportare l'ennesima riunione di personaggi di *Who's the Parent?* L'episodio 907 a quanto pare è stato doloroso per lui tanto quanto per noi. Si fa per dire, ovviamente. E con questo siamo arrivati alla fine delle informazioni che ho per voi, sgualdrine Wizzer. Tornate domani per il mio resoconto dell'incontro con il team di postproduzione di *Wiz Kids*. E se non siete ancora iscritti al mio canale... *Suicidatevi!* Alla prossima!»

Il video di Kylie si concluse con altri trenta secondi della sua terribile sigla, ma per fortuna Topher spense l'iPad prima della fine. Tutti i ragazzi seduti ai loro computer erano immobili, intenti ad assimilare le notizie che Kylie aveva dato loro. Una volta assorbite, esplosero in contagiose manifestazioni di entusiasmo, come fuochi d'artificio accesi l'uno dopo l'altro.

«Fantastico!» disse Joey. «Mi domando come faranno a liberarsi del Professor Luckunckle per tre episodi.»

«O chi saranno gli ospiti a sorpresa» aggiunse Sam.

«Non posso credere che manchino ancora ottantuno giorni alla prossima stagione!» esclamò Mo. «È praticamente come aspettare un bambino!»

«Ti prego, amica mia» disse Huda. «È un attimo in confronto a quanto dovrò aspettare io. Sarò fortunata se allora avrò finito la nona stagione.»

«E i Rettiloidi?» domandò Davi, ancora fermo su quel dettaglio. «Stanno scherzando? Odio i Rettiloidi!»

Topher era eccitato quanto i suoi amici per le novità della serie, ma sembrava che gli altri si stessero dimenticando la *migliore* notizia della WizCon 2017.

«Sono così felice che abbiano confermato la serie per un'altra stagione» disse Topher. «Anche se lo davamo quasi per scontato.»

Si erano appena lasciati alle spalle la cerimonia dei diplomi, e in autunno Topher, Joey, Sam e Mo si sarebbero separati per frequentare università diverse. Topher sarebbe rimasto a Downers Grove per andare all'università pubblica, Joey sarebbe andato alla Oklahoma Baptist University per studiare recitazione, Sam era diretta alla Rhode Island School of Design per specializzarsi in design di interni e Mo era iscritta a economia a Stanford.

Nonostante le loro nuove destinazioni, nessuno voleva rinunciare al rito di guardare *Wiz Kids* tutti insieme il mercoledì sera; unica differenza, si sarebbero riuniti su internet invece che di persona. E ora, con la certezza che *Wiz Kids* sarebbe continuato durante il loro periodo all'università, l'addio imminente sembrava meno duro del previsto. Il loro tempo insieme era limitato, e Topher, Joey, Sam e Mo avevano grandi piani per sfruttarlo al meglio.

«Siete emozionati per il viaggio?» domandò Huda. «Partite domani, giusto?»

«Non mi avete detto che andate a fare un viaggio insieme!» intervenne Davi.

«Non volevamo vantarcene, ma sarà davvero divertente» disse Joey. «I nostri genitori ce l'hanno finanziato in parte, come regalo di diploma.»

«Parla per te» disse Sam. «Io ho dovuto trovarmi un lavoro estivo per pagare il mio quarto di viaggio.»

«Topher ha organizzato tutto!» aggiunse Mo. «Sua madre ci presta la sua station wagon.»

«Dove siete diretti? Per quanto starete via? Raccontatemi tutto!» esclamò Davi.

Topher si sfregò le mani mentre raccontava agli amici incontrati su internet il loro eccitante itinerario. Sembrava una mente criminale intenta a spiegare il suo piano per la conquista del mondo.

«Staremo via un paio di settimane» disse. «Andremo dall'Illinois alla California. I primi cinque giorni li passeremo a visitare le attrazioni turistiche, i monumenti storici e i parchi nazionali che incontreremo sulla strada. Andremo a vedere la più grande palla di elastici al mondo, il Gateway Arch di St. Louis, il museo Lewis & Clark, la Mark Twain National Forest, la prigione di Bundy & Claire, la torre d'osservazione degli UFO, Dinoworld, il parco nazionale di Petrified Forest, il Meteor Crater dell'Arizona, il Grand Canyon e per ultimo il Santa Monica Pier.

«Rimarremo a Santa Monica per quattro giorni in modo da aver tempo di esplorare Los Angeles, visitare Hollywood e fare una visita guidata ai set di *Wiz Kids* nei Sunshine Studios!»

«Mi stai prendendo per il culo?!» disse Davi.

«Sono *così* invidiosa!» esclamò Huda.

«Quanto vorrei che veniste con noi» disse Sam.

All'improvviso Mo fece un gridolino e tutti sobbalzarono. Le parole di Topher le avevano ricordato una cosa molto importante da fare prima di partire.

«Mo, va tutto bene?» domandò Joey. «Qualcuno ha lasciato un commento negativo alla tua fanfiction?»

«No, mi sono resa conto di non aver ancora fatto la valigia!» disse Mo.

«Merda, neanch'io» disse Joey. «Devo scollegarmi e fare una lavatrice. A che ora ci vediamo domattina?»

«Alle dieci in punto» gli ricordò Topher. «E dovremo essere puntuali per tutta la durata del viaggio.»

«D'accordo, d'accordo, capitano» disse Joey facendo il saluto militare. «Ci vediamo domattina!»

«Ciao Huda, ciao Davi!» salutò Mo mandando loro un bacio.

Mo e Joey sparirono dagli schermi dei computer dei loro amici. I fusi orari di Davi e Huda stavano cominciando a farsi sentire, ed entrambi sbadigliarono come cuccioli appena nati.

«Devo andare anch'io» disse Davi. «È tardissimo e il cybercafé sta per chiudere.»

«Vado a dormire un po' prima di colazione» disse Huda. «Divertitevi! Postate tantissime foto durante il viaggio, chiederò al mio contatto in Turchia di tenermi aggiornata!»

I Wizzer stranieri si scollegarono, e rimasero solamente Topher e Sam. Erano di solito gli ultimi due al computer, e spesso continuavano a chiacchierare fino a tarda notte. Topher non aveva nulla contro Joey o Mo, ma non vedeva l'ora di passare un po' di tempo da solo con Sam.

«Che serata» disse lei. «Sono talmente emozionata che dubito riuscirò a dormire molto.»

«Non ti preoccupare, faccio io il primo turno alla guida domani» disse Topher. «Puoi dormire in macchina se vuoi.»

Anche se non l'avrebbe mai ammesso, Topher aveva una cotta per Sam dalla terza media. Lo negava a se stesso da circa cinque anni, una lunga lotta contro quel sentimento, come fosse un sintomo di un raffreddore in arrivo. Ma niente poteva curarlo da *Sam*. C'era qualcosa in lei che era diverso da tutte le altre ragazze che

Topher aveva mai conosciuto: era qualcosa di familiare, che la rendeva una persona davvero piacevole con cui chiacchierare e divertirsi. Era convinto che non ci fosse nessun'altra come lei sulla Terra.

C'erano state volte in cui Topher aveva sospettato che Sam provasse lo stesso per lui, ma era una ragazza davvero difficile da capire. Per quanto fossero ottimi amici, Sam era sempre stata molto riservata. E forse era proprio quello che Topher trovava intrigante: Sam era un mistero che aspettava di essere risolto.

«Sono così eccitata per il viaggio» disse ancora lei. «Ma allo stesso tempo è un po' triste, non trovi? Tra qualche mese saremo così lontani. Ogni volta che ci penso mi deprimo.»

«So bene come ti senti» disse Topher. «Ma vedila così: il gruppo non si sta sciogliendo, ci prendiamo un periodo di pausa prima dell'inevitabile ritorno.»

Sam gli rivolse un sorriso dolce e Topher si sciolse.

«Vista così, mi piace» disse. «Questo viaggio non sarà l'ultimo, e il suo ricordo ci farà andare avanti fino alla nostra prossima avventura. Grazie ancora di avere organizzato tutto, Topher. È davvero importante, per tutti quanti.»

«Piacere mio» disse Topher. «Sarà un'estate da ricordare.»

«Ben detto» disse Sam. «Sarà meglio che cerchi di riposare un po'. Buonanotte, ci vediamo domani!»

«Buonanotte, Sam.»

Lei si scollegò e sullo schermo del computer di Topher rimase soltanto il suo riflesso, che lo guardava fisso negli occhi. Per la prima volta sentì una profonda solitudine invadergli lo stomaco. Era l'unico dei suoi amici che sarebbe rimasto a Downers Grove per l'università, e questo rendeva l'imminente addio ancora più difficile. Gli altri stavano per fare un passo avanti, e lui si sentiva come un uccellino intrappolato nel nido.

Rimanere a Downers Grove era un ripiego per Topher. Aveva fatto richiesta per entrare al MIT ed era stato accettato; era stato così contento di poter andare a studiare in quell'università prestigiosa. E vivere in Massachusetts avrebbe significato essere vicino a Rhode Island, dove sarebbe andata a studiare Sam, cosa che rendeva il tutto ancora più bello. Ma per sua sfortuna, la vita aveva altri piani per lui.

Topher udì bussare alla porta di camera sua.

«Entra pure» disse.

La mamma di Topher, Shelly Collins, entrò. Era già vestita per il turno di notte all'hotel di Chicago in cui lavorava.

«Ehi» disse lei. «Spero di non interrompere la WizFest.»

«Mamma, per la centesima volta, si chiama *WizCon*» disse Topher. «E comunque abbiamo appena finito.»

«Scusa, la WizCon» disse Shelly. «Vado al lavoro. Billy sta dormendo di sotto, non c'è bisogno che tu lo metta a letto.»

Il fratello dodicenne di Topher aveva una paralisi cerebrale e aveva passato la maggior parte della sua vita su una sedia a rotelle. Anche se riusciva a malapena a parlare e aveva bisogno di aiuto per mangiare, lavarsi, vestirsi e andare in bagno, *disabile* e *handicappato* erano parole che Topher non avrebbe mai usato per descriverlo. Billy era il ragazzino più dolce e felice che Topher avesse mai conosciuto. Rideva e scherzava ogni volta che ne aveva l'opportunità, anche se non c'era nulla di cui sorridere. Sembrava che Billy conoscesse un segreto che il resto del mondo non aveva ancora scoperto.

«Ok, controllo come sta prima di andare a letto» disse Topher.

«Grazie, caro» disse Shelly, che si fermò sulla soglia.

«Hai bisogno di altro?» domandò lui.

C'era senza dubbio qualcos'altro. Topher aveva imparato a interpretare quello sguardo: significava che sua madre aveva un gran bisogno di togliersi un peso. Si sedette sul letto in modo che potessero parlare.

«Mi sento così in colpa di non averti ancora ringraziato» disse Shelly. «Quello che fai per tuo fratello, per la nostra famiglia, è qualcosa che non avrebbe mai dovuto esserti chiesto.»

«Mamma, smettila di sentirti responsabile» la rincuorò Topher. «Se andassi via per l'università, sai bene che non riusciresti a gestire Billy e il lavoro. Papà insegnerà a Seattle soltanto per altri due anni: ho tutto il tempo di prendere una laurea qui e poi trasferirmi da qualche altra parte quando torna. E sarà anche molto più economico per me.»

«Il fatto che abbia senso non vuol dire che sia la cosa giusta» osservò Shelly, lanciando un'occhiata alla medaglia di diploma del figlio. «Ti sei impegnato così tanto per poter iscriverti a un'ottima università. Non ho mai voluto che tuo fratello fosse un peso, o che ti desse motivo di risentimento in futuro.»

Anche se Topher si faceva carico di una parte notevole dell'assistenza a Billy, non avrebbe mai potuto provare risentimento per lui. Avere un fratello diverso era stancante e stressante come solo chi lo aveva provato poteva capire, e l'unica cosa che lo faceva arrabbiare erano le persone che pretendevano di sapere come fosse, o peggio, quelle che non ci provavano nemmeno.

Topher aveva molti motivi per essere grato di avere un fratello così. Vivere con qualcuno che aveva problemi veri e limiti seri lo aveva aiutato a vedere la propria esistenza in una prospettiva unica: era ambizioso e perfezionista perché, secondo lui, non c'era motivo di non esserlo. Aveva problemi ridicoli in confronto al fratello. E siccome la responsabilità di Billy sarebbe toccata interamente a lui, una volta che i genitori non ci fossero stati più, Topher non ammetteva di poter fallire.

Suo fratello non stava compromettendo il successo di Topher: ne era la chiave.

«Mamma, sai che non potrei mai dare la colpa a Billy» disse Topher. «È una mia decisione. E non è un ostacolo, è soltanto una deviazione. Il MIT non va da nessuna parte.»

Shelly sorrise, ma il senso di colpa che le si leggeva negli occhi non accennò a svanire.

«Non so cosa ho fatto per meritare un figlio come te» disse. «A proposito di deviazioni, è tutto pronto per il viaggio?»

«Credo di sì» rispose Topher. «Grazie ancora perché mi presti la macchina e ti sei presa delle ferie in modo da lasciarmi andare.»

«È il minimo che possa fare» disse Shelly, poi diede un'occhiata all'orologio.

«Sarà meglio che vada se non voglio fare tardi. Gli ubriachi e i drogati hanno bisogno dell'accettazione. Mi fermo al benzinaio quando torno, così domani parti con il serbatoio pieno.»

Baciò il figlio sulla fronte e uscì per andare al lavoro.

Topher avrebbe mentito a se stesso se si fosse detto felice di rimanere a casa per frequentare l'università. Ma sapeva che la decisione giusta non era sempre la più semplice: una lezione che gli aveva insegnato il dottor Bumfuzzle in uno dei primi episodi di *Wiz Kids*.

Si sentì patetico al solo pensiero, ma a diciotto anni Topher considerava ancora il personaggio tanto importante quanto lo era stato per lui da bambino. Il ruolo ricoperto da Cash Carter era stato una fonte di ispirazione e forza durante molti periodi difficili. E ancora, quando doveva affrontare una sfida, Topher si chiedeva che cosa avrebbe fatto il dottor Bumfuzzle, e molte volte trovava un'ottima soluzione.

Anche se non esisteva, Topher sentiva spesso il bisogno di ringraziarlo per l'influenza positiva che aveva su di lui, e quando accadeva si collegava a CashCarter.com e scriveva una mail di ringraziamento all'attore. Era l'altra opzione che aveva, oltre a parlare al poster che teneva appeso alla parete.

Gentile signor Carter,

sono sempre Topher Collins di Downers Grove, Illinois. So di averlo detto mille volte, ma volevo ringraziarla ancora una volta per il suo lavoro nella serie. Mi rendo conto che come attore ha poco controllo su quello che fa il suo personaggio, ma il modo in cui lei l'ha interpretato negli anni ha avuto un effetto profondo su di me e sui miei amici. È il nostro eroe, e dobbiamo ringraziare lei per questo.

Essere appassionati di *Wiz Kids* ci ha fatti conoscere, e guardare la serie ci ha tenuti uniti. Ci siamo diplomati da poco e stiamo per separarci per andare a studiare in università diverse. Non so come faremmo a rimanere in contatto se non fosse per il nostro ritrovo settimanale il mercoledì sera a guardare la serie. Immagino che non sia facile essere famoso e nemmeno lavorare allo stesso programma per così tanto tempo, ma sappia che ha molti fan che le sono immensamente grati per tutto quello che fa.

Non voglio rubarle altro tempo, ma se per caso dovessi essere impegnato con gli studi e non avessi altre occasioni di scriverle, è stato un piacere guardarla e crescere con lei.

Grazie ancora,
Topher Collins
Downers Grove, Illinois

PS: Domani partiamo per un viaggio in giro per il Paese. Se è libero, ci farebbe piacere che si unisse a noi! LOL.

Topher decise di essersi esposto abbastanza per un messaggio solo, e lo spedì. Come tutte le altre lettere che aveva mandato a Cash Carter negli anni, era sicuro che si sarebbe persa tra le migliaia che l'attore riceveva ogni giorno. Ciò nonostante era piacevole ringraziare di persona il proprio idolo.

Topher scese al piano terra per controllare il fratello e trovò Billy che dormiva con il suo pigiama preferito, quello di Capitan America. Dormiva così sereno che Topher si sentì sfinito al solo guardarlo. Lo aspettava una lunga giornata, perciò andò in cucina a bere un bicchiere d'acqua e subito risalì in camera per andare a letto.

Quando rientrò nella sua stanza la prima cosa che attirò la sua attenzione fu una notifica sullo schermo del computer, di un genere che non aveva mai visto prima. Proveniva da CashCarter.com e diceva che la sua lettera era stata ricevuta... E l'attore aveva *risposto*!

Il cuore di Topher cominciò a martellare, e per poco non gli sprofondò nello stomaco. *Stava forse sognando?* Rilesse la notifica mille volte, ma non accennava a cambiare. *Cazzarola, non stava affatto sognando!* Corse verso la scrivania alla velocità della luce, inciampò nella sedia e andò carponi fino al computer. Cliccò il link collegato alla notifica e la risposta dell'attore venne caricata. Bastarono tre parole, e la vita di Topher cambiò per sempre:

A che ora?

Capitolo tre

PAROLA DI MEDIUM

Sam Gibson odiava l'aglio con tutta se stessa. Alle quattro del pomeriggio, dal lunedì al sabato, il ristorante Garliholic's, sotto l'appartamento di sua madre, accendeva i fornelli e produceva un forte odore che riempiva la stanza di Sam, filtrando tra le assi del pavimento. Quell'odore le impregnava i vestiti ed era impossibile da mascherare con profumo o acqua di colonia, e così era costretta a portarlo con sé ovunque andasse, come una puzzolente Lettera Scarlatta.

L'unica cosa che Sam aveva per contrastare i fumi pungenti del ristorante era una serie di candele che non aveva niente da invidiare all'altare di una chiesa cattolica. Possedeva ogni fragranza stagionale ed esotica immaginabile; le teneva appoggiate sul davanzale della finestra e le accendeva *tutte insieme* per dare battaglia al tanfo del Garliholic's. Ogni tanto la combinazione di tanti aromi diversi le faceva venire mal di testa, ma era sempre meglio che sentire l'odore del cavallo di battaglia del ristorante, pasta al pollo con sessanta teste d'aglio, che la gente ordinava a palate nonostante tutte le recensioni da una stella su cinque che Sam aveva postato su Yelp.

Quell'odore fungeva da repellente per la madre di Sam, che aveva il difetto di curiosare sempre dappertutto: a causa del tanfo non si avvicinava nemmeno alla camera e alle cose di Sam. Un risultato niente male, dopotutto.

In fondo Sam era grata di avere un ristorante specializzato in aglio e una madre invadente. Essere affumicata nella propria camera e sentirsi inseguita come un povero topolino a tre zampe erano ottimi motivi per andarsene da Downers Grove il più presto possibile. Per quanto Sam fosse triste di separarsi dai suoi amici, non vedeva l'ora di trasferirsi a Providence e cominciare il suo corso alla Rhode Island School of Design.

Sam era un'artista davvero brillante per due ragioni: era *talentuosa* ed era *povera*. Aveva imparato presto che quando desiderava qualcosa di bello, doveva escogitare una soluzione creativa e costruirsela da sé. E Sam aveva intenzione di trasformare questo talento in una carriera.

Tra tutto il materiale che aveva dovuto mandare per l'iscrizione alla Rhode Island School of Design, la commissione che si occupava delle ammissioni era rimasta maggiormente colpita dal portfolio di mobili fai da te che riempivano la stanza di Sam e dalle descrizioni di come li aveva costruiti.

"Decoro da Tuffo in Discarica" è il nome con cui definisco il mio stile unico di design, aveva scritto Sam.

La cornice e la testata del mio letto matrimoniale sono state costruite usando una pila di scatoloni di legno che ho trovato in strada. Sopra il letto, le mensole per i libri erano in origine cestini della spesa che ho trovato in un vicolo, dipinti di rosso e inchiodati al muro. Le mie poltrone sono costruite con la metà di uno pneumatico che ho fatto rotolare fino a casa da una discarica della zona. Ho ricoperto l'interno con cuscini rossi e utilizzato il coprimozzo come tavolino da caffè. Non c'era un armadio in camera mia, e così ne ho costruito uno utilizzando un vecchio frigorifero del ristorante sotto casa. L'ho dipinto di azzurro e ho appeso all'interno i manici di una vecchia scopa e un vecchio spazzolone per appendere i vestiti.

L'illuminazione in casa mia era davvero terribile, e così ho preso una ruota di bicicletta, l'ho avvolta nelle luci natalizie, ho sostituito i bulbi di vetro con delle bottiglie vuote per amplificare la luce, ho dipinto il tutto d'oro e ho creato un lampadario da far invidia a qualunque rockstar. Ho costruito un mobile per il giradischi e la collezione di vinili utilizzando una pila di valigie anni Cinquanta che ho trovato nella soffitta di mio nonno. Ho ricoperto una parete con le copertine dei dischi e ora Rolling Stones, Smiths, Knack, Gang of Four e Killers fanno la guardia alla mia camera come angeli custodi rock.

Mia madre ha fatto il grande errore di regalarmi il suo vecchio mobiletto per i trucchi. Si aspettava che lo conservassi religiosamente, ma l'ho dipinto di nero, l'ho colpito con una catena (per puro divertimento), l'ho ricoperto di centinaia di adesivi da paraurti e ora lo uso come tavolo per il computer. Non sono una grande fan degli specchi, e così ho tappezzato il vetro ovale di fotografie dei miei amici e ritagli di giornale della mia serie preferita, Wiz Kids.

Nessuno poteva negare che Sam avesse un dono: bastava uno sguardo al suo portfolio. Era anche evidente che Sam avesse bisogno di un aiuto finanziario per poter frequentare la RISD, e così fece richiesta per tutte le borse di studio disponibili. Per lei, riciclare oggetti dalle forme e dimensioni utili era molto più di un hobby. Recuperare le cose che la gente aveva scartato, dare loro una nuova identità era la terapia più efficace per Sam. Purtroppo trasformare se stessa non sarebbe stato semplice quanto modificare la spazzatura che raccoglieva; Sam aveva bisogno di molto più di una nuova mano di vernice per quello che aveva in mente.

«Cercherò di riposare un po'» disse al computer. «Buonanotte, a domani!»

«Buonanotte, Sam» rispose Topher.

Non appena si fu scollegata, sua madre, Candy Rae Gibson, entrò nella stanza senza bussare. Aveva un sacchetto stracolmo in una mano e una fiaschetta di vodka nell'altra. Se fosse mai stata eretta una statua in onore di Candy, per renderla autentica era in quella posa che avrebbero dovuto ritrarla.

«Santo cielo, Samantha» disse Candy facendo una smorfia per via dell'odore delle candele. «Devi per forza accenderle *tutte* insieme? Sembra che tu stia facendo una seduta spiritica, ma non credo che tu stia risvegliando i morti o spaventando i vivi...»

«Mamma, invadi la mia privacy quando entri senza bussare» disse Sam.

«Oh, ti prego» disse Candy alzando gli occhi al cielo. «Vorrei che in questa stanza succedesse qualcosa da nascondere. Il giorno che ti scoprirò a guardare porno o a fumare uno spinello morirò per la sorpresa.»

«Me lo segno» mormorò Sam.

Il fatto che Sam fosse figlia di Candy Rae Gibson era la riprova che Dio aveva un senso dell'umorismo distorto. Secondo Sam, sua madre era davvero *troppo* donna. Candy aveva sempre avuto capelli lunghi e unghie curate, si truccava troppo e non indossava un paio di pantaloni dagli anni Ottanta. Era molto socievole ma non molto sveglia, e alla gente ricordava un grosso cocker spaniel.

Candy lavorava come parrucchiera in un negozio della zona e raccontava a tutti i suoi clienti che era stata incoronata Miss Georgia Peach nel 1999, a soli diciotto anni, non che qualcuno glielo avesse chiesto. A quel tempo era anche incinta di Sam, dettaglio che la aiutò a piangere in diretta tivù in maniera molto più convincente di tutte le altre concorrenti. Alla domanda sulla pace nel mondo era scoppiata in lacrime, ed era stato in quel momento che aveva intascato la vittoria. Ogni tanto, dopo aver bevuto un Vodka Gimlet di troppo, Sam trovava sua madre che saltellava per la casa indossando la sua vecchia tiara e la fascia.

«Che cosa vuoi, mamma?» domandò Sam come se la sua presenza le stesse causando dolore fisico.

«Sono andata a fare spese e ho comprato un po' di vestiti che potrebbero esserti utili durante il viaggio.»

Candy svuotò il sacchetto sul letto di Sam. Con grande orrore della figlia, i vestiti nuovi consistevano in una pila di canottiere, minigonne, reggiseni di pizzo e mutandine fluorescenti. Erano i vestiti adatti per un barbecue a casa di Barbie e Ken, non per un viaggio in giro per il Paese insieme agli amici.

«Sai che non indosserei mai nulla di tutto questo, neanche morta» disse Sam.

«È così difficile aggiungere un tocco di colore al tuo guardaroba?» domandò Candy. «Tutto quello che hai sembra comprato a un concerto grunge negli anni Novanta. Hai la stessa figura che avevo io alla tua età, vorrei che la mostrassi di tanto in tanto.»

«È così che mi vesto» disse Sam. «Mi piace così, sono comoda e sarà così per sempre.»

«Un giorno forse cambierai idea» disse Candy facendo spallucce.

La parrucchiera ottimista si guardò intorno come se sapesse qualcosa di cui Sam non era al corrente.

«Mamma, stai facendo di nuovo quella cosa con gli occhi» disse Sam. «Se hai qualcosa da dire, dimmela e basta.»

«Vuoi sapere la verità? Bene, eccola» disse Candy. «Mi sono fermata dalla medium sulla 4th Steet dopo il lavoro. Mi ha detto una serie di cose davvero interessanti. A quanto pare in una vita precedente ero una nobildonna, molto presto farò un investimento davvero importante, ci saluta il nonno eccetera. Ma la cosa più interessante che ha detto riguarda te.»

«Ti ha detto che mi servivano vestiti nuovi?»

«No, mi ha detto che c'è un ragazzo nella tua vita, e che me lo stai tenendo nascosto!»

Gli occhi di Sam si spalancarono così tanto che per poco non le caddero fuori dalle orbite.

«Che cosa?» esclamò.

«Le ho detto che non era possibile perché se stessi frequentando qualcuno lo saprei» continuò Candy. «Ma Madame Beauffont ne era convinta. Non mi ha detto il nome o l'età ma l'ha descritto nel dettaglio. Sembra perfetto per te, una specie di anima gemella! Ascolta la stessa musica che ascolti tu, gli piace costruire cose utilizzando la spazzatura e guarda quella serie ridicola da cui sei ossessionata. So di essere l'ultima persona con cui vorresti parlare di questo argomento, ma se ci fosse un ragazzo o se ti piacesse qualcuno, ho pensato che avresti avuto bisogno di vestiti carini da indossare.»

Sam cercò di fermare sua madre, ma la bocca della donna era come un treno lanciato a tutta velocità senza il guidatore.

«Ancora, mamma?» disse Sam. «Ti ho detto un milione di volte che non ci sono ragazzi nella mia vita. Ti fidi più di Madame Beauffont che di me?»

«È una veggente di fama mondiale, Samantha» disse Candy. «Perché ti è così difficile parlarmi di queste cose? Avere un ragazzo è assolutamente normale per una ragazza della tua età. Sto cercando di esserti d'aiuto, ma ogni volta che sfioriamo l'argomento tu dai di matto. Non è che sei lesbica, o qualcosa del genere?»

«No, non sono lesbica!»

«E allora perché ti vergogni così tanto, Samantha?» domandò Candy.

Sam si zittì. Era un argomento delicato, ma non era pronta a parlarne con la madre. Candy non poteva capire.

«Non mi vergogno di nulla» disse Sam. «I ragazzi non sono una priorità in questa fase della mia vita, e vorrei che tu lo rispettassi.»

Candy alzò le braccia in aria come per arrendersi, e rimise tutti i vestiti nel sacchetto.

«Non voglio essere irrispettosa, sono solo impaziente» disse Candy. «Questi li riporto indietro domani. Ora vado, prima che queste candele mi facciano venire un'emicrania.»

Candy lasciò la stanza di Sam con un'espressione drammatica e sconfitta. La medium era stata così precisa riguardo a tutto il resto, come poteva essersi sbagliata su questo argomento?

Se Candy avesse potuto capire sua figlia tanto quanto Sam capiva la madre, avrebbe saputo che la figlia non le stava dicendo tutta la verità. La medium *aveva ragione*: c'era un ragazzo che Sam aveva tenuto nascosto alla madre, ma non era un fidanzato, come Candy sperava. Il ragazzo nella vita di sua figlia *era* sua figlia.

C'erano poche cose di cui Sam Gibson era certa, ma sapeva con tutto il suo cuore, corpo e anima che *lui* era transessuale.

Quando era piccolo, Sam non aveva mai pensato più di tanto al fatto che odiava i vestiti, non voleva che la madre gli legasse i capelli con un fiocco e preferiva giocare con i maschi del quartiere invece che con le bambine. Odiava le espressioni ragazzina e *signorina*, soprattutto perché erano sempre seguite dall'ordine di stare seduto dritto o comportarsi in una certa maniera. Sam non si rese conto, finché non diventò più grande, che erano tutti messaggi che il suo vero io gli stava mandando.

Sam era sempre stato diverso dalle altre ragazze, ma fu solo in terza elementare che passò da *sentirsi diverso* ad avvertire che c'era qualcosa di *profondamente sbagliato.* Per la prima volta lui e i suoi compagni di classe non erano più soltanto alunni, ma vennero divisi in due gruppi: maschi e femmine. La separazione sembrò portare con sé una nuova serie di regole, divieti e aspettative invisibili che lui non aveva mai imposto a se stesso. Tutto ciò lo metteva a disagio, ma non riusciva a capire il perché. Sapeva di essere una femmina, era ovvio, ma perché non si sentiva donna? Perché dentro di sé sentiva di essere un maschio? Perché voleva essere trattato come un ragazzo?

Era confuso, frustrato e si sentiva sbagliato, e quel sentimento diventò sempre più forte col passare del tempo.

L'infanzia di Sam fu tormentata da domande cui non riusciva a trovare risposta.

Era uno scherzo della natura? C'era qualcosa di guasto dentro di lui? Dio aveva fatto un errore? Era andato a catechismo con il suo amico Joey, e sapeva di poter imparare come pregare e chiedere a Dio di *aggiustarlo.* Tutte le sere Sam pregava di svegliarsi il giorno dopo nel corpo giusto, ma le sue preghiere non vennero mai esaudite.

Qualche anno più tardi, le prime fasi della pubertà gli sembrarono più un dirottamento che una naturale evoluzione. Il suo corpo stava crescendo, ma sembrava tradirlo ogni giorno di più. Stava diventando qualcosa che non andava d'accordo con quello che provava. Non importava quanti video sull'argomento guardasse, l'idea di emergere dai suoi anni da teenager come *donna* sembrava estranea e innaturale, come un bruco che da crisalide si trasforma in ragno.

Sam pensò che se avesse ignorato i cambiamenti, il

suo corpo avrebbe potuto respingerli o invertirli. Invece di procurarsi un reggiseno, Sam si avvolse intorno al seno una benda elastica, in modo che il torace apparisse piatto. Più i seni crescevano più stringeva la benda, tanto che finì per ferirsi. A un certo punto comprò un reggiseno sportivo che aveva lo stesso effetto, ma fu per lui un momento di sconfitta: stava perdendo la battaglia con il proprio corpo.

Per Sam era una situazione talmente difficile da capire che non si aspettava che altri potessero farlo. Aveva paura che i suoi amici e sua madre l'avrebbero trattato come Frankenstein, se avessero saputo la verità, e così Sam tenne alta la guardia per impedire che qualcuno si avvicinasse troppo e per non farsi sfuggire niente di bocca. Sam pensò che fosse l'unico modo per proteggere il vero se stesso, ma questo lo rinchiuse in un asfissiante isolamento. Anche quando era circondato dai suoi amici più cari, Sam si sentiva completamente solo.

Fu durante la scuola media che udì il termine *transessuale* per la prima volta. Aveva già letto quella parola un paio di volte, ma *sentirla* ebbe un effetto completamente diverso e gli aprì gli occhi sul vero significato del termine. Stava facendo zapping alla televisione una sera e si fermò su una replica di un vecchio talk show. Il titolo recitava *Transessuali in America* e il conduttore stava intervistando due donne e un uomo trans. Sam rimase stregato dal programma. Gli ospiti trans raccontavano le difficoltà che avevano vissuto crescendo come persone del sesso opposto, la frustrazione di vivere in un mondo che non li capiva e la libertà che avevano provato una volta completata la loro trasformazione.

Come se la coltre di polvere che oscurava le finestre della sua mente fosse stata rimossa, Sam si rese conto per la prima volta di essere transessuale. Non era uno scherzo della natura, l'errore di Dio, o un mostro: dovevano esserci milioni di persone come lui in tutto il mondo. Sam si vergognava di non esserci arrivato prima, ma *transessuale* non era un termine che circolava molto sulle strade di Downers Grove.

Quando Sam cominciò la scuola superiore, ormai non era più tormentato dalle mille domande su *chi* davvero fosse. Avevano lasciato il posto a domande più simili a *che cosa devo fare? Quali sono i passi per il cambio di sesso? Sono pronto a farli? Devo dirlo ai miei amici e alla mia famiglia? Sapranno accettarmi per quello che sono? E se non dovessero esserne capaci, sono forte abbastanza per andare avanti da solo?*

Le informazioni che Sam aveva trovato e le persone con cui ne aveva discusso online erano state d'aiuto, e molti gli avevano suggerito di trovare qualcuno con cui parlarne di persona. Oltre a pagarsi il viaggio (e cominciare l'università con qualche soldo in tasca), Sam aveva preso il lavoretto estivo a Yolo FroYo per poter andare da uno psicologo. Aveva fissato il primo appuntamento con il dottor Eugene Sherman, il cui studio era raggiungibile a piedi dal negozio dove lavorava.

Lo psicologo era più anziano di quanto si aspettasse, aveva più peli che gli crescevano dalle orecchie che capelli in testa, non guardava in faccia la sua segretaria e teneva incorniciata una foto di se stesso a fianco di George W. Bush nella sala d'aspetto. Erano tutti segnali d'allarme, ma Sam era così grato di avere trovato qualcuno con cui poter parlare liberamente che li ignorò.

«E così crede di essere un uomo intrappolato nel corpo di una donna, giusto?» domandò il dottor Sherman.

«Oh cielo, odio quando la gente la mette giù così» disse Sam. «Sembra la frase di una sitcom anni Ottanta. Diciamo che sono un transessuale, da donna a uomo; suona molto più scientifico e meno come una battuta.»

«Ne ha parlato con i suoi amici?» chiese il dottor Sherman.

«No» rispose Sam. «Il mio amico Joey viene da una famiglia molto religiosa, non sono sicuro di come la prenderebbe. Mo sa essere molto drammatica, di sicuro non è la persona giusta a cui dirlo per prima. E Topher... Penso che troverebbe la notizia davvero difficile da digerire.»

«Non crede che la accetterebbero per quello che è?»

«Non ha niente a che fare con questo» disse Sam. «Non mi fraintenda, Topher è una specie di santo. Sarebbe potuto andare in qualsiasi università avesse voluto ma ha deciso di stare qui per aiutare la madre a badare a suo fratello disabile. Dire a Topher la verità sarebbe difficile perché... ha una cotta per me.»

«E il sentimento è reciproco?»

«Mi sta chiedendo se *io* ho una cotta per *Topher*?» domandò Sam. «Non sono sicuro di averci mai pensato. Mi piacciono gli uomini, se è quello che vuole sapere. Ma mi sono talmente concentrato sull'*essere me stesso* che *stare con qualcun altro* non è mai stata una priorità. Mi segue?»

Lo psicologo prese nota.

«E che cosa dicono i suoi genitori?»

«Mia madre non potrebbe sopportarlo» disse Sam, tremando al solo pensiero di dirglielo. «Piange a ogni puntata di *Grey's Anatomy*, non riesco a immaginare come reagirebbe. Probabilmente mi porterebbe da uno sciamano o mi infilerebbe delle pillole piene di estrogeni nel cibo.»

«E suo padre?»

«Non ho mai conosciuto mio padre» disse Sam. «È sparito prima che mia madre si rendesse conto di essere incinta.»

«Ha mai avuto una figura paterna stabile?»

«Molte, ma nessuna *stabile*» ridacchiò Sam. «Mia mamma passava da un fidanzato all'altro, saltava da un lavoro a un altro, si spostava di città in città e mi ha trascinato lungo tutto il Mississippi, finché non ci siamo stabiliti a Downers Grove. Mi diceva di chiamarla "sorellona" prima che compissi otto anni. Se non è abbastanza per descrivere la dinamica familiare in cui sono cresciuto, non so che altro aggiungere... È *proprio per questo che sono qui.*»

Il dottor Sherman lo trovò davvero interessante, e prese nota di tutto quanto.

«Be', signorina Gibson, ho delle ottime notizie per lei» disse lo psicologo. «Lei non è transessuale.»

Dopo aver passato quasi un'ora a confidare il suo segreto più intimo, era l'ultima cosa che Sam si aspettava di sentire.

«Che cosa?» domandò.

«Crescendo senza un padre e con una madre inaffidabile, presumo che ci siano stati molti momenti nella sua infanzia in cui ha dovuto farsi da genitore» disse il dottor Sherman, convinto. «Non ha avuto altra scelta che prendersi cura, non solo di se stessa, ma certe volte anche di sua madre. In assenza di una figura maschile, è stata lei "l'uomo di casa", si fa per dire. Quindi è perfettamente comprensibile che desideri un'identità maschile.»

Sam si sentì come se avesse portato l'automobile in officina e il meccanico ne parlasse come di un cavallo.

«Mi dispiace, ma non credo che sia sulla strada giusta» disse Sam. «Sono un transessuale perché mi identifico in un sesso diverso da quello del mio corpo. Non ha nulla a che fare con la mancanza di una figura paterna nella mia vita.»

«Sì, capisco che *pensi* di essere transessuale, ma la

mia opinione professionale è che lei soffra di una confusione di identità...»

«Non sono affatto confuso» ribatté Sam. «È qualcosa con cui lotto e che ho tenuto nascosto da quando ero bambino. Non credo che lei capisca quanto sia stato difficile venire qui e raccontare tutto a uno sconosciuto. Sono venuto per ricevere consiglio su cosa fare e come dirlo ai miei cari, non per farmi trattare come se fossi pazzo.»

Il dottor Sherman si tolse gli occhiali e mise da parte il taccuino degli appunti. Ciò che uscì dalla bocca dello psicologo fece capire a Sam che il medico non avrebbe mai capito la natura del problema, e che era stato un grave errore andare da lui.

«*Signorina*» disse il dottor Sherman. «Studio la mente umana da più di quarant'anni. Capisco l'attrattiva di unirsi alla comunità dei transessuali, ma le assicuro che il movimento transessuale non è che una moda per anticonformisti, tanto che è ancora considerata una malattia mentale dall'Organizzazione Mondiale della Sanità. Vorrei poterla aiutare, ma mutilare il suo corpo non è una soluzione che raccomanderei quando i problemi possono essere risolti con una terapia psicologica.»

Sam non sapeva che cosa dire, ma era stracolmo di emozioni. Aveva sentito per tutta la vita di essere intrappolato da una camicia di forza, e la prima persona a cui aveva chiesto di allentarne le cinghie non aveva fatto altro che stringerle di più.

«Mi stia a sentire» disse il dottor Sherman. «Torni a casa e faccia una ricerca sui transessuali americani: tasso di disoccupazione, povertà, abusi e violenze subite... Se sarà ancora convinta che sia lo stile di vita adatto a lei, sarò felice di raccomandarle un altro psicologo. Ma fino ad allora non c'è altro che posso fare per lei.»

Sam si aspettava di uscire dallo studio del dottor Sherman sollevato, fiducioso ed entusiasta di poter vivere la vita giusta per se stesso. E invece si ritrovò a camminare verso casa ancora più afflitto, spaventato e isolato di prima. Se non poteva trovare aiuto nello studio di uno psicologo, come avrebbe fatto a trovarlo nei suoi amici e nella sua famiglia? Era coraggioso abbastanza per andare avanti con il cambiamento senza di loro? Avrebbe potuto trovare la forza di fare tutto da solo?

L'unica cosa che poteva dare risposta a queste domande era il *tempo*, nient'altro.

Ogni sera, dopo il suo terribile incontro con il dottor Sherman, Sam si ritrovava a guardare il suo episodio preferito di *Wiz Kids* per andare a dormire di buonumore. L'episodio 313, "I Prigionieri della Cintura di Asteroidi", raccontava le avventure del dottor Bumfuzzle intento a incidere centinaia e centinaia di asteroidi per liberare diversi esemplari di una specie aliena che erano rimasti intrappolati all'interno. Gli Angeli Celestiali erano una specie bellissima con corpi trasparenti e grandi ali olografiche. Una volta liberati, gli angeli spiccavano il volo nello spazio, impazienti di riunirsi alle proprie famiglie nella loro galassia natale, dall'altra parte dell'universo.

"I Prigionieri della Cintura di Asteroidi" era per Sam più speciale di ogni altro episodio di *Wiz Kids*. Ogni tanto si sentiva come un Angelo Celestiale intrappolato all'interno di un asteroide, anche se non c'era nessun dottor Bumfuzzle pronto a salvarlo. Per liberarsi, avrebbe dovuto fare tutto da solo: bastava trovare il coraggio di cominciare il cammino. Anche se avesse dovuto affrontare il cambio di sesso senza alcun sostegno, il traguardo di sentirsi finalmente in pace con il proprio corpo e mostrarsi come la persona che sentiva di essere avrebbe giustificato tutti gli sforzi da affrontare durante il viaggio.

Quello che Sam non sapeva ancora era che stava per arrivare un aiuto esterno, ed era molto più vicino al dottor Bumfuzzle di quanto potesse prevedere.

Capitolo quattro

DISTURBO DA IMMAGINAZIONE IPERATTIVA

Mo Ishikawa appoggiò una cartelletta di *Wiz Kids* sul lenzuolo rosa del letto e si voltò verso il grosso specchio nell'angolo di camera sua. Al contrario della sua amica Sam, Mo *amava* gli specchi, forse un po' troppo. In camera ne aveva tre, e non perdeva mai l'occasione per darsi un'occhiata, mettersi in posa come Amy Evans o esclamare "ehi, bella!" quando ci passava davanti.

In quel momento Mo stava fissando negli occhi il proprio riflesso per affrontare una questione molto seria. Fece un respiro profondo e recitò un discorso che stava preparando da tre mesi. L'aveva provato talmente tante volte che era impresso nella sua mente come il giuramento di fedeltà alla bandiera americana.

«Papà, dobbiamo parlare» disse Mo. «Non voglio tenderti un'imboscata, ma dobbiamo discutere dei miei studi. So che è sempre stato il tuo sogno vedermi studiare a Stanford, ma dopo averci riflettuto molto ho deciso che non fa per me. Non te l'ho mai detto, ma oltre a Stanford, ho anche chiesto l'ammissione al corso di scrittura creativa della Columbia University. Mi hanno presa anche lì, ed è quella l'università che ho intenzione di frequentare in autunno.»

Aprì la cartelletta di *Wiz Kids* e appoggiò la lettera di ammissione alla Columbia sul letto, insieme ai fascicoli che descrivevano il corso di scrittura creativa, come per mostrare il tutto al padre.

«Capisco perché pensi che scrivere non sia un mestiere sicuro, e così per farti preoccupare di meno ho deciso di scegliere economia come materia complementare. Mi dispiace di non avertene parlato prima, ma sapevo che ti saresti arrabbiato. Ho pagato il deposito per l'iscrizione sia a Stanford sia alla Columbia per guadagnare un po' di tempo in modo da trovare il coraggio di dirtelo, ma ho bisogno di scegliere il piano di studi prima che comincino a riempirsi. Ecco una lista dei corsi che mi piacerebbe frequentare durante il primo semestre.»

Mo appoggiò l'elenco sopra la presentazione del corso di economia.

«Papà, non voglio vivere rimpiangendo la scelta giusta, e andare a studiare economia a Stanford mi renderà una persona triste. Sono una scrittrice, papà. Ce l'ho nel sangue, ed è quello che voglio fare per il resto della mia vita. Come mi hai insegnato, essere adulti significa prendere decisioni difficili, e spero che tu riesca a considerare questa come un esempio di maturità e non come una mancanza di rispetto. Dai un'occhiata ai fascicoli che ho qui con me, e parliamone di nuovo domattina. Grazie. *Com'è andata, Peaches?*»

Mo lanciò un'occhiata ansiosa al suo gatto grigio, Peachfuzzle "Peaches" Carter, che era sdraiato su una pila di animali di peluche nell'angolo opposto della stanza. Il gatto era dieci chili di giudizio puro, e indossava un collare tempestato di gioielli che si abbinava perfettamente alla sua aria di superiorità. Guardò Mo con il solito sguardo che rivolgeva alle persone, come se la voce nella sua testa dicesse *vaffanculo.*

Mo era abituata all'espressione priva di compassione del suo gatto. Gli occhi verdi di Peaches erano stati carichi di rancore fin dal momento in cui l'avevano portato a casa dal gattile: era come se avesse capito che la sua intera esistenza sarebbe stata un tributo a una coppia di personaggi tivù.

Naturalmente Mo si rendeva conto di quanto fosse improbabile che un animale che faceva la cacca in un contenitore pieno di sabbia, mangiava salmone in scatola e dormiva venti ore al giorno provasse un odio viscerale nei suoi confronti. Tuttavia doveva spesso ripetere a se stessa come stavano veramente le cose. La sua immaginazione viveva una vita propria.

«Mi chiedo quanto si arrabbierà mio padre quando lo verrà a sapere» pensò Mo ad alta voce mentre camminava per la stanza. «Be', *tecnicamente* non mi può costringere ad andare a Stanford. Ma allo stesso tempo i miei fondi per il college sono *tecnicamente* soldi suoi. E se decidesse di non darmene più? Se fossi costretta a pagare la Columbia usando un prestito per studenti? E se non riuscissi a guadagnare scrivendo una volta laureata? Come farò a estinguere il debito? Dovrò vendere i miei organi al mercato nero!»

Mo soffriva di DII (disturbo da immaginazione iperattiva) fin da quando era bambina. Non era un disturbo ufficialmente riconosciuto dal ministero della sanità americano (perché l'aveva inventato Mo), ma la sua condizione era impegnativa e spossante quanto una vera malattia.

«Smettila, Mo!» esclamò dandosi una sberla. «Tuo padre non lascerà che tu venda gli organi per pagare l'università. Sei la sua unica figlia: avrà bisogno di te quando sarà anziano e non saprà più badare a se stesso. Se avessi un fratello maggiore non dovrei preoccuparmi di tutte queste stupidaggini!»

Allo stesso tempo, se Mo avesse avuto un fratello o una sorella probabilmente non sarebbe stata un'aspirante scrittrice. Crescere da figlia unica aveva fatto scoppiare in lei la creatività e l'aveva condannata a una vita tormentata dal DII. Non avendo nessuno con cui giocare, era stata costretta a inventarsi modi alternativi per intrattenersi da sola.

Ad esempio, quando Mo aveva due anni si era decisa a togliere tutti i tappi che trovava in casa e nasconderli in un tupperware che teneva sotto il letto. Lo aveva fatto solo per infastidire suo padre e ridacchiare mentre lo guardava cercarli dappertutto.

A tre anni Mo aveva sviluppato una vera e propria ossessione per lo specchio. La bambina solitaria passava ore e ore ogni giorno a parlare, fissare e fare boccacce al proprio riflesso. Per lei lo specchio era molto più di una lastra di vetro che le rimandava la sua immagine: era una finestra sul mondo in cui viveva il suo doppio. E benché ormai fosse grande, se Mo fosse passata davanti a uno specchio senza guardarlo ed esclamare "ehi, bella" sarebbe stato come trascurare una vecchia amica.

Quando Mo aveva quattro anni decise di dare un nome a ogni oggetto della casa, in modo da avere sempre qualcuno con cui parlare. Non solo aveva assegnato delle identità ai mobili e agli elettrodomestici, ma aveva dato loro hobby, gusti e opinioni politiche. Non sapeva cosa volessero dire i termini *repubblicano* e *democratico*, ma aveva raccontato con dovizia di dettagli ai suoi genitori che la lavatrice non parlava più all'asciugatrice perché aveva votato John Kerry alle elezioni presidenziali del 2004.

La madre di Mo considerava la figlia divertente e creativa, e la incoraggiava a immaginare che gli oggetti fossero vivi. Ma la scelta della signora Ishikawa ebbe conseguenze negative per lei e suo marito. Gli oggetti avevano un nome, e ciò significava che avevano anche un'anima, e così ogni volta che veniva il momento di sostituire qualcosa Mo si comportava come se i suoi genitori stessero commettendo un omicidio.

Quando gli Ishikawa si liberarono di Bruce, l'instabile sgabello da bar, Mo pianse per una settimana. Non fu più la stessa dopo aver visto Antonia, la televisione rotta, rapita da due addetti della discarica. Mo corse dietro il camion per sei isolati, memorizzò la targa e chiamò la polizia una volta tornata a casa. La chiamata portò a una conversazione davvero imbarazzante tra suo padre e due agenti che si presentarono alla porta.

Sua madre non ebbe altra scelta che raccontare a Mo che Maximilian, il paralume rovinato, era scappato per unirsi a un circo. Mo ricevette cartoline da Maximilian che raccontavano della sua nuova vita fino al suo quinto compleanno. Per fortuna Mo non si accorse che la calligrafia di Maximilian assomigliava molto a quella della mamma.

«Non avevo idea che l'acero in giardino fosse vissuto in Svizzera» disse la signora Ishikawa. «Che cosa l'ha portato a trasferirsi negli Stati Uniti?»

«Era innamorato del cedro e volevano sposarsi e fare una famiglia» disse Mo.

«È lo stesso motivo per cui tuo padre si è trasferito qui dal Giappone» disse la signora Ishikawa. «E quella roccia? Perché vive qui con noi?»

«Quella *assomiglia* a una roccia, mamma» spiegò Mo. «Un tempo era una stella cadente che ha viaggiato attraverso la galassia per milioni di anni prima di schiantarsi qui!»

«È davvero incredibile, cara» disse la signora Ishikawa. «Adoro le tue storie. Puoi fare un favore a tua madre? Devo andare a degli incontri, cose da adulti, niente di entusiasmante, e sarei così contenta se tu trascrivessi le tue storie in modo che le possa portare con me. Così avrei qualcosa di cui sorridere.»

«Sarà un vero piacere, mamma!»

Mo era davvero eccitata di avere uno scopo e prese il compito molto seriamente. Usando le poche parole che conosceva, scrisse storie avvincenti che parlavano degli insetti del giardino, degli uccelli che vivevano sugli alberi e delle stelle nel cielo. Ogni tanto la trama diventava così complicata che Mo doveva aggiungere disegni con pastelli e pennarelli in modo che sua madre riuscisse a seguire la storia.

«Sono fantastiche, orsetto mio!» disse la signora Ishikawa. «Sono esattamente quello di cui ho bisogno. Ho molte altre riunioni a cui devo andare nei prossimi tempi. Pensi di poter continuare a scrivermi le tue storie? Sono la cosa più bella delle mie giornate.»

«Certo che posso!»

Ogni volta che la signora Ishikawa aveva un incontro, Mo le dava una nuova storia prima che uscisse di casa. Suo padre accompagnava sempre sua madre e lasciava Mo alle cure della zia Koko e, al momento del ritorno, la piccola scrittrice aveva già pronta una nuova storia che accompagnasse la madre all'appuntamento successivo. A un certo punto gli incontri diventarono talmente frequenti che Mo trovò difficile stare al passo con il numero di storie che aveva promesso.

«Mi dispiace così tanto, mamma» disse Mo. «Non sono riuscita a finire la storia sul cane dei vicini.»

«Non fa niente, amore mio» rispose la madre. «La mamma è un po' stanca, probabilmente non riuscirò a leggere molto oggi. Perché non la finisci per la prossima volta?»

Mo era così assorta nella scrittura che non si accorse che l'energia della madre continuava a calare da quando aveva cominciato a frequentare quegli incontri.

«Mamma, perché sei sempre stanca?» domandò Mo un giorno. «Gli incontri ti fanno venire sonno?»

«Sì, è proprio così» rispose la signora Ishikawa. «Le faccende da adulti sono importanti, ma possono essere molto noiose. Mi viene sonno al solo pensarci. Ma non ti preoccupare, orsetto mio. La mamma tornerà normale una volta che le riunioni saranno finite.»

Non era soltanto la forza vitale della mamma a calare. Mo notò che la signora Ishikawa era molto più fragile e pallida di prima, e più andava a quegli appuntamenti e più diventava minuta e debole.

«Mamma, perché sei così magra?»

«Ogni tanto salto il pranzo» disse la signora Ishikawa.

«Che è successo alle tue ciglia e sopracciglia? Sono cadute?»

«Forse sto facendo la muta, come il cane del vicino. Sai, l'estate è dietro l'angolo.»

«Mamma, le persone non fanno la muta. Che cosa sta succedendo *veramente*?»

«Amore mio, siediti qui con me e ti spiego tutto» disse la madre. «Volevo parlartene da un po', ma ho aspettato il momento giusto. Gli incontri a cui vado ogni giorno erano all'ospedale, con dei dottori.»

«Perché vai all'ospedale, mamma?»

«Perché... Perché...» mormorò la signora Ishikawa in difficoltà. «Perché i dottori credono che tua madre abbia dei superpoteri! Mi hanno fatto qualche test per esserne sicuri.»

«Superpoteri?» ridacchiò Mo. «Mi stai prendendo in giro!»

«Come altro si possono spiegare tutti i miei cambiamenti?» chiese la madre ridendo. «Tua madre è l'Incredibile Donna Dormiente, Rimpicciolente e Mutante, ma non bisogna dirlo in giro in modo che nessuno dei tuoi amici sia geloso.»

«È per quello che papà è diventato così silenzioso? Perché deve tenere segreti i tuoi superpoteri?»

«Proprio così» disse la signora Ishikawa. «Ma non ti preoccupare, papà tornerà normale una volta che io avrò finito i test.»

«Che cosa puoi fare con i tuoi superpoteri?» domandò Mo, non del tutto convinta della storia che le stava raccontando la madre.

«È proprio questo che stanno cercando di scoprire i dottori. Ci stanno mettendo tanto tempo perché non hanno molta immaginazione. Se solo ci fosse qualcuno che li potesse aiutare...»

Gli occhi di Mo brillarono di gioia, e un ampio sorriso le solcò il viso.

«Mamma, *io* ho tanta immaginazione!» esclamò. «Se scrivessi delle storie sull'Incredibile Donna Dormiente, Rimpicciolente e Mutante forse potrei essere d'aiuto ai dottori!»

«Orsetto mio, è l'idea migliore che abbia mai sentito!» disse la signora Ishikawa. «Presto comincerò un'altra sessione di incontri, e questa volta starò in ospedale per qualche notte in modo da fare altri test sui miei superpoteri. Che ne dici di scrivere delle storie in modo che possiamo leggerle insieme quando torno a casa?»

«Aggiudicato!» disse Mo.

Mentre la madre era in ospedale, Mo scriveva con devozione le avventure dell'Incredibile Donna Dormiente, Rimpicciolente e Mutante. Scrisse di come sua madre usasse i superpoteri per riuscire a dormire nonostante i rumori più forti del pianeta, per rimpicciolire fino alle dimensioni di un topo in modo da recuperare le cose che cadevano sotto il divano e dietro gli armadi e per perdere i capelli dentro il cibo a piacimento così da ottenere pranzi e cene gratis al ristorante.

Mo non vedeva l'ora di poter condividere le storie con la madre: sapeva che l'avrebbero divertita più di ogni altra cosa che avesse mai scritto. Sua zia Koko non apprezzava altrettanto la sua creatività, e così Mo aspettava con grande trepidazione il momento in cui i suoi genitori sarebbero tornati a casa. Dopo circa una settimana vide tornare suo padre, ma la signora Ishikawa non era con lui.

«Papà, la mamma ha finito i test sui superpoteri?»

«No» disse il signor Ishikawa. «Non ci sarà più nessun test.»

Il signor Ishikawa non riusciva a guardare negli occhi la figlia, e Mo aveva paura che fosse arrabbiato con lei per qualche motivo.

«Quando torna la mamma?» domandò Mo.

«La mamma non torna a casa» rispose lui.

«Perché no? Dov'è?»

Il signor Ishikawa si fece silenzioso, come faceva sempre quando traduceva mentalmente un discorso in inglese. Questa volta, però, sapeva bene *che cosa* dire, solo non voleva farlo.

«La mamma *se n'è andata.*»

«Andata? Dove? Devo darle le mie nuove storie!»

Mo tese il fascicolo pieno di fogli verso il padre, ma lui non lo prese.

«Basta con le storie, Moriko» disse. «La mamma è morta.»

Col tempo Mo venne a sapere che sua madre aveva combattuto contro il cancro per più di due anni prima di morire. Durante una semplice pratica ospedaliera, la signora Ishikawa aveva avuto un'insufficienza renale e non c'era stato nulla da fare.

Non avrebbe mai pensato che quella sull'Incredibile Donna Dormiente, Rimpicciolente e Mutante sarebbe stata la loro ultima conversazione.

Ma il padre di Mo non le spiegò nulla di tutto ciò. Dopo la morte della moglie, il signor Ishikawa non la nominò mai più, e smise quasi del tutto di parlare. Lavorava fino a tardi sei giorni a settimana per evitare di stare in casa, e passava le giornate di riposo da solo nel suo studio a guardare la tivù giapponese. Non aveva amici, la maggior parte della sua famiglia viveva ancora dall'altra parte del mondo, e le uniche parole che aveva per la figlia erano ordini come *pulisci la tua stanza*, *preparati per l'esame* e *vai a studiare a Stanford.* Mo si sentiva più vicina alla madre che non c'era più che al padre: era *lui* il fantasma di casa.

Dopo tredici anni, Mo e il signor Ishikawa non si erano ancora abituati al fatto di essere una famiglia, loro due soli, ed erano più simili a estranei che vivevano sotto lo stesso tetto.

«Il papà sta facendo tardi in ufficio stasera» disse Mo guardando l'orologio. «Che cosa l'avrà trattenuto? Quanti giapponesi possono aver bisogno di consulenza legale a quest'ora di sabato?»

La sua camera da letto tremò mentre la porta del garage al piano di sotto si apriva. Udì suo padre parcheggiare ed entrare in casa.

«Oh cielo, è tornato» disse Mo. «È il momento! Augurami buona fortuna, Peaches.»

Il gatto le lanciò un'occhiata che sembrava dire *vai a buttarti giù da un ponte*. Mo sistemò i fascicoli informativi sulla Columbia University nell'ordine in cui aveva pianificato di mostrarli al padre. Scese le scale e lo trovò seduto in sala da pranzo. Stava mangiando una zuppa e leggendo un giornale giapponese.

«Ciao, papà. Com'è andata al lavoro?» domandò.

Il signor Ishikawa non accennò ad alzare gli occhi dal giornale.

«Tutto bene, tutto bene» mormorò. «Hai fatto le valigie per domani?»

«Sono quasi pronta» disse Mo, poi si schiarì la voce per cominciare il discorso che aveva preparato. «Papà, dobbiamo parlare. Non voglio tenderti un'imboscata, ma dobbiamo discutere dei miei studi...»

«Imboscata?» domandò. «Che cos'è un'*imboscata*?»

Non aveva messo in conto il fatto di poter essere interrotta, eppure non ne fu troppo sorpresa. La maggior parte dell'inglese del signor Ishikawa era morto con la moglie, il che aveva reso sua figlia un'interprete straordinaria.

«Un'imboscata è una specie di sorpresa» spiegò Mo.

«Sorpresa?» domandò. «Che genere di sorpresa?»

«Non c'è nessuna sorpresa, papà. Devo parlarti e non voglio che il mio discorso ti colga alla sprovvista, tutto qui.»

«C'è qualcosa che non va?»

«Questo dipende da *te*» disse, poi ricominciò il monologo. «So che è sempre stato il tuo sogno vedermi studiare a Stanford...»

«Certo» disse il signor Ishikawa annuendo. «Stanford è un'ottima università. Un'ottima università ti porterà a un ottimo lavoro, e un ottimo lavoro a una vita di grande successo.»

«Ehm... d'accordo» disse Mo. «Ma dopo una lunga riflessione, ho deciso che non è la scelta giusta...»

«Riflessione?» domandò il signor Ishikawa.

«*Riflettere* su qualcosa significa *pensare* a una certa situazione.»

«Ah, certo, certo» disse il signor Ishikawa. «Sei una ragazza sveglia, e le ragazze sveglie pensano un bel po'. È per questo che ti hanno preso a Stanford.»

Era più difficile di quanto Mo si sarebbe aspettata, eppure aveva preso in considerazione praticamente qualunque scenario immaginabile, compreso lo scoppio di una guerra a metà del discorso. Cercò di non deviare dal discorso che si era preparata, ma più suo padre la interrompeva più faceva fatica a concentrarsi.

«È proprio di Stanford che ti devo parlare» disse. «Come mi hai insegnato, essere adulti significa prendere decisioni difficili, e non voglio vivere con il rimpianto di aver fatto la scelta sbagliata. Ho deciso che Stanford non è la strada giusta per me.»

«Sei troppo severa con te stessa, Moriko» disse il signor Ishikawa. «Hai studiato tanto e hai ottimi voti. Ti meriti di andare a Stanford tanto quanto ogni altro studente brillante. Non avere paura.»

L'unica cosa di cui Mo aveva paura era non riuscire a far capire al padre quello che intendeva, e si fece prendere dal panico. Il padre aveva difficoltà con l'inglese, ma non era certo uno sciocco. Il signor Ishikawa aveva sicuramente capito che cosa intendesse la figlia, e non era confuso quanto dava a vedere.

«Papà, non mi stai a sentire...»

«Ci sono tante persone che hanno fatto richiesta a Stanford, ma solo i più meritevoli vengono accettati.»

«Sì, ho capito, ma se mi lasci finire...»

«Stanford è un'ottima opportunità e ti garantirà una splendida carriera...»

«Papà, non voglio andare a Stanford!»

Mo rimase sorpresa da se stessa più del padre. Il signor Ishikawa lasciò cadere il cucchiaio nella zuppa e si mise a fissare le sedie vuote accanto al tavolo. Ci fu un silenzio di tomba tra i due, finché Mo non raccolse il coraggio necessario per appoggiare la cartelletta di *Wiz Kids* davanti al genitore.

«Sono stata presa al corso di scrittura creativa della Columbia University di New York» disse. «È *questa* l'università dove voglio andare, ed è *questa* che ho intenzione di cominciare. Ecco tutte le informazioni sul corso e sulle materie che ho scelto. So che non è quello che vuoi, ma è la *mia* vita e io mi sento *una scrittrice*, non una donna d'affari. Ti prego di fidarti di me.»

Il signor Ishikawa aprì la cartelletta e sfogliò le pagine che trovò dentro, ma non diede più di una rapida occhiata. Riconsegnò il raccoglitore a Mo e incrociò le braccia.

«La Columbia è un *errore*, Moriko» disse. «Stanford è la scelta giusta.»

«Papà, la Columbia è una grande università e ha ottimi corsi di economia che posso scegliere come materia complementare.»

«Scrivere non è un vero lavoro. Hai bisogno di un lavoro rispettabile per diventare una persona di successo.»

«Non hai mai letto nulla di quello che scrivo! Se ci dessi un'occhiata magari cambieresti idea...»

Il signor Ishikawa batté un pugno sul tavolo, facendo sussultare Mo e mandando schizzi di minestra sulla lettera di ammissione alla Columbia.

«Fine del discorso!» gridò. «Andrai a Stanford, punto e basta!»

«Papà, ti prego!»

Il signor Ishikawa intimò alla figlia di stare zitta, senza aggredirla, soltanto guardandola negli occhi per la prima volta quella sera.

«Fa' in modo che tua madre sia fiera di te» disse a bassa voce.

L'aspirante scrittrice non si era mai ritrovata senza parole in vita propria, ma all'improvviso non sapeva più cosa dire. Suo padre non aveva mai nominato sua madre in tredici anni, e adesso lo aveva fatto non per confortarla, bensì per controllarla. «Va' in camera tua» disse il signor Ishikawa. «Riposati prima del viaggio di domani.»

Mo prese la cartelletta di *Wiz Kids* dal tavolo e tornò nella sua stanza in lacrime. Si chiuse la porta alle spalle, prese Peaches in braccio e si mise a coccolarlo sul letto, per quanto il gatto non sembrasse molto dell'idea.

«A quanto pare ci trasferiremo in California, Peaches» singhiozzò Mo all'orecchio dell'animale. «Non so che cosa ho pensato. Non c'è compassione o raziocinio in mio padre, soltanto regole e principi.»

Peaches riuscì a liberarsi dalla stretta della padrona. Né il gatto né il padre le mostravano alcuna comprensione, così Mo si avvicinò al computer e trovò il conforto di cui aveva un disperato bisogno nell'unica cosa che amava davvero: *scrivere.*

Le sue lacrime bagnarono la tastiera mentre cominciava a scrivere il primo paragrafo del nuovo capitolo del suo romanzo fanfiction di *Wiz Kids*. Il tono non era erotico quanto i capitoli precedenti.

CAPITOLO CINQUE

I venti solari della Galassia Andromeda soffiavano nei canyon del cratere come un branco di coyote ululanti alla luna piena. Le folate mettevano paura al dottor Bumfuzzle e alla dottoressa Peachtree, che continuarono a cercarsi per tutta la notte; ma le potenziali conseguenze di un contatto fisico tormentavano le loro menti, e le loro mani tese si ritraevano sempre prima che le dita si toccassero. Non sapevano quando o come, ma sapevano di dover trovare una via d'uscita da quel mondo senza amore, fosse anche l'ultima cosa che facevano nella loro vita.

Mo continuò a scrivere fino alle prime ore del mattino, poi si mise a letto. I nomi, i volti e i luoghi di cui raccontava non erano i suoi, ma l'amore tra il dottor Bumfuzzle e la dottoressa Peachtree era il più grande amore della sua vita. Poteva essere una relazione immaginaria, ma per Mo era meglio vivere di riflesso che non vivere affatto. Si tenne aggrappata ai Peachfuzzle come a un salvagente, sperando che fosse abbastanza per farle superare l'ennesima oscura e implacabile tempesta.

Capitolo cinque

UNA PASSWORD SEGRETA

La famiglia di Joey Davis sembrava a un occhio esterno così perfetta che la gente di Downers Grove l'accusava spesso di aver stretto un patto col diavolo. Era un appunto ironico, poiché tutti sapevano che il padre di Joey era il pastore della prima chiesa battista di Naperville, la seconda comunità battista dell'Illinois per grandezza.

Il pastore Jeb Davis era una specie di celebrità locale. Divulgava la parola di Dio con fervore e devozione, tanto che i fedeli erano convinti che i suoi discorsi fossero ispirati da Gesù in persona. Ogni domenica mattina c'erano moltissimi devoti che facevano miglia e miglia per ascoltare i suoi sermoni, e le loro figlie si univano a loro per ammirare i bellissimi figli del pastore.

Questa era solo una delle mille ragioni per cui Joey odiava la chiesa. C'era qualcosa che lo metteva terribilmente a disagio nel vedere le ragazze che gli facevano l'occhiolino mentre ascoltava suo padre predicare sull'ultima tentazione di Cristo.

«Quand'è che ti trovi una ragazza, Joey?»

Era questa la domanda che gli veniva rivolta più spesso in chiesa.

«Non appena incontrerò quella giusta» rispondeva lui, anche se avrebbe voluto tanto dire qualcosa come *non hai mica sentito mio padre parlare di astinenza appena la settimana scorsa? Vorresti davvero uscire con qualcuno se avessi un padre del genere?*

«Cosa farai dopo la scuola superiore?» era la seconda domanda che si sentiva porre in chiesa. «Diventerai un missionario come i tuoi fratelli?»

«A dire la verità ho deciso di studiare alla Oklahoma Baptist University» rispondeva, trattenendosi dal dire *assolutamente no: donare acqua pulita e medicine per l'AIDS ai poveri in cambio di versi della Bibbia non fa per me.*

Joey aveva quattro fratelli, due più grandi e due più piccoli. I fratelli maggiori, Matthew e Jeb Jr., stavano diffondendo l'opera del Signore in Uganda. Quelli minori, Noah e Peter, assomigliavano alla progenie di Satana, e Joey aveva la sfortuna di dover condividere con loro la camera da letto.

«Selvaggi!» gridò loro Joey. «Dove avete nascosto il mio caricabatterie del telefono? Era sul mio letto appena venti secondi fa!»

Aveva solo un'ora prima di partire con gli amici, e stava ancora facendo la valigia. I suoi fratelli minori non erano certo d'aiuto, e continuavano a nascondere le sue cose ogni volta che usciva dalla stanza. Quando rientrava, i fratellini facevano la faccia innocente, sdraiati sul loro letto a castello a giocare con *Mosè: Fuga dall'Egitto* sul GameBoy.

«Matteo 7,8» disse Peter. «Chiedete e vi sarà dato; cercate e troverete; bussate e vi sarà aperto.»

«Busserò fino ad aprirti il cranio se non lo tiri fuori all'istante!» lo minacciò Joey.

«L'ha nascosto nella balena» disse Noah. «L'ho visto mentre stavi mettendo via le cose da bagno.»

«Spione!»

Joey sfilò una balena di peluche da sotto la testa di Peter e trovò il caricabatterie all'interno della bocca chiusa con la zip. Colpì il fratello così forte con quel pupazzo che un Giona di peluche uscì dalle fauci del cetaceo.

«E dove avete messo il mio portafoglio?» domandò Joey.

«Matteo 13,50» recitò Noah. «E li getteranno nella fornace ardente, dove sarà pianto e stridore di denti.»

«Non avrai più nessun dente da far stridere se non mi dici dov'è il mio portafoglio!» esclamò Joey alzando un pugno in aria.

«L'ha messo nel condotto di aerazione!» disse Peter.

«*Chi fa la spia non è figlio di Maria!*»

Joey usò il modello della torre di Babele, che Noah aveva costruito con i bastoncini di lecca lecca, come sgabello per recuperare il portafoglio, schiacciando con i piedi una decina di figurine di argilla.

«Ok, ho finito la valigia» disse Joey. «Se uno di voi due si azzarda a toccare le mie cose prima che parta, vi assicuro che Caino e Abele assomiglieranno più a Tom & Jerry quando avrò finito con voi!»

«Ragazzi, venite giù!» chiamò la mamma, in fondo alle scale. «Vostro padre vuole dire una preghiera per Joey prima di andare in chiesa!»

Joey e i suoi fratelli scesero al piano terra e raggiunsero i genitori in salotto. C'era un dipinto incorniciato appeso sopra il caminetto che raffigurava il pastore Jeb e Gesù Cristo abbracciati, con vesti identiche, come se facessero parte della stessa squadra di boxe. Il pastore era in piedi sotto il dipinto, con una mano appoggiata sulla mensola del camino e l'altra che teneva in mano gli appunti per il sermone del giorno. Sua moglie gli camminava intorno pulendogli l'abito con una spazzola e strappando i fili che trovava.

Mentre Joey osservava i suoi genitori prepararsi per andare in chiesa, pensò che fosse difficile immaginare Jeb e Mary Davis dare scandalo, e invece avevano fatto scalpore quando si erano trasferiti a Downers Green alla fine degli anni Ottanta. Visto che la madre di Joey era bianca, la coppia mista aveva incontrato diverse resistenze fondando una chiesa nella parte più conservatrice della città. I primi passi del pastore Davis dietro l'altare erano stati difficili, ma più denunciava la discriminazione di cui lui e Mary erano vittima e più il numero dei suoi fedeli cresceva. E ormai molta gente riteneva che l'opera del pastore Davis fosse stata fondamentale per unire la comunità della zona.

Quelle storie rendevano Joey molto fiero, ma allo stesso tempo lo confondevano. I suoi genitori avevano dovuto affrontare molti ostacoli per superare la discriminazione, e adesso sembravano usare la chiesa per discriminare a loro volta. I sermoni del pastore Jeb erano sempre compassionevoli, ma denunciavano senza remore coloro che lui riteneva "indegni" dell'amore di Dio.

Joey si chiedeva se i suoi genitori avessero esaurito la loro dose di benevolenza o se era inevitabile che gli innovatori diventassero ipocriti con il passare del tempo.

Il pastore finì di leggere i suoi appunti e li infilò nel bavero della giacca. «*Dio è buono, Dio è buono, Dio è buono*» cantava tra sé. «Ragazzi, venite tutti qui. Pregheremo per il viaggio di Joey prima che parta.»

La famiglia Davis si sistemò in cerchio intorno al tavolino da caffè, tutti si presero per mano e chiusero gli occhi. Quando loro padre diceva che era ora di pregare, Noah e Peter giocavano sempre a chi riusciva a dare il calcio più forte all'altro senza farsi scoprire; era un gioco che avevano inventato Matthew e Jeb Jr. quando erano piccoli.

«Padre che sei nei cieli» esordì il pastore. «Vorremmo prenderci un momento in questa bellissima domenica mattina per ringraziarti di tutto quello che ci hai dato.

Grazie per la nostra casa, grazie per la nostra famiglia, grazie perché ci permetti di diffondere la tua parola di salvezza.»

Ogni volta che Joey pregava, immaginava Dio come Ian McKellen seduto su una nuvola intento ad ascoltare all'altro capo di un telefono d'oro in stile anni Cinquanta. Si chiedeva se Dio apprezzasse tutta la gratitudine espressa dalle preghiere di suo padre, o se avesse mai pensato qualcosa come *vieni al punto, infimo leccaculo!*

«Padre che ci hai donato tanto di cui essere grati, ci rivolgiamo a te con una umile richiesta» continuò il pastore. «Ti prego di vegliare su Joseph durante il viaggio con i suoi amici Christopher Collins, Samantha Gibson e Moriko Ishikawa...»

«*Sì, paparino!*» esclamò una voce forte e ansimante.

Tutti i membri della famiglia Davis aprirono un occhio e si guardarono tra loro, ma nessuno sembrava sapere chi avesse pronunciato quelle parole.

«Che cos'è stato?» domandò Mary.

Tutti e tre i ragazzi fecero spallucce, e il pastore Jeb continuò la sua preghiera.

«Padre che sei nei cieli, ti chiediamo di sottrarre Joey e i suoi amici al male e di proteggerli dai pericoli che incontreranno lungo la strada. Dà loro la saggezza per prendere decisioni intelligenti, responsabili e caute. Possa la paura di disobbedire alla tua parola vincere le tentazioni del peccato. Fa' in modo che ritorni un uomo migliore, più saggio e santo di quanto non lo sia oggi...»

«*Sì, paparino!*» esclamò ancora una volta la voce misteriosa.

«Ragazzi, tenete i dispositivi elettronici spenti quando vostro padre parla con Dio» li rimproverò Mary. «Conoscete le regole.»

«Il mio GameBoy è di sopra!» disse Peter.

«Anche il mio» aggiunse Noah. «Dev'essere il telefono di Joey.»

«Il mio telefono non dice cose del genere» si difese Joey.

Tirò fuori il cellulare dalla tasca per controllare. Quando guardò lo schermo, strabuzzò gli occhi. Si sbagliava: era proprio il suo telefono.

«*Sì, paparino! Sì, paparino!*» gemette altre due volte, in concomitanza con l'arrivo di due nuove notifiche.

Più veloce della luce, Joey lo mise in modalità aereo e se lo ficcò in tasca prima che la sua famiglia capisse che cosa stava succedendo.

«Joseph, che cos'è stato?» domandò Mary. «Perché il tuo cellulare faceva quei versi?»

«Scusate, era solo Candy Crush» mentì. «Ci sono quattro nuovi livelli da superare. Torniamo a te e al Signore, papà.»

Sua madre gli lanciò un'occhiataccia e il pastore concluse la sua preghiera.

«Padre che sei nei cieli, fa' in modo che Joseph si diverta con i suoi amici in queste ultime settimane prima dell'inizio dell'università. Ti chiediamo anche di continuare a vegliare su Matthew e Jeb Jr. che stanno diffondendo la buona novella in Uganda. Preghiamo nel nome di Cristo. Amen.»

«Amen» ripeterono gli altri.

«Noah e Peter, salutate vostro fratello e salite sul pulmino» disse Mary.

I fratelli di Joey gli pestarono i piedi più forte che potevano, poi corsero fuori di casa prima che riuscisse a prenderli per la collottola.

«*Ragazzi, state facendo sorridere Satana!*» gridò Mary al loro indirizzo, poi abbracciò Joey e gli diede un bacio sulla guancia. «Sta' attento. E non dimenticarti di telefonare e aggiornarci sul viaggio.»

«Certo» disse Joey.

Sua madre uscì di casa e si avviò verso il pulmino insieme ai fratelli. Invece di abbracciare il figlio, il pastore Jeb gli appoggiò le mani sulle spalle e lo guardò dritto negli occhi.

«Tempi duri stanno per arrivare, Joseph» disse serio. «Quello in cui ti stai per avventurare è un mondo spaventoso. Non permettere a nessuno di renderti un esempio di scelleratezza, d'accordo?»

«Non ti preoccupare» lo rassicurò Joey. «Non c'è bisogno che mi ripeti tutto quello che mi hai già detto, papà. Se qualcuno cerca di crearmi problemi, mi allontanerò come mi hai raccomandato di fare.»

«Bene» disse il padre. «E ricorda, figliolo, *il Signore ti sta guardando.*»

Il pastore rimase immobile per qualche secondo, lasciando che le sue parole facessero presa.

Joey trasalì. «Anche tu mi mancherai.»

Il pastore diede a Joey una forte pacca sulla schiena e si avviò verso la porta d'ingresso. Una volta che la sua famiglia fu uscita di casa, Joey corse in camera sua e li guardò percorrere il vialetto sotto la sua finestra. Salirono tutti sul pulmino e partirono, ma Joey aspettò che fossero spariti prima di voltarsi. Chiuse le tende, appoggiò una sedia contro la porta nel caso fossero tornati all'improvviso e poi prese il telefono dalla tasca.

Quattro nuove notifiche su ManNip.

Joey schiacciò sulla notifica e si aprì un'app di incontri gay che aveva installato sul cellulare. La mascotte di ManNip era un gatto che faceva l'occhiolino con i denti aguzzi, un bicipite gonfio e addominali scolpiti. L'app consisteva in una mappa che segnava la posizione di uomini gay nelle città vicine. C'era anche l'opzione che consentiva di immettere un itinerario, in modo che gli iscritti di altre città potessero sapere quando saresti stato nei paraggi.

Ma la cosa più importante era che l'app era gratis e non sarebbe mai apparsa sulla bolletta del telefono che pagavano i suoi genitori, cosa fondamentale per un ragazzo di chiesa che voleva mantenere tutto segreto.

Joey aveva scaricato ManNip la sera prima e non

poteva credere di avere già ricevuto dei messaggi. Aveva creato un profilo falso sotto il nome di Jay Davidson, un ventiduenne che studiava antropologia alla Northwestern University di Chicago. Aveva caricato foto del proprio torace, offuscando il proprio viso tranne che nelle fotografie scattate da notevole distanza, in cui non era riconoscibile.

Sentì le farfalle nello stomaco mentre leggeva i messaggi che gli aveva mandato un uomo di nome Brian K.

Ehi, sexy!

Ho visto che sarai a Oklahoma City domani notte.

Sono qui da giovedì per lavoro.

Ti va di vederci? ☺

Joey diede un'occhiata al profilo di Brian K prima di rispondere. Sembrava alto, aveva delle braccia davvero grosse e un sorriso solare. Brian diceva di essere un architetto di ventotto anni di San Diego, e aveva caricato diverse foto di se stesso con un casco da cantiere e alcuni progetti in mano per provare che era la verità. Joey sapeva che la gente spesso non era sincera sulle app per incontri (lui per primo), ma Brian sembrava convincente. Dopo aver steso quindici versioni diverse del suo messaggio, rispose.

Ciao, Brian.

Mi piacerebbe molto incontrarti.

Fammi sapere ora e luogo. ☺

Joey avvertì una forte scarica nervosa dentro di sé, come un treno che supera veloce la banchina di una stazione del metrò. Non aveva mai parlato con un altro ragazzo gay prima di allora, ed eccolo lì a progettare la sua prima esperienza sessuale. Era eccitato, come se avesse appena rapinato una banca.

Sapeva che fare sesso o essere gay non era contro la legge (non più, almeno), ma a Joey era stato inculcato fin dalla nascita che entrambe le cose erano peccati gravissimi. Secondo i sermoni del pastore Jeb, Joey sarebbe senz'altro bruciato all'inferno per aver ceduto alle proprie pulsioni omosessuali. Ma se suo padre aveva ragione riguardo a tutti i peccati di cui parlava ai fedeli, l'inferno doveva essere un posto davvero affollato.

Forse Dio aveva cambiato idea sui gay per risparmiare un po' di spazio?

Joey immaginava la scena come se fosse parte di un film: Dio (Ian McKellen) entra in una grande sala riunioni in paradiso, al suo fianco Mosè (Denzel Washington) e Gesù (Idris Elba).

«Ragazzi, ho cambiato idea riguardo agli omosessuali» dice Dio. «Forse dopotutto dare sfogo agli istinti con cui sono nati non è *così* grave come macchiarsi di omicidio, stupro o rapina. Non credo si meritino di andare all'inferno, mi dispiace di averlo suggerito.»

«Mi sembra una grande decisione» dice Mosè. «Ci sono giunte lamentele dall'inferno per via del sovraffollamento. Non sapevamo come rispondere perché insomma, dopotutto *deve* essere un inferno!»

«Non potrei essere più d'accordo con te, papà» dice Gesù. «Io ho sempre detto di *amare tutti.* Il messaggio si è perso negli anni, ma non è troppo tardi per ricordarlo alla gente.»

«Allora è deciso» dice Dio. «Cominceremo col rendere gli uomini gay davvero attraenti e le donne lesbiche capaci di qualsiasi cosa, in modo che tutti si accorgano che hanno la mia benedizione. I gay insegneranno al resto del mondo come divertirsi, pian piano si guadagneranno la fiducia della gente finché non verranno accettati e il matrimonio gay sarà legalizzato in tutti i Paesi della Terra.»

«E che ne facciamo della gente che crede ancora che sia contro il tuo volere?» domanda Mosè. «Fidati, so bene quanto le persone possano essere restie al cambiamento.»

Dio ci pensa un attimo e gli viene in mente un'ottima risposta.

«Faremo in modo che la comunità gay sia così aperta a ogni razza, cultura e nazionalità da essere per forza l'emanazione del mio volere.»

«E se la gente decidesse di ignorarlo?» domanda Gesù. «Io ho avuto qualche problema a convincerli che fossi tuo figlio, non ricordi?»

Dio si accarezza la barba immerso nei pensieri.

«Ci sono» esclama. «Faremo in modo che la gente che discrimina i gay sia anche contro il riscaldamento globale, e così gli omofobi sembreranno responsabili della rovina del pianeta. Nessuno vorrà schierarsi dalla loro parte, e i gay verranno finalmente accettati da tutti.»

«Fantastico!» dice Gesù. «Dovrebbe funzionare.»

«Ottima idea» commenta Mosè. «È per questo che *tu* sei Dio.»

Quella scena passava spesso nel cinema della mente di Joey, anche se era uno spettacolo per cui la sua famiglia non comprava mai i biglietti. Non importava quanto il mondo stesse cambiando, i Davis e la loro chiesa si rifiutavano di evolvere con lui. Altre chiese e congregazioni avevano fatto passi avanti, ma la Prima chiesa battista di Naperville *andava fiera* di tenere il freno tirato.

La gente che circondava Joey esprimeva il proprio disgusto verso gli omosessuali in maniera così offensiva e chiassosa che ogni tanto era preoccupato di sprofondare nel disonore e nella vergogna che quelle parole gli suscitavano. Altre volte quasi li ringraziava per la loro onestà. Sapere che non sarebbe mai stato accettato significava non doversi torturare con il dilemma di come fare per essere accettato.

Per fortuna Joey non si era mai dovuto preoccupare che la verità trapelasse, al contrario della maggior parte dei teenager gay. Essere il figlio di un pastore gli creava una montagna di problemi, ma gli dava anche una scusa perfetta quando ne aveva bisogno. Negli anni era diventato un maestro a sfuggire alle domande e a cambiare discorso, e nelle rare occasioni in cui non riusciva a sviare la conversazione attribuiva la propria repressione sessuale, l'imbarazzo e l'ignoranza alla fede di famiglia.

Joey era anche diventato abilissimo a reprimere i suoi bisogni fisici. Sapeva di essere gay fin dalla scuola media, ma aveva allontanato l'idea di andare a letto con un altro ragazzo come se fosse un viaggio da compiere in futuro, non un impegno da prendere nell'immediato. Ma rinviare diventava sempre più difficile, man mano che i suoi ormoni si facevano più forti. Non aveva bisogni sessuali diversi dai coetanei: era come se intrappolato dentro di lui ci fosse un Hulk imponente e voglioso, che voleva essere liberato. Ma al contrario degli adolescenti eterosessuali che scherzavano sull'argomento e ne parlavano di continuo per alleviare la tensione, qualunque cosa fosse uscita dalla bocca di Joey avrebbe fatto insospettire le persone intorno a lui.

Quel sentimento diventò quasi insopportabile durante l'ultimo anno di scuola. Sentiva che sarebbe esploso se non avesse dato sfogo ai suoi bisogni fisici: non aveva solamente bisogno di sesso, ma di qualcosa, *qualunque cosa*, che potesse farlo sentire vivo e non schiacciato dentro il proprio corpo. Era poco probabile che trovasse un partner alla Oklahoma Baptist University, così aveva deciso di farlo prima di cominciare l'università. Se avesse avuto quella prima esperienza, un singolo ricordo da portare con sé al college, forse avrebbe potuto reprimere i suoi sentimenti ancora per qualche anno.

Il viaggio estivo era l'opportunità migliore che gli sarebbe capitata. Lui e i suoi amici sarebbero stati così lontani da casa che se avesse incontrato un uomo durante le vacanze, il suo partner non avrebbe saputo chi era, e la notizia di certo non sarebbe arrivata fino a casa sua a Downers Grove. Era l'occasione perfetta, e aveva un piano.

«*Sì, paparino! Sì, paparino!*»

Sul cellulare di Joey arrivarono altre notifiche di ManNip.

> Ti scrivo domani quando avrò in mente dove vederci.
>
> Ci vediamo presto, sexy.
>
> Un bacio, Brian

Sapere che mancavano solo alcune *ore* prima di perdere la verginità (o almeno così sperava) gli faceva battere il cuore. Sentì i pantaloni farsi sempre più stretti davanti, man mano che la sua voglia cresceva dentro e fuori. Mancava poco all'appuntamento con gli amici, ma Joey aveva bisogno di *rilassarsi* prima di partire.

Accese il computer portatile e cliccò su una cartella chiamata SCUOLA. Come se stesse navigando in un labirinto digitale, si addentrò in una serie di cartelle dal nome insospettabile: ISCRIZIONI ALL'UNIVERSITÀ, LETTERE DI BENVENUTO...

Si fermò a una cartella chiamata OBU, protetta da una password. La cartella era piena di immagini di attrici in bikini e foto di modelle in topless, ma era solamente una copertura nel caso uno dei suoi fratelli fosse riuscito ad addentrarsi così a fondo nel suo hard disk. Quello che Joey stava cercando era all'interno di una seconda cartella chiamata PECCATO, difesa da una password.

PECCATO era un vero e proprio scrigno di tesori erotici che conteneva foto di attori a torso nudo, atleti e modelli, tra cui molte di Cash Carter e Tobey Ramous di *Wiz Kids*. C'erano foto e video porno gay amatoriali che Joey aveva scaricato da internet. Qualunque fantasia desiderasse era a portata di clic, pronta per essere soddisfatta aprendo i file con la mano non occupata.

Joey era felice di essere riuscito a nascondere la sua collezione così efficacemente, ma dover prendere misure tanto estreme lo faceva sentire male. La disonestà in cui doveva vivere ogni giorno gli pesava come una catena. Ogni volta che apriva la cartella PECCATO, il peso cresceva. Joey andava avanti così da talmente tanto tempo che non riusciva nemmeno a immaginare una vita libera da tutto ciò.

Proprio come la pornografia nascosta nel computer, il vero Joey era nascosto dietro una serie di barriere difensive, e ci sarebbe voluto un hacker molto abile per riuscire a portarlo alla luce.

Capitolo sei

IL QUINTO PASSEGGERO

«Il motore è un po' pigro, ma parte sempre al terzo o quarto tentativo» spiegò Shelly Collins facendo dondolare dalle dita le chiavi della sua station wagon Chevrolet del 1994. «I fanali ci mettono qualche secondo ad accendersi, non ti agitare se non li vedi subito. I tergicristalli sono rotti, se vi ritrovate in mezzo a un temporale devi fermarti e aspettare che smetta. E l'indicatore del livello della benzina funziona solo quando vuole lui. Ricordati di fare il pieno ogni trecento miglia, a prescindere dal livello che vedi sul cruscotto... *Topher, mi stai ascoltando o no?*»

Topher era così assorto nei propri pensieri che non aveva sentito nemmeno una parola di sua madre. L'unica cosa a cui riusciva a pensare era il messaggio ricevuto la notte prima da CashCarter.com.

«Ho capito tutto» mentì. «Rilassati, mamma. Hai quella macchina da prima che io nascessi. So bene cosa funziona e cosa no.»

Topher fece per prendere le chiavi ma Shelly le allontanò da lui come se stesse giocando con un gattino.

«Sei sicuro di poter guidare? Sembri stanco.»

Topher non era stanco, era *esausto.* Come poteva dormire dopo aver ricevuto un messaggio dall'idolo della sua infanzia?

Le parole *A che ora?* avevano sfarfallato nella sua mente per tutta la notte come una lampadina che sta per bruciarsi.

«Mi sento riposato» mentì di nuovo. «Sono solo impaziente di partire. Che ore sono?»

Topher diede un'occhiata ai diversi orologi che avevano in casa, ma ognuno segnava un'ora diversa. Shelly guardò quello che aveva al polso.

«Sono le nove e cinquantacinque» disse. «A che ora arrivano Joey, Sam e Mo?»

«Dovrebbero essere qui a momenti» disse Topher. «Anzi, vado ad aspettarli fuori, così partiamo appena arrivano. Mi daresti le chiavi?»

Shelly tenne il mazzo in alto sopra di sé, costringendo suo figlio ad abbracciarla prima di darglielo.

«Guida piano, e torna tutto intero.»

«Promesso» disse lui. «Grazie di lasciarmi usare la tua macchina.»

Topher prese la valigia e si avviò verso la porta, passando davanti a Billy prima di uscire.

«Ci vediamo presto» disse Topher. «Stai lontano dai guai finché non torno, ok? Niente feste scatenate.»

«Finalmente portò guardare in tivù qualcosa di diverso da *Wiz Kids*» disse Billy meglio che poteva.

«È tutta tua, fratellino» disse Topher. «Non fare overdose di *Enigmi alieni*. E prenditi cura della mamma mentre sono via.»

Topher salutò Billy dandogli un pugno leggero sulla mano sana, poi uscì di casa. Caricò la valigia nel baule della station wagon e cominciò a camminare avanti e indietro per il vialetto, osservando il quartiere come un agente dell'FBI in cerca di un fuggitivo.

«Sta' calmo, Topher» disse ad alta voce. «Non può essere stato *davvero* lui. Dev'essere qualche programmatore che ti sta prendendo per il culo. In questo momento starà ridendo di te.»

All'improvviso un SUV nero apparve nella via. Topher non aveva mai visto quell'auto nel suo quartiere, e il cuore cominciò a battergli all'impazzata.

«Magari non ha mai fatto un viaggio così, in macchina... E se fosse sempre stato uno dei suoi desideri e avesse aspettato soltanto che qualcuno lo invitasse? *Oh mio dio, e se fosse proprio lì in quell'auto?*»

Il SUV si avvicinava sempre di più, e il cuore di Topher batteva sempre più forte. Ma con suo grande sollievo e delusione insieme, svoltò in un'altra strada prima di passare davanti a casa sua.

«Santo cielo, sono così ingenuo» ridacchiò Topher. «Non posso credere di essere rimasto sveglio tutta la notte a...»

«Con chi stai parlando?» chiamò una voce dietro di lui. Topher sobbalzò per la sorpresa, si voltò di scatto e vide Sam e Joey con i bagagli in mano.

«Certo che avete il passo furtivo!» esclamò Topher.

«Buongiorno anche a te» disse Sam ridendo. «Stavi parlando da solo?»

«Che cosa? Certo che no...» disse Topher. «Stavo ripassando l'itinerario di viaggio. Non mi aspettavo che arrivaste così presto.»

«Sei stato tu a insistere che partissimo alle dieci in punto» gli ricordò Sam. «Vuol dire che probabilmente Mo arriverà alle dieci e un quarto, ma io e Joey di solito siamo puntuali.»

«Lo so, solo che non mi aspettavo di vedervi sbucare dal nulla.»

«Ehi bello, sei così suscettibile di recente» gli fece notare Joey. «Spero che tu non abbia ricominciato a prendere l'Adderall.»

«Ho imparato la lezione durante l'ultima settimana di esami» disse Topher chiudendo il discorso. «Be', buon primo giorno di viaggio! Posso darvi una mano con i bagagli?»

Prese le loro valigie e le caricò accanto alla propria nel baule della station wagon. Joey e Sam si scambiarono uno sguardo mentre era voltato verso la macchina: c'era qualcosa che non andava nel loro amico.

«Topher, ti senti bene?» domandò Sam. «Sembri un po' stressato.»

«Non ho dormito molto la notte scorsa» disse Topher.

«Sei rimasto sveglio a guardare *Infermiere Cattivelle* di nuovo?» gli chiese Joey.

«No, niente del genere» disse Topher. «E ti avevo detto di non dirlo...»

«E allora che è successo? Billy ha avuto una nottataccia?» domandò Sam.

Per un attimo Topher pensò di tacere la notizia per paura dell'imbarazzo in cui avrebbe potuto metterlo, ma poi pensò che al limite ne avrebbero riso insieme.

«Ieri notte prima di andare a letto sono andato sul sito di Cash Carter e gli ho scritto un messaggio» spiegò Topher.

«Un messaggio?» esclamò Sam che stava già per mettersi a ridere. «Che tipo di messaggio? Gli hai dichiarato amore eterno?»

«No, l'ho soltanto ringraziato per averci fatto divertire tutti questi anni» disse Topher. «Ho anche detto che partivamo per un viaggio, e l'ho invitato a venire con noi.»

«Che cosa?» disse Joey ridacchiando. «Spero almeno che tu non abbia messo anche i nostri nomi. È proprio una roba da sfigati irrecuperabili.»

«Era solo uno scherzo... Il punto è che *mi ha risposto.*»

«Chi, il sito internet?» domandò Sam. «E che cosa diceva?»

«Fammi indovinare» disse Joey. «Amico mio, grazie

per il messaggio bla bla bla sono troppo occupato per rispondere a tutti bla bla bla *Wiz Kids* va in onda il mercoledì alle otto. Una cosa del genere?»

«No, mi ha scritto "A che ora?"» disse Topher. «E io gli ho risposto con il mio indirizzo e l'orario della partenza, ma non ho ricevuto altri messaggi. Sono stato sveglio tutta la notte a chiedermi se davvero Cash Carter si sarebbe presentato qui questa mattina.»

Tirò fuori il telefonino per mostrare agli altri i messaggi. Joey e Sam si scambiarono uno sguardo, poi si voltarono verso Topher e scoppiarono a ridere così tanto da farsi venire le lacrime agli occhi. La loro risata era contagiosa, e Topher si ritrovò a ridere della propria ingenuità.

«Che scemo, vero?» disse Topher.

«Santo cielo, c'è da morire!» esclamò Joey. «Qualcuno del suo staff deve averti preso in giro, e tu ci hai creduto!»

«È come quella volta, il primo anno delle superiori» disse Sam. «Ti ricordi quando Mo credeva di scrivere su Facebook al vero Tobey Ramous, e invece si è scoperto che era un vecchio maniaco con un debole per le asiatiche?!»

«Dai, non è *così* terribile» disse Topher. «Almeno i miei messaggi venivano da una fonte attendibile.»

«Non riesco ancora a crederci: *tu* hai pensato che davvero Cash Carter potesse presentarsi a Downers Grove» disse Joey ridendo. «Riesci a immaginare un attore di successo che attraversa il Paese in una vecchia station wagon? Non avresti dovuto dircelo, ora te lo rinfacceremo per sempre!»

All'improvviso uno stridio di pneumatici li colse di sorpresa. Si voltarono appena in tempo per vedere un'auto nera lucidissima avvicinarsi e accostare al marciapiede. L'autista saltò fuori e corse ad aprire la portiera al passeggero. Prima di tutto videro un mozzicone di sigaretta gettato fuori dal finestrino, poi un bellissimo uomo sui vent'anni uscire dall'auto. Indossava occhiali da sole spessi, una giacca di pelle nera, jeans scuri e stivali di marca. Il passeggero sbadigliò e si stiracchiò prima di voltarsi verso Topher e i suoi amici.

«Ehi» disse. «Uno di voi è Topher Collins?»

Topher, Joey e Sam rimasero paralizzati. Non sentivano niente, non pensavano niente e quasi non respiravano: tutto quello che riuscivano a fare era fissare il ragazzo come se fosse uno Yeti.

«Cazzarola» esclamò Joey sbalordito. «Sei Cash Carter.»

Cash lanciò un'occhiata al trio attraverso gli occhiali da sole.

«Già, in persona» disse.

Ci volle qualche momento perché realizzassero chi avevano davanti: Cash non assomigliava affatto al timido esperto di fisica quantistica che impersonava in televisione, ma più a un James Dean dell'era moderna. Aveva i capelli scompigliati, un accenno di barba e una postura scorretta. Senza la generosità di un set pieno di luci, per la prima volta i tre notarono i suoi pori, le rughe che aveva sulla fronte e un accenno di zampe di gallina.

«Grazie del passaggio, Larry» disse Cash. «Mi dispiace di avertelo chiesto tardi.»

Il guidatore aprì il baule e diede a Cash uno zaino nero con le zip dorate. L'attore diede dei soldi all'autista e gli strinse la mano.

«Nessun problema, signor Carter» disse Larry. «Si goda il viaggio, e mi faccia sapere quando passa di nuovo da Chicago.»

Larry si infilò al posto di guida e si allontanò con la macchina, lasciando Cash davanti a tre teenager ancora scioccati, immobili e silenziosi.

«Non state sognando... sono qui per davvero» scherzò Cash, senza ricevere alcuna risposta. «Su, non potete essere così sorpresi di vedermi. Mi avete invitato voi, dopotutto.»

«Sì... *t-t-t-i abbiamo invitato!* Cioè... *t-t-t-i ho invitato io!*» balbettò Topher. «Sono io Topher Collins. È un piacere conoscerla, signor Carter.»

Topher fece un passo avanti e strinse la mano di Cash tanto forte che per poco non gliela stritolò.

«Hai una stretta niente male» disse Cash.

«Oh cazzo, mi dispiace!» si scusò Topher. «Scusa, ma stiamo quasi impazzendo. Speravo che venissi, ma non mi aspettavo che lo facessi davvero. Aspetta un attimo... Non sei qui perché credi che io stia morendo, giusto? Spero che nessuno ti abbia detto che sono malato o roba del genere, perché sto benissimo.»

Cash fece spallucce. «Sono venuto perché mi andava» disse. «Fare un viaggio con un gruppo di estranei non è tra i miei passatempi, ma mi sono detto *perché no?* Si vive una volta sola. A meno che tu non sia buddista, in tal caso si ritorna in vita un po' di volte, o così pare. L'ho letto in aereo. La chiamano reincarnazione. Sono questi gli amici di cui mi hai scritto?»

Joey e Sam fecero un passo avanti per presentarsi.

«Buongiorno, signore» disse Sam, inchinandosi come se fosse davanti a un principe. «Mi chiamo Sam. Vorrei solo dire che è un *onore* e un *privilegio* essere qui davanti a lei... *Un onore e un privilegio.*»

«Io sono Joey... Joey Davis» disse lui senza sapere se stringere la mano a Cash o meno. «Sono un suo grande fan, un suo *grande fan*!»

«Cambierai idea una volta che mi avrai conosciuto» disse Cash facendogli l'occhiolino. «Siamo tutti qui? *Aventura de cuatro amigos?*»

«Stiamo ancora aspettando la nostra amica Mo» disse Topher. «È un po' in ritardo, come sempre. Non è una brutta persona... Non mi fraintendere! Darà di matto quando ti vedrà.»

«Mi dispiace di essere arrivato un po' in ritardo anch'io» disse Cash. «Ero a Santa Clara per la convention di *Wiz Kids* e ho preso il primo volo per Chicago.»

«Sono contento che tu abbia trovato un biglietto» disse Topher. «Con quale compagnia hai volato?»

«Oh, non prendo più voli di linea» disse Cash. «Solo jet privati. Costa un po' ma è molto meglio che dovermi togliere le scarpe in pubblico, non so se mi spiego.»

Il solo pensiero fece squittire Sam di entusiasmo, come se Cash avesse detto che volava sul dorso di un drago.

«È questa la nostra carrozza?» domandò Cash indicando la macchina.

Si avvicinò alla station wagon e ci camminò intorno, come se la stesse ispezionando prima di comprarla.

«Sì, e mi dispiace» disse Topher con una risatina nervosa. «Dev'essere ben diversa da quello a cui sei abituato...»

«È legno vero quello sulle fiancate?» domandò Cash. «Ho visto auto del genere nei film di John Hughes, non credevo esistessero ancora. Sarà una bella avventura.»

«Puoi dirlo forte» esclamò Joey.

Udirono delle gomme stridere e arrestarsi lungo il marciapiede accanto a loro. Mo apparve un attimo dopo, tirando dietro di sé la sua grande valigia rosa e tenendo in mano una scatola di cartone rosa.

«Ehi!» chiamò Topher. «Abbiamo una notizia pazzesca da raccontarti...»

«Mi dispiace di essere in ritardo, ma non crederete mai a quello che mi è successo stamattina» disse Mo. «Ero a metà strada quando mi sono accorta di non aver messo in valigia un costume da bagno, così sono dovuta tornare a casa per prenderne uno. Sono entrata in camera e ho notato che Peaches aveva fatto la cacca proprio in mezzo al mio letto, così ho dovuto pulire e mettere a lavare il lenzuolo. E mentre tornavo qui mi sono resa conto che stavo morendo di fame, e dato che sarei stata in ritardo lo stesso mi sono fermata a comprare delle ciambelle per tutti... *Perché mi guardate come se avessi un herpes sul labbro?*»

I suoi amici erano sbalorditi che non avesse ancora notato Cash. Fecero un cenno verso di lui e quando gli occhi di Mo si posarono sull'attore, le ci volle un secondo soltanto per realizzare quello che stava succedendo. Lasciò cadere la scatola di ciambelle e gridò così forte che di certo tutti i cani fino in Indiana la sentirono.

«E tu devi essere Mo» disse Cash.

Capitolo sette

SINCERITÀ E VERGOGNA

Topher guidava per la città diretto alla Interstate 55, e passava più tempo a guardare Cash nello specchietto retrovisore che la strada davanti a sé. Sam era seduta accanto a lui, mentre Joey e Mo condividevano il retro con il loro ospite a sorpresa, senza riuscire a togliergli gli occhi di dosso. In ogni momento si aspettavano di udire il suono della sveglia che li riportasse alla realtà. Ma quello strano sogno non sembrava destinato a finire. Era tutto vero!

«E così questa è Downers Grove, eh?» disse Cash osservando la cittadina dal finestrino. «Che cosa succede a Downers Grove?»

L'attore se ne stava allungato nel baule e usava i bagagli degli altri come cuscini giganti. Sapevano tutti che era illegale stare senza cintura, ma nessuno di loro si sognava di rimproverare la loro star della televisione preferita.

«Assolutamente niente» disse Joey.

«Capisco. È un nome insulso per una città. È il nome di qualcuno famoso o c'è una Uppers Grove nelle vicinanze?»

«Il nome viene da Pierce Downer» spiegò Sam. «Era un evangelista che ha fondato la città nel 1832. O almeno così recita la targa all'ufficio postale.»

«Interessante, Sam» disse Cash. «Non saprei dire se assomiglia di più al set di una commediola o di un horror splatter.»

«Perché sei qui con noi?» intervenne Mo. Aveva in mente quella domanda dal momento in cui era salita in macchina, e non era più riuscita a trattenerla. «Scusa, mi è venuta male. Mi fa piacere che tu sia qui, ma perché hai deciso di unirti a quattro estranei?»

«Non ho mai fatto un vero viaggio in macchina, e ho pensato che sarebbe stato divertente» rispose Cash. «Ed è un ottimo modo per conoscere alcuni dei miei più grandi fan un po' meglio, ringraziarli, cazzate del genere. Oh, non postate nulla sul fatto che sono qui con voi, o verremo pedinati da tutti i Wizzer del Midwest.»

«Ricevuto» disse Topher. «Grazie ancora di esserti unito a noi. Ci ricorderemo questo viaggio per tutta la vita. È la cosa più bella che sia mai capitata a...»

«Vi dispiace se fumo?» domandò Cash.

La domanda prese Topher alla sprovvista. «Ehm, in realtà è la macchina di mia madre, quindi...»

Sam diede una gomitata nelle costole a Topher e gli lanciò un'occhiata che sembrava dire *tappati la bocca o ti taglio la gola con l'unghia del mignolo.*

«Fa' pure» disse Sam.

Cash si frugò le tasche e trovò un pacchetto di sigarette nella giacca e un accendino nei jeans. Trovò anche dei preservativi, uno spinello e un pacchetto di fiammiferi di uno strip club, ma nascose tutto prima che gli altri potessero vedere.

«Ti dispiace aprire il finestrino, Mo?» chiese. «Non voglio affumicarvi.»

Mo lo abbassò con un'espressione affranta in viso.

«C'è qualcosa che non va?» domandò Cash.

«No, solo non sapevo che fumassi» disse come se fosse un termine dispregiativo. «Sai che fa male, vero?»

«Che cosa?!» ridacchiò Cash mentre si accendeva la prima sigaretta. «Da quando? Chi te l'ha detto?»

«Sei stato tu» disse Mo. «Nel video educativo che ho guardato in quinta elementare dicevi che il fumo uccide e ci hai insegnato la danza contro la dipendenza insieme a un uomo con un costume da leone.»

Cash fece un lungo tiro di sigaretta e annuì mentre i ricordi gli riaffiorarono alla mente.

«Ah, giusto» disse. «Pensa un po' che quel leone era sempre ubriaco durante le riprese. Teneva una fiaschetta nascosta nel muso.»

La bocca di Mo si spalancò come quella di un bambino che scopre che Babbo Natale non esiste.

«Allora, com'è essere famoso?» domandò Joey. «Sono sicuro che te lo chiedono sempre, ma mi piacerebbe saperlo.»

«Fa cagare» rispose Cash.

«Davvero?» chiese Joey. Non era la risposta che si sarebbe aspettato. «Ma non è fantastico avere così tanti fan ed essere importante per tutta quella gente?»

«Non stai parlando di fama ma di rispetto» disse Cash. «La fama è il contrario del rispetto. Essere famoso significa farti interrompere quando vai fuori a mangiare, essere assillati da perfetti sconosciuti che ti chiedono favori quando cammini per la strada, sentirti chiedere dal tizio che sta cagando nel bagno vicino al tuo come si fa ad avere successo nel mondo dello spettacolo, *essere criticato dal mondo intero e non avere mai occasione di difenderti!*»

Cash chiuse gli occhi, emise una lunga nuvola di fumo e contò fino a dieci per calmarsi. Gli altri lo guardarono come se si fosse trasformato in un lupo mannaro.

«Mi dispiace» disse. «Non volevo entrare in modalità *Cigno Nero* subito dopo avervi conosciuto. Odio il fatto che la nostra società dia così tanto peso alla fama. Cioè, fatela finita, ok?!»

Joey prese nota mentalmente di non riaprire più la questione.

«Allora come ci si sente a essere *rispettati*?»

«È l'unica cosa per cui vale la pena diventare famosi» disse Cash allegro. «Non che esista un manuale o roba simile. Credo che tante celebrità facciano fatica ad andare avanti perché non sono in grado di separare le due cose. Ma non sono mica un cazzo di psicologo.»

Gli altri annuirono educatamente, ma avevano tutti delle espressioni meno gioiose di prima. Così come l'aspetto dell'attore, anche la personalità di Cash si stava rivelando molto diversa da quella del dottor Bumfuzzle.

«Raccontaci com'è lavorare a *Wiz Kids*» disse Topher. «È divertente quanto sembra?»

Cash esitò. «Ehm... *certo*» disse, poi si fece silenzioso e si voltò verso il finestrino.

«Nient'altro?» domandò Topher curioso. «Dai, non abbiamo mai incontrato un attore prima di te. Non vediamo l'ora di saperlo.»

Cash ci pensò un attimo, per dare la risposta più politicamente corretta e positiva possibile, in modo da non farli arrabbiare.

«Molti attori amano lavorare in televisione, ma ogni programma è diverso. Il nostro è difficile da girare per via di tutti gli effetti speciali e le acrobazie. Lavoriamo quattordici ore al giorno, sei giorni a settimana, nove mesi all'anno: molto più di quanto non creda la gente. Ogni tanto passo giornate intere senza vedere la luce del sole.»

Mo ridacchiò come se stesse facendo una battuta, ma non c'era granché da ridere.

«Stai dicendo davvero che *non ti piace*?» domandò.

«Non è quello che ho detto. Solo che è difficile mantenere l'energia e l'entusiasmo quando lavori con una tabella di marcia come questa per così tanti anni, a prescindere da quanto possa essere divertente. Si capisce, no?»

Evidentemente non così tanto, perché Mo aveva l'espressione di una ragazza la cui gioventù era stata presa, strappata in due e gettata dalla finestra.

«Ma... ma... ma guadagni così tanto e rendi felici così tante persone. Motivare la gente non è abbastanza perché ne valga la pena? *Noi* non valiamo la pena?»

Cash fece un lungo sospiro. Mo lo stava mettendo a disagio, ma non tanto quanto stava mettendo a disagio i suoi amici.

«Ehi, Mo!» si intromise Topher. «Perché non cambiamo discorso e smettiamo di fustigare la persona che ha volato duemila miglia per essere qui con noi?!»

«Non ti preoccupare, va tutto bene» disse Cash. «Noi cinque passeremo un po' di tempo assieme; vorrei che questa esperienza sia il più possibile autentica, e per far questo bisogna essere se stessi. Sono felice che vi piaccia lo show, e sarò contento di rispondere a tutte le domande che volete, ma non dovete più *farmi vergognare di essere sincero.*»

«Farti vergognare?» domandò Joey. «Che cosa intendi?»

«È come quando si mette a disagio una persona perché grassa, ma in questo caso provo imbarazzo a essere onesto» spiegò Cash. «È proprio per questo che le persone famose non possono mai essere del tutto sincere quando parlano in pubblico. Pensateci un attimo: tutti hanno già in mente la risposta che vogliono sentire prima di fare la domanda, soprattutto da una celebrità. Ma se rispondiamo sinceramente dicendo qualcosa di diverso da ciò che la gente vuole sentire, magari infrangendo qualche ideale, veniamo messi alla gogna. Ci trattano da ingrati, egoisti, indegni: tutto tranne onesti. E se diamo la risposta che tutti vogliono sentire ma non sembra abbastanza sincera, ci assalgono allo stesso modo. È un cazzo di problema.»

«Così siete sempre costretti a mentire per fare felice la gente?» domandò Joey.

«Non sempre, sarebbe davvero estenuante» disse Cash. «Vi faccio un esempio: prendete la mia intervista a *Rolling Stone* di febbraio. Leggete le risposte che ho dato al giornalista e vi dirò se sono oneste o no.»

Non erano sicuri di voler giocare a quel gioco, ma Sam prese il telefono e trovò l'articolo online.

«Ok, prima domanda: *come ci si sente a essere il volto di un fenomeno globale?*» lesse. «Risposta: *oddio, non saprei cosa dire. Messa così, sembra che io sia il solo responsabile del successo dello show, mentre c'è bisogno di una schiera di persone per far sì che il programma vada avanti. I tecnici si meritano tanti riconoscimenti quanto me.*»

«Assolutamente sincero» disse Cash. «Nemmeno la più piccola, innocente bugia. Avanti con la prossima.»

«*Come ci si sente a essere amati da così tanti Wizzer in tutto il mondo?*» lesse Sam. «Risposta: *non saprei come descriverlo. Intrattenere la gente e aiutarla a fuggire dalla realtà è il motivo principale per cui diventiamo attori, non è così? Direi che mi fa sentire sicuro di aver scelto la stra-*

da giusta, ma è molto più di questo: mi dà uno scopo nella vita, e non lo do mai per scontato.»

«Vera al cento per cento disse Cash. «Avanti.»

«*Quale sarà il prossimo passo della tua carriera?*» lesse Sam. «Risposta: *sono occupato con la nona stagione di* Wiz Kids*, ma ho già qualche altra proposta di film durante la pausa, forse addirittura un'opera teatrale nel West End.*»

«Tutte bugie» disse Cash. «Non avevo niente per le mani. Devi dire così per non essere etichettato come un attore quasi finito, potrebbe stroncarti la carriera. Anche se è ovvio che non girerai mai nulla di diverso dal programma che ti ha reso famoso, non puoi ammetterlo.»

«Ma non hai fatto solo *Wiz Kids*» disse Joey. «Hai recitato in quel film indipendente, *Lucky*, sulla storia del soldato cieco e sordo che perde una gamba durante la Seconda guerra mondiale.»

Cash era stupito. «L'avete visto?»

«La sera in cui è uscito» disse Topher. «Siamo dovuti andare fino a un postaccio in Michigan, ma c'eravamo.»

L'attore pareva davvero commosso e un angolo della sua bocca sembrò accennare un ghigno, ma solo per un attimo.

«Nessun altro l'ha visto» disse triste. «I critici sono stata feroci; credo che fossero ancora furiosi perché *Wiz Kids* aveva avuto successo e abbiano deciso di sfogarsi su di me. È divertente come le recensioni dei film possano essere tanto negative senza nemmeno parlare della trama e dei personaggi. Per farla breve, non credo che qualcuno mi offrirà più una parte in un film. Torniamo a te, Sam. Mi sto divertendo!»

Cash gettò la sigaretta fuori dal finestrino e si sdraiò sui bagagli nel baule con le mani dietro la testa.

«*Damien Zimmer ha detto che il cast e il team di creativi di* Wiz Kids *sono come una grande famiglia. Sei d'accordo?*» lesse Sam. «Risposta: *assolutamente sì.* Tutto qui.»

Cash sbuffò. «Damien Zimmer mi ha odiato fin dal primo giorno. Ogni volta che la gente mi mostra un po' di riconoscenza, per punizione lui fa finire il mio personaggio in coma o in altre situazioni orribili. Dopo che sono apparso sulla copertina di *TV Guide* ha messo in copione un'acrobazia molto pericolosa e io mi sono rotto la caviglia. Dopo aver vinto uno dei People's Choice Awards mi ha fatto finire in coma per dodici episodi. E potrei andare avanti per ore. Prossima domanda?»

«*La star che ti affianca in* Wiz Kids, *Tobey Ramous, è stato scelto come protagonista di un enorme progetto cinematografico. Sei invidioso del suo successo?*» lesse Sam. «Risposta: *niente affatto. Avere un amico in un grande film vuol dire che andrò a una prima spettacolare e farò il tifo per lui.*»

«Ovvio che ero geloso» confessò Cash. «Ma Tobey aveva davvero bisogno di quel ruolo per il bene della propria autostima. Eravamo grandi amici finché *Us*

Weekly non ha fatto un sondaggio per stabilire chi dei due fosse più sexy. Per qualche strana ragione ho vinto io, e Tobey non l'ha presa bene. Ha cominciato ad allenarsi in palestra e a prendere steroidi, e la nostra amicizia si è avvizzita proprio come le sue palle. Avanti.»

«*Girano voci che tu e Amy Evans siate più che semplici amici. È vero?*» lesse Sam. «Risposta: *no. Sono storie che hanno messo in giro i Wizzer ossessionati dalla relazione dei nostri personaggi. Ma sono felice che si siano tanto appassionati alla serie.*»

Mo era ansiosa di sentire la sua vera risposta, e si drizzò sul sedile come un cucciolo di cane che aspetta un premio.

«L'unica relazione che interessa ad Amy Evans è quella con se stessa» disse Cash. «Allo stesso tempo tutte le ragazze che ho avuto sono scappate perché tormentate dai Wizzer che rifiutano di accettare il fatto che la serie non è un documentario. Poco prima che mi lasciasse, la mia ultima ragazza ha ricevuto una ciocca di capelli per posta. C'era allegata una lettera che diceva: *sappiamo che Amy e Cash si amano. Sta' lontana da loro o questo sarà tutto quello che rimarrà di te! Firmato: Bumtree.* La polizia ha scoperto che era stata scritta da un gruppo di quattordicenni di Moose Jaw in Canada.»

Mo si schiarì la voce. «Per la cronaca, è proprio per questo che hanno cambiato il nome in Peachfuzzler» spiegò agli altri. «I Bumtree stavano mettendo in cattiva luce i fan... o almeno così ho sentito dire.»

Cash le lanciò un'occhiata sospettosa da dietro gli occhiali da sole.

«Ok...» disse. «Fammi indovinare, sei una di loro?»

Mo scosse il capo, ma le guance arrossite sembravano contraddirla.

«Dai, Mo» disse Joey. «Il tuo gatto si chiama Peaches e non fai altro che scrivere della relazione tra il dottor Bumfuzzle e la dottoressa Peachtree!»

«*Scrivi* della loro relazione?» domandò Cash. «Fanfiction?»

«D'accordo... Sono una Peachfuzzler. Ecco, l'ho detto» confessò Mo. «Ma in mia difesa, gli eventi di oggi sono molto più strani di qualunque fanfiction abbia mai scritto o letto.»

«Altro che fanfiction» disse Cash, come un marinaio che ricorda il suo incontro con un orribile mostro marino. «Ecco. È tutto. Spero di non aver rovinato la vostra idea di *Wiz Kids*, ma dopotutto crescere significa imparare che non c'è nulla di sacro in questo mondo.»

Topher, Sam, Joey e Mo si scambiarono uno sguardo; avevano tutti un'espressione distrutta. Forse fare un viaggio con il loro attore preferito non sarebbe stata un'esperienza così fantastica come si aspettavano. Erano partiti solo da venti minuti e Topher rimpiangeva già di averlo invitato.

«Non riesco a esprimere quanto sia terapeutico poter parlare così liberamente, per una volta» disse Cash con un ampio sorriso. «Ingannare la gente è molto faticoso, e io sono disonesto soltanto quando ce n'è davvero bisogno. Non posso immaginare come dev'essere la vita delle persone la cui intera esistenza è una bugia e che devono tenere la verità nascosta agli amici e alla famiglia.»

Anche se nessuno dei due notò l'altro, sia Sam sia Joey si fecero silenziosi e si misero a guardare fuori dal finestrino. Sapevano esattamente come ci si sentiva, e non volevano che gli altri potessero leggere loro la verità negli occhi.

«Cristo, sono esausto quanto un predicatore a Las Vegas» sbadigliò Cash. «Faccio un pisolino qui dietro. Mi svegliate quando ci fermiamo per pranzo? Metterei una sveglia, ma ho perso il telefono settimana scorsa.»

«Certo» disse Topher.

Cash si mise comodo ma a un tratto si alzò a sedere di scatto, come se si fosse ricordato di dover dire qualcosa di molto importante.

«Per la cronaca, mi sono inventato metà di quello che vi ho appena raccontato, ma sono sicuro che avete capito il messaggio. Ci vediamo all'ora di pranzo!»

Capitolo otto

FOLLIA DA MCCARTHY'S

Man mano che la Chevrolet station wagon del 1994 avanzava sulla statale, i sobborghi pittoreschi di Chicago sparirono, sostituiti dai vasti campi di mais dell'Illinois meridionale. Erano splendide distese mosse dalla leggera brezza estiva, ma nessuno voleva dirlo nel timore di svegliare l'attore che dormiva nel baule, e dover affrontare un'altra dura lezione sulla verità celata dietro l'apparenza.

Anche se Cash era il solo a essersi addormentato, l'intera automobile pativa la sua apnea notturna. Russava come un orso polare e si agitava come un cocainomane affetto da stress post traumatico. Era il *riposo meno riposante* che avessero mai visto. Joey stringeva il portachiavi con il simbolo del pesce cristiano che penzolava dal suo zaino, in caso ci fosse stato bisogno di un esorcismo.

Dopo le prime centotrenta miglia delle duemila che dovevano percorrere, il gruppo di amici era pronto per il pranzo. E a giudicare dagli strani rumori che provenivano dallo stomaco di Cash, anche lui doveva avere fame. Topher osservò i ristoranti lungo la strada e decise per un diner chiamato McCarthy's, e così guidò fino al parcheggio.

«Ehi, Cash» chiamò Topher dal sedile del guidatore. «Ti va bene mangiare qui? Cash?»

L'attore riprese lentamente conoscenza. «Dove siamo?» domandò con uno sbadiglio.

«Da qualche parte vicino Lincoln» disse Topher. «Non credo troveremo molto altro fino a Springfield. È il primo posto che ho trovato con una certificazione sanitaria esposta in vetrina.»

«Per me va bene» disse Cash, leggendo il menu appeso alla vetrina del locale. «Guarda, ci sono hamburger da un chilo e tre a tre dollari e novantacinque. Non troveremo un posto più americano di questo.»

Scesero dalla station wagon, fecero uscire Cash dal bagagliaio ed entrarono nel ristorante. I tavoli erano sistemati tutti intorno a un jukebox gigantesco e i camerieri erano travestiti da personaggi famosi degli anni Cinquanta.

«Figo!» disse Topher. «Ho sempre pensato che sarebbe stato davvero divertente vivere durante gli anni Cinquanta.»

«Parla per te» dissero Joey, Mo e Sam all'unisono.

Dopo qualche momento d'attesa all'ingresso, una cameriera che assomigliava a una versione triste di Shirley Temple si avvicinò a loro.

«Benvenuti da McCarthy's» disse. «Tavolo al centro o nell'angolo?»

«Vanno bene entrambi» disse Topher.

Cash diede un'occhiata al locale. Era abbastanza affollato per essere un ristorante sulla statale. Si sistemò gli occhiali da sole e abbassò il capo.

«Un tavolo defilato» disse.

La cameriera lo fissò confusa. «Quindi... lontano dai bagni?»

«Quello là nell'angolo andrà benissimo» indicò Cash.

«Ok, come preferite» disse la cameriera. «Seguitemi.»

I cinque ragazzi si sedettero sulle panche imbottite di un tavolo da quattro, in disparte rispetto agli altri clienti, e la cameriera diede loro i menu.

«La mia collega tornerà fra poco a prendere l'ordine» disse avviandosi verso l'ingresso del locale.

«Ti siedi sempre in fondo ai ristoranti?» domandò Mo a Cash.

«Non sempre, ma *prevenire* è meglio che *curare*» rispose Cash. «Farmi vedere in pubblico è sempre una scommessa. Non si sa mai dove si nascondono i Wizzer, senza offesa. Una volta sono andato al cinema da solo ed è successo un tale casino che la polizia di Los Angeles è dovuta intervenire scortandomi fino alla mia macchina.»

«Davvero?» esclamò Joey.

Cash corrugò la fronte e ci pensò un attimo. «O era un centro commerciale?» disse. «Mmm... Non mi ricordo se è successo davvero o se me lo sono inventato per un talk show. Spesso c'è una linea davvero sottile tra una storia vera e una inventata. Devo andare al cesso, mi ordinate un McCarty Milkshake?»

Si diresse verso i bagni dall'altra parte del locale. Mo lo seguì con lo sguardo: aspettò che si fosse allontanato abbastanza per esprimere agli altri il suo pensiero.

«È davvero terribile» disse.

«Mo, dici così solo perché ha smontato la tua fantasia sui Peachfuzzle» disse Topher.

«No, dico così perché è quello che pensiamo tutti» replicò lei lanciando un'occhiata a Joey e Sam, che annuirono.

«È una figura molto più negativa di quanto mi aspettassi» disse Sam. «È davvero scioccante, considerato che il suo personaggio in *Wiz Kids* ha sempre pronta una frase d'incoraggiamento.»

«Non assomiglia affatto al dottor Bumfuzzle» disse Joey. «Naturalmente sapevo che era tutta finzione, ma non mi aspettavo che fosse un attore così bravo.»

Topher ridacchiò per sdrammatizzare, e cercò di difendere l'attore: dopotutto, era lui ad averlo invitato.

«Ok, ma questo non lo rende *terribile*» disse. «Solo perché è diverso dal personaggio che interpreta in tivù non vuol dire che non possiamo divertirci con lui. Statemi a sentire, scommetto che quando il nostro viaggio sarà finito ci piacerà *di più* di quanto non ci piaccia il dottor Bumfuzzle.»

Mo alzò gli occhi al cielo. «Topher, stai prendendo un abbaglio» disse. «È l'ultima avventura insieme prima dell'università, e non voglio che lui ce la rovini. Dobbiamo chiedergli di andarsene prima che distrugga per sempre la nostra passione per *Wiz Kids*.»

«Rovinare il viaggio? Distruggere *Wiz Kids?*» obiettò Topher. «Sembri pazza. Tutti i Wizzer del mondo ucciderebbero per essere al nostro posto. Stiamo imparando a conoscere la persona che c'è dietro il personaggio che abbiamo adorato fin da bambini. È un po' insensibile, te lo concedo... Ma dopo tutti i bei ricordi che ci ha regalato negli anni, il minimo che possiamo fare è permettergli di essere se stesso. A quanto ci ha detto finora, non credo che abbia molte occasioni per farlo...»

Mo, Joey e Sam incrociarono le braccia e sprofondarono nei loro sedili. Sapevano che Topher aveva ragione, ma anche loro non avevano torto.

«*Shhh...* Sta tornando» sussurrò Joey.

«Ok, questo posto mi dà i brividi» disse Cash stringendosi sulla panca. «Credo che McCarthy's stia per maccartismo. Ho appena pisciato in un bagno con la scritta VIETATO AI COMUNISTI.»

Gli altri rimasero zitti, ma il loro linguaggio del corpo esprimeva sentimenti diversi rispetto al momento in cui lui si era allontanato.

«Perché quelle facce lunghe, ragazzi di Downer?» domandò. «Temete che vi rovini il viaggio e siete preoccupati di non riuscire mai più a guardare un singolo episodio di *Wiz Kids?*»

«Certo che no!» esclamò Topher.

«Assolutamente no!» disse Joey.

«Mai!» aggiunse Sam.

«Perché dici una cosa del genere?» domandò Mo.

«Non saprei, ogni volta che dico quello che penso la gente si comporta come se io avessi distrutto tutti i loro sogni. Grazie perché mi avete concesso di essere onesto in macchina, e non avete reagito come dei pazzi. A parte Jane Austen lì in fondo.»

Cash indicò Mo e lei nascose il viso dietro un menu.

«Buon pomeriggio, signore e signori» disse una cameriera travestita da Marilyn Monroe. «Scusate l'attesa, c'è poco personale oggi. Cominciamo con qualcosa da bere, o sapete già che cosa volete da mangiare?»

«Mmm» disse Topher guardando il menu. «Io prendo un McCarthy Milkshake e l'hamburger speciale, il Red Scare.»

«Quell'hamburger è cotto *molto al sangue*, per questo si chiama così. Ti va bene?»

«Cottura media, per favore» disse Topher.

«Ottima scelta, prendo lo stesso» disse Sam.

«Anch'io» disse Mo.

«Anch'io» disse Joey.

«Anch'io» aggiunse Cash.

«Perfetto, grazie di avermi semplificato le cose» disse la cameriera. Prese nota del loro ordine ma impietrì quando notò Cash. «Io ti conosco... Andavamo a scuola insieme?»

Topher, Joey, Sam e Mo si irrigidirono: temevano di apparire in qualche futura storia da talk show. Cash invece rimase tranquillo; anzi, sembrava felice di non essere stato riconosciuto all'istante.

«Non credo proprio» disse Cash. «Dove sei andata a scuola?»

«Alla Richwoods High, e tu?»

«Ho seguito lezioni private a casa, in California» disse Cash.

La cameriera era sicura di conoscerlo, e non accennava a mollare l'osso. «No, no, sono sicura che ci siamo già incontrati. O forse hai una di quelle facce comuni?»

«Mi capita sempre» disse Cash. «Ah, ci porti anche il piatto di antipasti Hollywood? Con anelli di cipolla e bastoncini di mozzarella. Grazie.»

«Certo» disse lei. «Cinque Red Scare cottura media, cinque McCarthy Milkshake e un Hollywood...»

All'improvviso la cameriera capì dove aveva visto Cash. Il viso le diventò paonazzo, si mise una mano sul cuore e le mancò il respiro.

«Oh santo cielo, sei quello della tivù!» gridò. «Non ho mai guardato la tua serie, non so nemmeno come ti chiami davvero, ma eri nel cruciverba della rivista *People* che stavo facendo qualche giorno fa! Che diavolo ci fai qui?»

«Cerco di pranzare» disse Cash.

«Sì... Certo!» disse lei. «Allora... Io... Torno subito con i milkshake!»

Topher, Joey, Sam e Mo si erano resi così ridicoli quando avevano incontrato Cash che fu un sollievo per loro vedere qualcun altro reagire allo stesso modo. Volevano scoppiare a ridere, ma le parole della cameriera non avevano fatto nessun effetto a Cash.

«Allora, cosa mi sono perso mentre ero in bagno?» domandò.

«Niente» rispose Mo. «Stavamo solo ripassando l'itinerario di viaggio.»

«Figo!» disse Cash. «Non vedo l'ora di scoprire dove andiamo. Forse avrei dovuto informarmi prima di saltare sul primo jet per unirmi a voi, ma ero davvero troppo eccitato. Vi dispiace ripetere?»

«Ho programmato il viaggio nel minimo dettaglio» esordì Topher. «Questo pomeriggio ci fermeremo a vedere la palla di elastici più grande del mondo, sulla strada per St. Louis. Una volta in città, passeremo la serata al museo Lewis & Clark e al Gateway Arch. Dormiremo al Paul Bunyan Hotel, poche miglia fuori città e vicino alla Mark Twain National Forest.»

«L'hotel è fatto di tante casette nel bosco» aggiunse Sam. «E all'ingresso hanno una statua gigante di Paul Bunyan e Babe il bue blu. Sarà l'occasione per fare foto da postare su Instagram!»

«Domani passeremo la giornata a camminare nella

riserva naturale, poi ci sposteremo a Oklahoma City e dormiremo alle Vacation Suite» continuò Topher.

«Non è niente di che, ma costa poco» disse Joey come per scusarsi in anticipo.

«Martedì raggiungeremo Amarillo in Texas. Faremo un tour della prigione di Bundy & Claire, luogo della famosa sparatoria tra i criminali e la polizia, e passeremo la notte al Teepee Inn.»

«Tutte le stanze hanno la forma di una tenda indiana!» esclamò Mo. «Non è politicamente corretto, ma è davvero adorabile.»

«Mercoledì andremo ad Albuquerque, in New Mexico. Sulla strada ci fermeremo alla famosa torre d'osservazione degli UFO, costruita dove si dice che nel 1948 si sia schiantata una navicella aliena, poi andremo a Dinoworld, il parco con la più grande collezione di statue di dinosauri a grandezza naturale del mondo, e passeremo la notte alle Vacation Suite di Albuquerque.»

«Ci faranno lo sconto dato che avremo già alloggiato in quelle di Oklahoma City» disse Joey.

«Giovedì visiteremo il parco nazionale di Petrified Forest, il Meteor Crater dell'Arizona e correremo al Grand Canyon in tempo per il tramonto, poi dormiremo al Grand Canyon Hotel. È una tabella di marcia ambiziosa, ma se rispettiamo gli orari dovremmo riuscire a fare tutto. Venerdì ci alzeremo presto e raggiungeremo Santa Monica per passare quattro giorni nella California del Sud... ma immagino che non ti interesseranno le visite turistiche che abbiamo in programma là.»

Gli amici di Downers Grove erano eccitatissimi mentre ripercorrevano le tappe del viaggio, ma Cash non sembrava condividere i loro sentimenti: era l'itinerario più noioso che avesse mai sentito. L'attore si costrinse ad accennare un sorriso per cercare di nascondere la delusione che aveva negli occhi.

«Casette nel bosco, teepee e canyon, oh mio Dio!» esclamò. «Vi sembrano cose divertenti?»

«Certo!» esclamò Topher.

«Ci abbiamo messo mesi per organizzare tutto» aggiunse Sam.

«Abbiamo scelto due posti da vedere ciascuno» continuò Mo.

«A parte il Grand Canyon e la California» spiegò Joey. «Lì vogliamo andarci tutti fin da bambini.»

Cash annuì, ma non era ancora convinto che sarebbe stato divertente quanto sostenevano.

«Molto bene» disse. «Ho un'idea: dato che avete già deciso le vostre tappe, vi dispiace se ne aggiungo un paio durante il tragitto? Per esempio, mentre voi passate del tempo con Lois e Clark posso cercare di organizzare qualcosa di divertente per questa sera?»

Tutti si voltarono verso Topher e aspettarono che rispondesse. Dopo settimane e settimane di pianificazione, era l'unico che poteva prendere una decisione in merito.

«Direi che va bene» disse Topher, a cui l'idea piaceva ogni momento di più. «Anche se abbiamo un budget abbastanza limitato. Non potremo permetterci nulla di costoso.»

«Non vi preoccupate dei soldi» disse Cash. «Siete stati tanto gentili da permettermi di venire in viaggio con voi, qualunque cosa decida di aggiungere sarà a mie spese. Insisto.»

Una cameriera vestita da Grace Kelly posò sul tavolo i milkshake. Li servì a ciascuno di loro senza mai distogliere lo sguardo da Cash, poi tornò di corsa in cucina.

«Che strano» disse Joey. «Che è successo a Marilyn?»

«Oh, succede così ogni volta che mangio fuori da Los Angeles» disse Cash. «La prima cameriera è andata in cucina e ha detto a tutti che sono seduto qui. Non le hanno creduto, perciò faranno i turni per portarci il cibo perché vogliono vedere con i propri occhi.»

Come una profezia che si avvera, il personale del McCarthy's fece esattamente quanto previsto da Cash. Si susseguirono camerieri diversi che portarono l'antipasto e gli hamburger uno alla volta, e tutti fissavano Cash con sguardo incredulo, quasi fosse una zebra con addosso vestiti umani. Poi, come una staffetta, ognuno di loro tornava trenta secondi dopo per dare una seconda occhiata all'attore.

«Vuole un altro milkshake, signore?» gli domandò un cameriere vestito da Elvis Presley.

«Perché no, grazie» rispose Cash.

«Anch'io ne voglio un altro!» aggiunse Sam, ma il cameriere era sparito prima di poter prendere altri ordini.

In un batter d'occhio, una cameriera travestita da Lucille Ball tornò con un secondo milkshake, ma era troppo agitata per rimanere intorno al tavolo più di un millisecondo. Cash passò il suo bicchiere a Sam.

«Sapevo che avrebbero fatto così» disse, facendo l'occhiolino. «E sapevo che ne volevi un altro... L'ho ordinato per te.»

Mentre mangiavano si accorsero che la notizia della presenza di Cash aveva fatto il giro del locale. Alcuni clienti cominciarono a bisbigliare e a indicare il loro gruppetto seduto al tavolo nell'angolo.

«La gente ci sta guardando» disse Mo.

«Fatemi indovinare» disse Cash. «Il tavolo del bambino con la maglietta rossa, quello con la coppia di anziani, gli uomini con i cappellini da basket e le ragazzine con le loro mamme.»

«Come hai fatto? Sei voltato dall'altra parte!» domandò Joey sbalordito.

«Mi hanno notato mentre tornavo dal bagno» disse Cash. «All'inizio non credevano fossi proprio io, ma la frenesia dei camerieri è stata la conferma di cui avevano bisogno. Con gli anni sono diventato abbastanza bravo a riconoscere i comportamenti delle persone.»

«Direi» disse Topher. «Potresti lavorare per la CIA!»

Cash inarcò un sopracciglio. «Chi ha detto che non lo faccio già?»

Marilyn Monroe tornò da loro con il conto. Cash mise sul tavolo una manciata di dollari e si alzò.

«Il pranzo lo offro io» disse. «Ora andiamocene, abbiamo un itinerario da seguire!»

I cinque ragazzi si avviarono verso la porta d'ingresso e tutte le teste degli altri clienti si voltarono a seguirli come fossero bambole di una casa stregata. Il bambino con la maglietta rossa corse a sbarrare loro la strada.

«Sei un attore della tivù?» domandò a Cash.

«Colpevole» rispose lui facendo spallucce.

«Posso fare una foto con te?» chiese il bambino.

«Mi farebbe davvero piacere, ma io e i miei amici siamo di fretta...»

Cash si voltò verso Topher in cerca d'aiuto, ma fu un grosso errore. Topher non era stato addestrato per una missione di salvataggio.

«No, va bene» disse. «Per una foto...»

Non appena Cash disse di sì alla prima fotografia, tutti gli altri clienti del ristorante saltarono in piedi e lo circondarono come lupi con un animale ferito. Anche il personale si unì a loro, persino gli addetti alla cucina. Era un assalto simile a quelli nei centri commerciali durante il Black Friday, e Cash era senza dubbio l'elettrodomestico più conteso.

Quarantacinque minuti più tardi Topher, Joey, Sam e Mo erano ancora seduti in macchina nel parcheggio, aspettando che Cash finisse di fare le foto con i clienti e i camerieri del McCarthy's.

«È colpa mia» disse Topher. «Come facevo a sapere che tutti gli altri ne avrebbero voluta una? È una star della tivù... non il mostro di Loch Ness.»

«Metà della gente là dentro non ha idea di chi sia» disse Mo. «Lo so bene perché hanno già postato le foto online. Sentite questa didascalia: *non lo conosco, ma pare sia famoso.* C'è qualcosa di profondamente sbagliato in tutto questo.»

«Sono d'accordo» disse Joey. «Sembra che abbia quasi finito... Come non detto, ho parlato troppo presto. Adesso tocca ai cuochi.»

«Credevo che stesse esagerando quando ha raccontato quell'episodio con la polizia, ma ora non ne sono più tanto convinta» disse Sam.

Dopo un po', le richieste di foto furono terminate e Cash fu libero di andare. Salì sulla station wagon dal bagagliaio e si abbandonò sulla pila di valigie come se fosse appena tornato dalla guerra.

«Cash, mi dispiace così tanto, amico» disse Topher.

Cash alzò lo sguardo e gli lanciò un'occhiataccia riflessa nello specchietto retrovisore.

«Che cosa abbiamo *imparato* oggi?»

Capitolo nove

LA PALLA DI ELASTICI PIÙ GRANDE DEL MONDO

Topher sfrecciava lungo l'autostrada, desideroso di lasciarsi il pasticcio del McCarthy's alle spalle. Si sentiva in colpa per non aver aiutato Cash a evitare quella situazione, benché non avesse potuto prevederla. Perciò continuava a scusarsi, per reprimere in partenza qualunque sentimento ostile dell'attore.

«Ancora una volta, mi dispiace *così tanto* di averti trasformato in un set fotografico umano» disse Topher. «Non succederà mai più.»

«La finisci di chiedere scusa?» disse Cash. «Non potevi sapere che mi sarebbero saltati addosso come un branco di piranha affamati. Sono rimasto bloccato molto più a lungo in posti decisamente peggiori. Come quella volta che sono stato fermo alle casse dell'Ikea per otto ore.»

«Ti hanno scattato foto per *otto ore?*» domandò Mo.

«No... Stavo soltanto comprando una lampada! *Badum-tss!*»

Cash scoppiò in una fragorosa risata per la sua stessa battuta, e Topher fu sollevato di vedere che era di buonumore. L'attore era molto più felice; aveva preso due pillole bianche trovate nello zaino. Non importava che fossero per il dolore o per l'ansia, nessuno glielo chiese vista la situazione che aveva dovuto affrontare al ristorante.

Intorno alle quattro meno un quarto, duecentoventi miglia dopo la partenza, l'auto superò l'uscita 178B e Topher si accorse che erano vicini alla prima attrazione del tragitto.

«Siamo quasi arrivati alla palla di elastici più grande del mondo!» annunciò.

Cash guardò fuori dal finestrino ma tutto ciò che riuscì a vedere furono alberi e campi.

«Come fai a saperlo? Non ho visto nessun cartello.»

«Ho imparato a memoria la strada» disse Topher. «Abbiamo appena passato l'uscita 178B, la palla di elastici si trova all'uscita 180A. Dovremmo essere lì tra qualche minuto.»

«Hai *memorizzato* i numeri delle uscite?» esclamò Cash incredulo.

«Topher è un cervellone» disse Sam. «A scuola ha fatto più corsi avanzati di tutti gli altri, e quando si è diplomato ha ricevuto pure una medaglia.»

«Grazie a Dio, perché nessuno avrebbe passato Algebra 2 se non fosse stato per le sue ripetizioni» aggiunse Mo.

«Sono davvero impressionato» disse Cash. «Dove

hai intenzione di andare all'università, Toph? Diventerai uno dei pezzi grossi della Ivy League?»

«Non direi. Rimarrò a Downers Grove per la laurea, mi trasferirò più avanti. In questo modo risparmierò un po' di soldi e aiuterò mia madre a curare mio fratello, che soffre di paralisi cerebrale.»

«Topher è il miglior fratello che ci sia» disse Joey. «E io me ne intendo di fratelli: ne ho due maggiori e due minori. Ma non ci trattiamo nemmeno con un millesimo della compassione che Topher ha per Billy.»

«In questo caso, mi prenoto per i diritti cinematografici della storia della tua vita» disse Cash. «E invece voi altri? Che cosa vi riserva il futuro? Università? Organizzazioni umanitarie? *Scientology?*»

«Io andrò alla Rhode Island School of Design» disse Sam.

«Stanford» disse Mo.

«Che classe! E tu, Joey?»

«Io studierò teatro e recitazione alla Oklahoma Baptist University» disse.

«Andrai fino in Oklahoma per studiare recitazione? Non è come andare in Florida per diventare un istruttore di sci?»

«Be'...» mormorò Joey mentre pensava a come difendersi. «È un corso di studi davvero ottimo, non è troppo lontano da casa e ci sono molti attori famosi che hanno studiato lì: Brad Pitt, Blake Edwards, Kristin Chenoweth, James Marsden...»

«Forse non hai torto» disse Cash. «Scusa, non volevo criticare la tua scelta, non c'è dubbio che sai quello che stai facendo. Però presumo che sarà difficile incontrare altri gay in una scuola religiosa.»

Joey si drizzò sul sedile come se fosse stato colpito da una scarica elettrica.

«*Non sono gay*» disse.

Cash rimase sbalordito: era come se Joey avesse appena negato di essere afroamericano.

Guardò gli altri ragazzi, ma non avevano nulla da obiettare alla risposta dell'amico.

«Scusa» disse Cash. «Intendevo farti un complimento. È evidente che ci tieni al tuo aspetto e sei un bravo ragazzo, due caratteristiche condivise dalla maggior parte dei gay che conosco. Probabilmente è stata la recitazione a portarmi fuori strada.»

«Grazie del complimento» disse Joey con una risatina nervosa. «A proposito, parlando di scuola, mi sono appena ricordato che domani sera, a Oklahoma City, mi devo presentare a questo stupido colloquio per i nuovi iscritti.»

«Un incontro? Così presto?» domandò Topher.

«Ridicolo, vero?» sbuffò Joey. «È obbligatorio per gli studenti che vengono da altri Stati, prima che inizi l'anno. Ho pensato di togliermelo dai piedi mentre siamo lì. Così mi risparmio di doverci tornare fra qualche settimana.»

I suoi amici erano delusi di non passare la serata con lui, ma riconobbero che per lui era un'occasione e non obiettarono. Cash, invece, pensò che era un'occasione un po' troppo ghiotta. C'era qualcos'altro in ballo, e Joey non era affatto bravo a nasconderlo: Cash sapeva riconoscere una pessima recitazione quando la vedeva.

«Ecco l'uscita 180A!» esclamò Topher. «Prima tappa, arriviamo!»

La station wagon imboccò l'uscita e si allontanò dall'autostrada. Viaggiarono per qualche miglio, poi svoltarono in una strada sterrata lungo cui correva una cancellata di ferro. La palla di elastici più grande del mondo era in fondo alla via, posta in cima a una collina alta e verdeggiante. Aveva le dimensioni di una casa ed era circondata da una piattaforma di legno.

Topher parcheggiò ai piedi della collina, ma non c'erano altri visitatori. Tutti scesero dall'auto, fecero uscire Cash dal bagagliaio e fissarono la palla per qualche momento prima di avvicinarsi.

«Che schifezza» disse Mo.

La prima attrazione turistica del viaggio fu una vera delusione. Era visibilmente danneggiata dal sole, e tutti gli elastici colorati che la componevano erano sbiaditi e ormai grigiastri. Dalla piattaforma d'osservazione mancavano molti pezzi di legno, e le termiti si erano accanite su ciò che rimaneva.

«Neanche *io* riuscirei a rimettere in sesto una pila di immondizia del genere» disse Sam.

«Magari è più bella da vicino» suggerì Topher, che si stava già sentendo in colpa.

Salirono sulla collina per dare un'occhiata alla palla, ma da vicino era ancora più brutta. La piattaforma era coperta di graffiti, e tra le travi malconce c'erano diversi nidi di uccello.

«Dalle foto su internet sembra molto più bello» disse Sam. «Anche se c'è da dire che sono state scattate negli anni Quaranta.»

«Di quale secolo?» la stuzzicò Mo.

«Be', è comunque un monumento» disse Topher. «Potremo raccontare ai nostri nipoti che abbiamo visto con i nostri occhi la palla di elastici più grande del mondo. Niente male, no?»

Cash fu l'unico abbastanza coraggioso da salire i gradini e camminare sulla piattaforma d'osservazione. Sembrava che stesse guardando un'attrazione completamente diversa da quella che vedevano gli altri.

«Mi sento in sintonia con lei» disse. «Questa palla ha trascorso la vita davanti agli occhi di tutti, divertendo famiglie per decenni, e ora passa gli ultimi giorni della sua esistenza coperta di merda d'uccello, tra la puzza delle carogne. Mi ricorda un'anziana attrice che conosco.»

«Secondo te rimbalza?» domandò Joey.

Cash fece spallucce. «Scopriamolo.»

Si appoggiò alla ringhiera e con i piedi diede una spinta alla palla più forte che poteva, cercando di liberarla dal piedistallo. La piattaforma tremò e alcuni pezzi di legno cominciarono a cedere.

«Possiamo *evitare* di danneggiare la proprietà pubblica?» domandò Sam. «Alcuni di noi hanno fatto richiesta per una borsa di studio, e ce la negherebbero se venissimo arrestati.»

«Tanto è incastrata» disse Cash, rinunciando a un ulteriore assalto. «Questo posto fa schifo. Andiamocene. Se partiamo adesso magari riusciamo a recuperare il tempo perso al ristorante.»

Gli amici si incamminarono giù per la collina, diretti verso la station wagon, ma si fermarono quando udirono il rumore di qualcosa che si spezzava dietro di loro. Si voltarono e videro che la piattaforma d'osservazione aveva cominciato a cedere sotto il peso del monumento.

«Non promette niente di buono» disse Mo.

La palla di elastici più grande del mondo cominciò a oscillare e si liberò dalla barriera che la teneva prigioniera. Poi si allontanò lentamente dalla piattaforma distrutta e scese lungo la collina, puntando proprio verso il gruppo di turisti.

«Correte!» gridò Topher.

Si precipitarono verso la station wagon e si lanciarono sui sedili. Topher girò la chiave ma il motore non si accese.

«Perché la macchina non parte?!» gridò Sam.

«Non parte mai al primo tentativo!» replicò Topher, che stava provando di nuovo.

All'inizio la gigantesca palla di elastici sembrava

muoversi lentamente, ma guadagnò velocità scendendo lungo la collina. Ben presto rotolò verso di loro come una vera e propria valanga di gomma.

«Sbrigati! Si avvicina!» urlò Mo.

«Ancora un secondo!» disse Topher.

«Non abbiamo un secondo!» gridò Joey.

Finalmente il motore si accese e la station wagon ruggì. Topher mise la retro e pigiò l'acceleratore fino in fondo. L'automobile schizzò indietro poco prima che il monumento la schiacciasse. I passeggeri esultarono, ma le loro preoccupazioni non erano finite.

«Viene ancora verso di noi!» disse Sam.

«Mi sembra di essere in un film di Indiana Jones!» ridacchiò Cash.

La palla gigante rimbalzò contro la cancellata come la pallina di un flipper e inseguì la station wagon lungo lo sterrato, come Godzilla con una macchina della polizia. Tutti i ragazzi nell'auto si misero a gridare, tranne Cash che cantava a squarciagola la colonna sonora di Indiana Jones. Quando ormai Topher si era rassegnato a morire, l'auto raggiunse la fine della strada e lui riuscì a sterzare via dalla traiettoria del monumento impazzito.

La palla di elastici più grande del mondo si allontanò rimbalzando verso l'orizzonte come un cervo libero dal recinto.

Topher, Joey, Sam e Mo rimasero seduti in silenzio mentre il loro cuore si riprendeva da quell'esperienza traumatica. Erano senza fiato e sudati fradici: avevano visto la morte in faccia. Cash proruppe in una risata isterica alquanto inopportuna.

«Che cosa c'è di tanto divertente?» gridò Joey. «Per poco non ci ammazzavi tutti!»

«Scusate» ghignò l'attore. «Ma almeno così abbiamo avuto una risposta alla tua domanda.»

Capitolo dieci

I ROSEMARY'S ABORTION

Alle sei e trentacinque di domenica sera, Topher, Joey, Sam e Mo si stavano godendo il useo Lewis & Clark nel cuore della città di St. Louis. Il museo era abbastanza noioso e le teche avevano un disperato bisogno di restauro, ma il gruppo non si lamentava. Dopo essere stati quasi ammazzati dalla palla di elastici più grande del mondo, avevano trovato le scialbe sale del museo davvero confortanti.

Avevano lasciato Cash in un caffè poco prima, in modo che potesse trovare qualcosa di "divertente" da fare quella sera (ormai avevano paura di qualsiasi cosa potesse venirgli in mente). Viaggiare con l'attore si era rivelato un compito da babysitter più che un sogno fatto realtà, così decisero di godersi la pace del museo finché potevano.

«*Sacajawea era una nativa americana della tribù dei Shoshoni*» lesse Mo dal fascicoletto che avevano ricevuto all'ingresso del museo. «*Fu una figura chiave durante l'esplorazione della Luisiana francese da parte di Lewis e*

Clark, poiché guidò gli esploratori dal North Dakota all'Oceano Pacifico e fu loro interprete con le tribù di nativi che incontrarono lungo il viaggio.»

Mo e i suoi amici osservarono una sciatta rappresentazione del primo incontro tra gli esploratori e la loro famosa guida turistica. Lewis e Clarke erano due bellissimi manichini con capelli biondi e occhi azzurri, e avevano i pettorali scolpiti che gonfiavano i loro abiti in stile coloniale. Sacajawea era un manichino di cera abbastanza inquietante con un occhio strabico, il naso rotto e la testa storta. Assomigliava più a una decorazione di Halloween che a un tesoro nazionale.

«Tipico» disse Sam. «Ha fatto lei tutto il lavoro, ma hanno chiamato il museo con il nome degli uomini. Perché non esiste una università, una biblioteca pubblica o una scuola dedicata a *Sacajawea?*»

«Perché i bianchi sono troppo immaturi per gestire un nome come *Sacajawea*» disse Topher.

Udirono un trambusto all'ingresso del museo e videro Cash al banco dei biglietti. Stava cercando di comprarne uno, ma la commessa lo aveva riconosciuto ed era rimasta così sorpresa che si era dimenticata come utilizzare il registratore di cassa. Quando la donna si fu ripresa dallo shock, Cash riuscì a comprare un biglietto e si mise a saltellare felice per il museo in direzione dei suoi compagni di viaggio.

«Ragazzi, ho trovato la cosa perfetta da fare stasera» annunciò. «Ho preso dei biglietti per il concerto dei

Rosemary's Abortion! Sono qui a St. Louis soltanto stasera. Era tutto esaurito, ma per fortuna ho trovato un tizio su Craigslist che ne vendeva alcuni!»

«I Rosemary's Abortion?» domandò Mo. La sua fantasia le aveva riempito la testa di immagini truculente. «Ho paura di chiedere.»

«Sono la band punk più figa, originale e alla moda del Midwest» spiegò Cash.

«Dovrebbe essere un ossimoro?» disse Joey.

«Hanno diecimila like sulla loro pagina Facebook, tre album indipendenti su iTunes e sono stati fervidi sostenitori della campagna di Bernie Sanders» continuò Cash. «Non ne avevo mai sentito parlare, ma dopo aver controllato su internet tutti gli eventi di questa domenica sera, sono convinto che sia la cosa più divertente che possiamo fare.»

L'attore diede un biglietto ciascuno a Topher, Joey, Sam e alla statua di Sacajawea, scambiandola per Mo.

«Sono qui!» esclamò la ragazzina.

Cash diede una seconda occhiata alla figura di cera e fece un salto indietro di un metro. «Che diavolo è questa cosa?! Un Ewok?»

«Dovrebbe essere Sacajawea» spiegò Sam.

Il nome non gli diceva nulla.

«Sacajawea, eh?» disse Cash. «Una volta mi è venuta la Sacajawea, ma con un po' di penicillina si è sistemato tutto. *Ah ah!*»

«Ve l'avevo detto» sussurrò Topher agli altri.

Cash si guardò intorno come se avesse preso una strada sbagliata e si fosse ritrovato in un luogo sconosciuto. Si tolse gli occhiali da sole per vedere meglio dove fosse finito.

«Perché questo posto assomiglia al set di *Davy Crockett*? Dov'è la sezione dedicata a Superman?»

Gli altri si scambiarono uno sguardo confuso: ci doveva essere stato un malinteso.

«Siamo nel museo Lewis & Clark» disse Topher. «I due famosi esploratori.»

Cash non aveva idea di che cosa stesse dicendo. «Credevo che andaste al museo *Lois e Clark*. Siete venuti qui apposta? Santo Dio, che qualcuno vi salvi da voi stessi.»

Per la prima volta gli altri notarono che Cash aveva gli occhi rosso fuoco e le pupille delle dimensioni di una punta di spillo. Era un po' più ingobbito del solito e muoveva la testa avanti e indietro come un neonato.

«Ti senti bene, Cash?» domandò Joey. «Sembri un po'... *stonato*.»

«È solo l'effetto delle medicine per l'allergia» disse, e cambiò subito discorso. «Per il concerto, le porte aprono alle sette e la band comincia a suonare alle otto. Dovremmo avviarci, così abbiamo tempo per prendere qualcosa da bere quando arriviamo. È a qualche miglio da qui.»

Guardarono i biglietti e notarono un dettaglio cruciale che Cash sembrava aver trascurato.

«I biglietti dicono che è uno spettacolo vietato ai minori di ventun anni» fece notare Topher. «Non ci faranno entrare.»

«Non vi preoccupate, quasi dimenticavo» disse tirando fuori dalla tasca quattro badge plastificati. «Vi ho procurato delle carte d'identità false.»

Cash mostrò loro i tesserini come fosse una mano vincente a poker, ma l'idea di usare i documenti falsi metteva gli amici davvero a disagio.

«Ti abbiamo lasciato solo neanche per un'ora! Come hai fatto ad avere il tempo di comprare i biglietti per il concerto e procurarti le carte di identità false?» domandò Mo.

«L'assistente di scena di *Wiz Kids* è di St. Louis, e mi ha passato un contatto» disse Cash dando loro i documenti. «Per questa sera dovrete abbandonare le vostre personalità da ragazzini perbene di Downers Grove. Topher sarà Boris, Joey sarà Hemi, Sam sarà Katarina e Mo sarà Sue Yong. Non c'è niente di cui preoccuparsi!»

«Niente di cui preoccuparsi?» esclamò Sam. «Cash, è una cosa super illegale! Possono arrestarci! E come faremo a pagarti la cauzione?»

L'attore sbuffò. «*Ti prego*, se avessi un nichelino per ogni volta che ho rischiato di essere arrestato la cauzione si pagherebbe da sola! Se siete preoccupati di farvi beccare, fidatevi: questi documenti sono roba seria, duplicati dell'anagrafe di St. Louis. Mi sono costati mille dollari l'uno. Il tizio aveva una valigetta con centinaia e centinaia di carte, e ho scelto quelle che vi assomigliavano di più.»

«Ah, davvero?!» obiettò Mo. «Questa ragazza assomiglia a una lottatrice di sumo! E Sue Yong non è nemmeno un vero nome giapponese!»

«Guarda, apprezziamo molto lo sforzo, ma è davvero troppo per noi» disse Topher. «E abbiamo già in programma di guardare il tramonto dal Gateway Arch. Non vogliamo perdercelo per andare a un concerto.»

Cash era visibilmente deluso. Cercarono di restituirgli le carte d'identità, ma lui non volle accettarle.

«Siete i quattro teenager peggiori del mondo» disse. «Ho una notizia per voi: il sole e il Gateway Arch non andranno da nessuna parte, ma la vostra giovinezza vi sta passando davanti veloce come un taxi in un quartiere malfamato. Usare documenti falsi e intrufolarsi ai concerti sono cose che si fanno solo da giovani! Divertitevi un po' finché potete!»

Topher, Joey, Sam e Mo sospirarono all'unisono. Le potenziali conseguenze li avevano resi nervosi, ma erano tentati dall'idea di divertirsi un po'.

«Dopotutto disobbedire una volta ogni tanto non può essere così male» disse Sam.

«E vogliamo tornare da questo viaggio con dei ricordi da conservare per tutta la vita» aggiunse Joey.

«Strategicamente parlando, abbiamo un vantaggio» disse Topher. «Direi che le possibilità di essere beccati la prima volta che facciamo qualcosa di illegale sono abbastanza basse.»

«Ok, ci sto» disse Mo. «Ma se va a finire male, dirò ai poliziotti che ci hai costretto minacciandoci con una pistola.»

Cash si sfregò le mani, eccitato. «D'accordo» disse. «Ora andiamocene da qui, giuro che Sacajawea mi ha appena fatto l'occhiolino.»

I cinque avventurieri uscirono dal museo pieni di ansia, come se avessero appena deciso di rapinare una banca. Salirono sulla station wagon e Cash guidò Topher fino al concerto, dall'altra parte della città. Il locale era molto più lontano di quanto credesse, e si trovava in una zona non molto invitante. I palazzi avevano le finestre sbarrate da travi di legno, i muri erano coperti di graffiti e c'erano scarpe che penzolavano dai cavi della corrente.

«Eccolo lì!» esclamò Cash mentre passavano davanti al locale.

Indicò un enorme magazzino con uno striscione che recitava ROSEMARY'S ABORTION – UNICA DATA in caratteri che sembravano ritagliati da un giornale. C'era una lunga fila davanti alla porta d'ingresso. Le persone in coda indossavano indumenti di pelle, collari con punte d'acciaio e catene, ed erano coperti di piercing e tatuaggi.

Joey trasalì. «Un pubblico interessante» disse.

«Non sei preoccupato che ti riconoscano?» domandò Sam a Cash.

«No» disse. «Non sembrano tipi da guardare un programma che parla di viaggi nel tempo attraverso un gabinetto di ceramica. Dovrebbe essere tutto ok.»

«Mi ricordano gli alieni di quell'episodio di *Wiz Kids* della settima stagione» disse Mo. «Ti ricordi? Quando il gabinetto li ha condotti al pianeta Dominaxitron?»

«Oh, certo che sì» disse Cash. «È stato il primo episodio in cui mi sono tolto la maglietta. Ho vissuto di patate dolci e addominali per tre settimane prima di girare. Ancora oggi non riesco a sentire l'odore delle patate dolci fritte senza provare un dolore acuto agli addominali. *Veloce! Quello sta uscendo! Parcheggia lì!*»

Topher parcheggiò la macchina a qualche isolato di distanza dal magazzino. La station wagon del 1994 era l'auto più bella della strada, e i passeggeri avevano paura di scendere. Cash prese una manciata di orsetti di gomma dallo zaino e li ingoiò prima di andare, ma non ne offrì agli altri.

«Forza» disse. «Non fate i conigli. Ci siamo quasi.»

Si fecero coraggio, abbandonarono l'auto e si misero in fila per entrare nel magazzino. Era ovvio che fossero pesci fuor d'acqua, ma non tanto quanto un anziano signore che superò la fila. Sembrava contrariato alla vista di quell'evento, e aveva un cartello appeso dietro la schiena.

«Grazie al cielo» disse Topher indicando l'uomo ai suoi amici. «C'è qualcuno che sembra più fuori luogo di noi.»

Quando lo vide Joey si accigliò, come se avesse notato qualcosa che non gli era piaciuto affatto.

«Non è qui per il concerto» disse. «Mi scusi, signore? Non vengono praticati aborti qui. È solo il nome ironico di una band.»

«È questa la 14th Street?» domandò l'uomo.

«No, credo che sia la quarta.»

«Oh, grazie mille!» disse. «Godetevi il concerto. Che Dio vi benedica!»

L'anziano signore si voltò per andarsene e tutti lessero il cartello che aveva sulla schiena: GLI ABORTI UCCIDONO! GESÙ È LA SOLA SALVEZZA!

«Come hai fatto a capire che era un contestatore?» domandò Cash.

«Ho riconosciuto lo sguardo perso ma giudicante» disse Joey. «La mia famiglia manifestava spesso davanti ai centri per l'aborto, la domenica dopo la messa. Non c'è niente di più imbarazzante di chiedere indicazioni con un cartello in mano.»

«Interessante» disse Cash. «La mia famiglia di solito andava al cinema di domenica.»

Si avvicinavano sempre di più alla porta d'ingresso, dove c'era di guardia una sorta di gigante calvo. L'aspetto e l'espressione seccata del buttafuori mettevano in chiaro due cose: che non sarebbe stato facile ingannarlo e che non era felice di lavorare la domenica sera.

«Documenti?» ringhiò.

L'energumeno controllò la carta d'identità di Cash

senza obiettare, ma si fermò a guardare i documenti degli altri, soprattutto quello di Mo.

«È stato un periodo difficile» disse la ragazzina.

Il buttafuori lanciò un'occhiata sospettosa al gruppo di amici. «Ho l'impressione che non siano veri» disse.

Topher, Joey, Sam e Mo cominciarono ad andare in panico. *Avrebbe chiamato la polizia? Stavano per essere arrestati? Dovevano scappare? Sarebbe stato veloce quanto era grosso?*

«Fai sul serio, amico?» disse Cash. «Se avessimo dei documenti falsi credi che li useremmo per andare a sentire i Rosemary's Abortion a Bumblefuck, Missouri? Ci sono dei bei casinò più avanti.»

Il buttafuori si strinse nelle spalle: non aveva tutti i torti. «Prego.»

Gli amici seguirono Cash all'interno del magazzino, sconvolti per essere riusciti a entrare. All'ansia subentrò una scarica di adrenalina.

«Sono così eccitata!» disse Mo. «Ora capisco perché la gente infrange la legge così spesso. Mi sento viva e cattiva!»

«Tranquilla, Lizzie Borden» disse Cash. «Non ti fare prendere dall'ossessione del lato oscuro.»

Il magazzino sembrava pieno di veri duri. In mezzo a loro il gruppetto di Downers Grove era come un pugno nell'occhio; gli amici avevano paura che da un momento all'altro qualcuno dicesse loro di andarsene. Non c'erano posti a sedere ma solo una vasta area dove si stava in piedi davanti a un piccolo palco illuminato da una luce violacea. Cash guidò gli altri fino a un bar affollato in un angolo del casermone.

«Io prendo da bere, volete qualcosa?»

«Noi non beviamo» disse Topher.

«Intendi *mai?*»

«Una volta ho bevuto un sorso di vino durante la comunione» disse Joey.

«Cristo, sto viaggiando con la famiglia Brady» disse Cash. «Comincio a pensare di essere stato mandato da voi da qualche forza superiore. Avete bisogno di qualcuno che vi insegni come divertirvi, come lasciarvi andare, come...»

«Come distruggere un monumento nazionale?» disse Sam. «Perché quello puoi già cancellarlo dalla lista.»

Cash sorrise. «Esatto» disse, poi si voltò verso il bancone. «Barista? Uno shot di Johnnie Walker Black!»

«Abbiamo solo Jim Beam» disse il barista.

«Ok» disse Cash.

«E ovviamente *questi tizi* li conosce, Lewis e Clark invece...» sussurrò Mo agli altri.

L'attore lasciò una banconota da dieci dollari sul bancone e rovesciò la testa indietro per bere. «Che mi venga un colpo!» gridò mentre si riprendeva dal bruciore alla gola.

«Puoi bere mentre prendi le medicine per l'allergia?» domandò Topher.

«In teoria no, ma così diventa molto più divertente»

disse Cash. «Sono pronto a scatenarmi, spero che la band non faccia cagare.»

Un trio di trentenni tatuati in jeans stretti entrò in scena brandendo gli strumenti musicali. Il pubblico esultò e si radunò davanti al palco come un banco di pesci. Cash e gli altri furono schiacciati dalla gente come un gruppo di sardine in una lattina punk rock.

«Ciao, St. Louis!» salutò il cantante dal palco. Era incredibile che riuscisse a parlare, considerata la quantità di piercing che aveva alle labbra. «Siamo i Rosemary's Abortion. Siamo pro-scelta e pro-rock and roll! Diamo inizio alla festa! *One... Two... Three... Four!*»

Le note d'apertura della prima canzone esplosero potenti dalle casse e la gente impazzì. Topher, Joey, Sam e Mo dovettero coprirsi le orecchie con le mani mentre i loro timpani si adattavano al volume. Non riuscivano a capire una singola parola di quello che stava gridando il frontman, ma il ritmo rapido e martellante era quasi ipnotico.

Tutti i presenti si misero a saltare seguendo il tempo della canzone, e Cash era senza dubbio il più esaltato. Gli altri immaginarono che il whisky si stesse facendo sentire, perché l'attore si agitava e tremava come una gelatina durante un terremoto. Il pubblico aveva paura che gli stesse venendo un attacco epilettico e gli fece spazio, cosa che portò Cash a scatenarsi ancora di più.

«Qualunque cosa abbia preso quel tipo, la voglio anch'io» disse uno spettatore.

Le stravaganti mosse di Cash radunarono un pubblico tutto loro, e i suoi amici cominciarono a temere di dover affrontare un'altra situazione simile a quella del McCarthy's.

«Che cosa facciamo?» domandò Topher agli altri. «Prima o poi lo riconosceranno, se continua a dare spettacolo. E se la gente comincia a farsi le foto con lui, staremo qui fino alla settimana prossima!»

«Ho un'idea» disse Sam. «Distoglieremo l'attenzione da lui.»

«E come?»

«*Così!*»

Sam balzò vicino a Cash e attaccò con un ballo ancora più folle del suo. Si muoveva come un cubista a cui stessero facendo l'elettroshock. Il piano funzionò, perché gli occhi di tutti si spostarono da Cash alla psicopatica che si agitava accanto a lui.

«Funziona!» esclamò Joey. «Vengo a darvi una mano anch'io!»

Joey si lanciò nel centro della pista, impressionando gli spettatori con le mosse più cool che aveva imparato dal gruppo di hip-hop della scuola. Sam urlò e si mise a cercare di imitare l'amico. Mo spalancò la bocca e si voltò verso Topher con l'aria sbalordita.

«Santo cielo, quelli sono i nostri amici!» ridacchiò. «Mi unisco a loro. Paese che vai...»

Mo camminò con disinvoltura verso i suoi amici, agitando il fondoschiena come se stesse cercando di scrollarsi un ragno di dosso. Sam e Joey scoppiarono a ridere e si misero a imitarla.

Man mano che la canzone procedeva, i ragazzi si accorsero che ballare era sempre meno un modo per distrarre l'attenzione da Cash, e sempre più una gara a chi faceva di più il buffone. La loro eccentricità era contagiosa, e la gente cominciò a circondarli facendo le mosse più strane. Come un'epidemia virale, la voglia di ridicolo si diffuse tra il pubblico finché tutti i presenti non si ritrovarono a ballare impazziti. Cash era stato il paziente zero.

«Forza, Topher!» lo invitò Sam ballando verso di lui. «Issa la vela della follia!»

«Sto bene così» disse. «Non sono uno che ama muoversi o agitarsi. Aspetto al bar finché non suonano una canzone più lenta...»

«Topher» esclamò Sam tirandolo a sé con forza. «Sta' zitto e balla con me.»

Tutto quello che ci volle fu uno strattone e un occhiolino di Sam, e Topher si lasciò andare. Il suo corpo cominciò ad agitarsi come quello di un orangotango fatto di amfetamine, di un padre ubriaco al matrimonio della figlia, di un gonfiabile fuori da un autosalone. Sam ne rise così tanto da avere le lacrime agli occhi, e dovette fermarsi a prendere fiato per non crollare a terra. Topher non l'aveva mai vista così felice: avrebbe ballato tutta la notte se fosse servito a passare più tempo in compagnia della risata e del sorriso di Sam.

E fu in quel momento che se ne rese conto. “Oh, no...” pensò Topher, incapace di negarlo un istante più a lungo. “Ho una cotta per Samantha Gibson...”

Sam prese fiato e continuò a ballare, girando intorno a Topher come un pianeta in orbita. Sam si sentiva così libero, così sciolto e senza pensieri che sembrava una persona completamente diversa; di sicuro non la ragazza con cui Topher era cresciuto.

“Oh caaazzo...” pensò Topher. “È molto più di una cotta. Penso di essere innamorato di Samantha Gibson!”

Mo e Joey si avvicinarono a loro e cominciarono a ballare imitando dei cagnolini che marcavano il territorio. A quanto pare Sam non era l’unico a essersi lasciato andare... Era quasi impossibile non farlo.

Non c’erano genitori a trattenerli, niente fratelli minori che avevano bisogno delle loro cure, nessuno a dir loro che sarebbero bruciati all’inferno o che avevano una malattia. Non c’erano limiti, niente responsabilità, niente religione e nessuna incomprensione. In quel momento esisteva solo la musica che faceva vibrare i loro corpi. La parte peggiore era sapere che quella musica e quel momento a un certo punto sarebbero finiti.

Dopo quattro o cinque canzoni ad agitarsi come un pazzo, Cash cominciò a rallentare. Si guardò intorno e vide con orgoglio i ragazzi che ballavano sfrenati, poi si immobilizzò: sembrava che stesse per vomitare.

«Tutto bene, amico?» gli domandò Topher. «Hai bisogno di acqua?»

Topher vide, come a rallentatore, la luce svanire dagli occhi dell'attore, il sorriso abbandonare le sue labbra e il viso diventare pallido come un lenzuolo. Cash si lasciò cadere all'indietro e si schiantò a terra.

«*Caaash!*» gridò Topher.

Capitolo undici

STREAMING LUNGO IL RUSCELLO

Il mattino del lunedì, alle otto in punto, Topher si avvicinò cauto alla casetta numero 8 del Paul Bunyan Hotel e bussò alla porta con la mano sana. La metà destra del suo corpo era gonfia e dolorante, dopo aver trascinato Cash fuori dal magazzino la notte precedente. Per fortuna l'attore aveva ripreso conoscenza una volta all'aria aperta, e aveva dato la colpa dello svenimento a un calo di zuccheri. Gli altri erano così sollevati di vederlo vivo che non obiettarono, ma condivisero tra loro alcuni dubbi a riguardo.

«Ehi, Cash! Sei sveglio?» chiamò Topher. «Siamo pronti per andare quando vuoi.»

Arrivando al Paul Bunyan Hotel dopo il concerto, Topher e i suoi amici avevano deciso di dare a Cash una delle due casette che avevano prenotato. Dopo aver udito i rumori demoniaci che faceva quando dormiva, nessuno voleva condividere una camera da letto con lui.

«Cash, mi senti?» disse Topher bussando di nuovo. «Sei lì dentro o no?»

Aprì di uno spiraglio la porta d'ingresso, e vide che Cash aveva ancora addosso un accappatoio dell'hotel. L'attore si coprì gli occhi dal sole come un vampiro ed emise un gemito. Aveva in braccio un cestino della spazzatura, e lo cullava come fosse un neonato.

«Buongiorno Cash!» esclamò Topher allegro.

Il suono della sua voce sembrava far soffrire l'attore.

«Scusami, non ho sentito la sveglia» mormorò. «È già ora di andare?»

«Sì, ma non c'è fretta» disse Topher. «Passeremo tutta la giornata alla Mark Twain National Forest, partiremo quando sarai pronto.»

«A questo proposito» disse Cash. «Mi sono svegliato con un terribile mal di testa. Mi sento come se qualcuno mi stesse picconando il cranio. Non credo che camminare nella boscaglia sia una grande idea.»

«Posso portarti un'aspirina o altro?»

«No, devo solo dormirci sopra. Voi andate pure senza di me. Non voglio rallentarvi, ci vediamo stasera a Oklahoma City.»

«Cash, è a quasi sei ore di macchina da qui» obiettò Topher.

«Non c'è problema, chiamerò un autista» disse Cash. «Non vi preoccupate, non me ne vado. Ci vediamo dopo alle Vacation Suite.»

Cash chiuse la porta e Topher lo sentì vomitare dall'altra parte. Non c'era niente da fare, così Topher tornò dai suoi amici che lo aspettavano seduti in auto.

«Allora?» domandò Joey, seduto al posto di guida. «Dov'è?»

«È uno straccio, dopo la sbornia di ieri» spiegò Topher. «Vuole che andiamo avanti senza di lui e ci vediamo stasera a Oklahoma City.»

«Che cosa?» domandò Mo. «È impazzito?! Perché non torniamo presto dalla riserva naturale e passiamo a prenderlo?»

«Non ho potuto discutere» disse Topher. «Ha davvero una brutta cera.»

Joey scosse il capo. «Calo di zuccheri stocazzo» disse. «Mescola pure medicine e alcol, ed ecco il risultato. Probabilmente è per questo che si sta facendo una pessima fama a Hollywood. Deve stare più attento.»

«Speriamo che questa volta l'abbia capita, allora» disse Sam. «Come va la spalla, Topher? Meglio?»

«Mi sento come se il mio corpo fosse stato tirato in quattro direzioni diverse, ma starò meglio nel pomeriggio» disse. «Devo dire che a parte l'incidente dello svenimento, mi sono divertito un sacco ieri notte.»

Tutti i ragazzi sorrisero, d'accordo con lui.

«Dio mio, quanto ci siamo divertiti!» esclamò Mo. «È stata sicuramente una delle serate migliori della mia vita. Senza dubbio nella mia top five. Lo so, ero perplessa all'inizio del viaggio, ma avere Cash con noi dopotutto non è male.»

«È stato fantastico!» aggiunse Sam. «Non ballavo

in questo modo da quando ero bambina, e anche allora non mi sono mai divertita così tanto.»

«Chi avrebbe mai detto che Sam sapesse muoversi così?» disse Joey. «E chi avrebbe mai detto che Topher sapesse muoversi e basta?»

Tutti scoppiarono a ridere e gli diedero una spinta alla spalla buona.

«È stata una serata speciale» disse Topher, lanciando un'occhiata a Sam mentre lei non stava guardando. «*Davvero* speciale.»

Con Joey alla guida, la station wagon si lasciò alle spalle le gigantesche statue di Paul Bunyan e Babe il bue blu e si avventurò verso il centro del Missouri. Dopo quattrocentotrenta miglia dall'inizio del viaggio, arrivarono alla Mark Twain National Forest. Calzarono le scarpe comode che avevano portato e scelsero uno dei sentieri illustrati su una grande mappa affissa di fianco alla casetta dei ranger.

La vista e i rumori della foresta erano magnifici e gli odori sublimi, ma i ragazzi non riuscivano a distogliere la mente dalla sera prima. Stavano rivivendo ogni momento trascorso al concerto dei Rosemary's Abortion, da quando si erano intrufolati nel magazzino superando il buttafuori a quando si erano lasciati andare sulla pista da ballo, fino al momento in cui avevano recuperato Cash dal pavimento. Era stato un giorno difficile ma una serata liberatoria, che si sarebbero ricordati per il resto delle loro vite.

I loro telefoni non prendevano nella foresta, una circostanza positiva per un gruppo di ragazzi del nuovo millennio. Erano felici di godersi qualche ora scollegati dal resto del mondo, o almeno così dicevano mentre controllavano il segnale ogni cento metri. Le prime tacche di ricezione riapparvero soltanto quando il sentiero scese fino a un ruscello. All'improvviso tutti i telefonini cominciarono a trillare come slot machine vincenti.

«Non promette bene» disse Sam. «Spero che non sia successo nulla di grave.»

Controllarono i cellulari e scoprirono di avere centinaia di notifiche di Google nelle loro caselle di posta. Mo lesse l'oggetto della prima ed emise un grido.

«Qualcuno ha postato un video di Cash che sviene nel magazzino!» esclamò Mo. «E ora circola in internet! Tutti i Wizzer stanno impazzendo!»

«Oh santo cielo, è dappertutto!» disse Topher. «*Star della tivù sviene a St. Louis*: è un titolo della CNN!»

«*Idolo di* Wiz Kids *perde il controllo*: Yahoo News!» lesse Sam.

«*Ci vediamo a St. Louis, dice il pavimento a Cash Carter*: TMZ!» aggiunse Joey.

«*Liberale sviene in uno Stato conservatore*: Fox News!» lesse Mo. «È stato anche postato su WizzerNet e sui forum dei fan di *Wiz Kids!*»

«Ragazzi, ho caricato il video sul mio telefono» disse Sam. «Ha già più di dieci milioni di visualizzazioni, e ci siamo anche noi!»

Topher, Joey e Mo si radunarono intorno al cellulare di Sam, che fece partire il filmato. Non avrebbero mai avuto bisogno di rivivere quell'esperienza nei loro ricordi, perché tutto quanto era stato ripreso da un iPhone tremante. Dalla danza folle di Cash fino allo svenimento e a quando era stato trascinato via da Topher; era tutto su YouTube, sotto gli occhi del mondo intero.

«È orribile!» disse Topher.

«Che disastro!» esclamò Joey.

«Non posso credere che non ci siamo accorti di essere ripresi!» disse Sam.

«Sono così contenta di avere indossato un vestito carino» disse Mo. «Guardate i video suggeriti a lato... *Kylie Trig ha già caricato un video di commento!*»

Sam ci cliccò sopra e caricò il video sul suo telefono. Dopo trenta secondi di pubblicità di un lucidalabbra chiamato PornStar e la terribile sigla di Kylie, il video finalmente cominciò.

«*Il presidente deve fare qualcosa riguardo a Cash Carter*» esordì Kylie. «*Sappiamo tutti che la fama e il successo cambia la gente. I fan di altre celebrità sono sopravvissuti a cambi di personalità, decisioni sbagliate e scandali del loro idolo... E so per certo che riusciremo a sopravvivere anche a questo. Ma Cash Carter,* che cazzo ti sta succedendo? *So che stai attraversando una* fase *abbastanza strana, ma non mi sarei mai aspettata di svegliarmi e trovare* questo!»

Kylie fece partire il filmato del magazzino nell'angolo del suo video. L'affranta youtuber si massaggiava le tempie mentre guardava quel materiale.

«*Ci sono così tante domande da fare che non so da dove cominciare! Per prima cosa, che cosa ci fa Cash a St. Louis? Perché è a un concerto punk rock quando sappiamo tutti che ascolta solo musica* alternativa? *Perché sta ballando come un epilettico sui roller? Ma la domanda più importante è: chi diavolo sono quei quattro sfigati intorno a lui?*»

Il video si fermò e Kylie ingrandì il fotogramma finché non inquadrò le facce di Topher, Joey, Sam e Mo. Il loro sussulto collettivo fu così forte che spaventò tutte le creature del bosco nel raggio di un miglio.

«*Siamo nel video di Kylie Trig!*» gridò Joey incredulo. «*E ci ha appena chiamato sfigati!*»

«*Se volete la mia opinione, è colpa di quei quattro stronzi*» continuò Kylie infervorata. «*Non so se siano solo un gruppetto di fan che lo influenzano negativamente, se sono stati pagati da un'altra televisione per sabotare lo show o se sono stati mandati lì dai fan di* Doctor Who *per ridere di noi mentre assistiamo all'autodistruzione del nostro idolo. So solo che queste persone* vogliono rovinare Cash! *Spero che Edward Snowden o WikiLeaks ascoltino il mio appello e ci aiutino ad andare a fondo della questione.*»

«Pensa che siamo *noi* ad avere un'influenza negativa su di lui?» domandò Mo sbalordita.

«*Sono sicura che gli addetti alle pubbliche relazioni di* Wiz Kids *rilasceranno una dichiarazione fra qualche ora spiegando che si è trattato di* disidratazione, *ma nel caso queste quattro sanguisughe stiano guardando questo video, sappiate solo che i Wizzer vi stanno addosso! Se non lasciate in pace Cash, se non smettete di avvelenarlo e di compromettere la sua carriera, vi prometto che noi fan vi daremo la caccia, vi troveremo e vi uccideremo!*»

«Cazzarola! Kylie Trig ci ha appena minacciato di morte!» esclamò Sam.

Il video era finito, ma ne seguì subito un altro.

«*Ehi, sgualdrine Wizzer*» disse Kylie con un tono rilassato e noncurante. «*Dopo aver postato il mio ultimo video, i miei avvocati mi hanno telefonato e mi hanno detto che dovevo ritirare quello che avevo detto. Ho utilizzato un linguaggio abbastanza forte ma non facevo sul serio riguardo alle minacce. Non perdono né incoraggio l'uso della violenza per nessuna ragione. Assicuratevi di essere iscritti al mio canale, ci vediamo presto!*»

Il secondo video finì, ma Topher, Joey, Sam e Mo continuarono a fissare lo schermo per qualche secondo, paralizzati dalla paura.

«Cazzarola! Kylie Trig ci ha minacciato di morte e poi si è rimangiata tutto!» disse Sam.

«Ogni Wizzer al mondo adesso ci odierà!» esclamò Mo. «Che cosa facciamo? Rimaniamo nascosti per sempre?»

Topher decise di minimizzare la situazione, non tanto per confortare i suoi amici quanto se stesso. Era troppo per lui.

«Ragazzi, non credo che ci sia da preoccuparsi» disse. «Tutti sanno che la metà delle cose che dice Kylie sono cazzate. Nessuno sarebbe così stupido da darle retta...»

I telefoni di tutti e quattro cominciarono a vibrare. Guardarono gli schermi e videro che c'erano delle videochiamate in arrivo dai loro amici Huda e Davi. Il numero di fianco al loro nome segnalava che era la quarantacinquesima volta che i due Wizzer cercavano di contattarli quel giorno. Joey fu il primo a rispondere.

«Ciao, ragazzi...»

«Scusate tanto» gridò Huda. «È successo qualcosa durante il viaggio che vi siete dimenticati di raccontarci?»

«Che cacchio ci fate insieme a Cash Carter?» domandò Davi.

«Oh cielo» sospirò Topher. «Avete visto il video?»

«Settantaquattro volte!» disse Huda. «Ora fuori la verità!»

«Per farla breve, la sera prima di partire ho scritto una mail a Cash e gli ho chiesto di unirsi a noi. E la mattina dopo si è presentato.»

«Aspetta un secondo! Cash Carter si è unito al vostro viaggio ieri e abbiamo dovuto aspettare Kylie Trig per venirlo a sapere?» disse Huda offesa.

Topher fece spallucce, sentendosi colpevole. «Ehm... già» confessò.

I loro amici stranieri si misero a gridare così forte

che Huda svegliò i suoi familiari e Davi spaventò i clienti del cybercafé.

«E voi lo ringraziate cercando di ammazzarlo a un concerto?» domandò Davi.

«Non è morto, ha solo avuto un calo di zuccheri» disse Sam. «Kylie Trig fa la melodrammatica come sempre. È con noi solo da un giorno!»

«È lì vicino a voi adesso?» chiese Davi.

«È rimasto in hotel» disse Mo. «Abbiamo camminato nella foresta per tutta la giornata. Per questo non abbiamo ricevuto le vostre chiamate.»

«Com'è?» chiese Huda con aria sognante. «È fantastico come il dottor Bumfuzzle?»

Topher, Joey, Sam e Mo tacquero: avevano paura di rispondere.

«Vi faremo chiamare da lui, così potrete vederlo con i vostri occhi» disse Joey.

Le immagini di Huda e Davi sui loro telefoni all'improvviso si congelarono. Non era un problema di connessione: l'idea di parlare con l'attore era così incredibile che erano rimasti entrambi impietriti.

«Huda? Davi?» chiamò Joey senza avere risposta. «Dev'esserci poco segnale... Fa niente.»

Chiusero la chiamata e si avviarono lungo il ruscello in silenzio. Diedero un'occhiata a tutti i blog e i siti internet dei fan di *Wiz Kids*, leggendo centinaia di commenti spiritosi, antipatici e volgari che un'orda di sconosciuti aveva fatto su di loro.

«Non posso credere che siamo diventati famosi su internet» disse Mo. «È una cattiva idea usare questa nuova popolarità per far leggere la mia fanfiction alla gente?»

«Sì» risposero gli altri all'unisono.

«Povero Cash» disse Joey. «Come fa a sopportare cose del genere tutti i giorni? Mi sento come se un miliardo di uccelli rapaci invisibili mi stessero prendendo a beccate.»

«E non sanno nemmeno come ci chiamiamo!» aggiunse Sam. «La maggior parte di loro si riferisce a noi come Qui, Quo, Qua e Kung Fu Panda.»

«Aspetta un attimo, io sarei...» chiese Mo.

«Spero che questa faccenda non ferisca Cash» disse Topher. «È lui che ne soffrirà di più. La gente si sarà dimenticata di noi già domani. Forse dovremmo rimetterci in viaggio e andare a Oklahoma City, in modo da essere lì per confortarlo quando arriva. Dopo questo casino avrà bisogno di amici intorno.»

Erano tutti d'accordo, ma non appena si voltarono per andarsene il telefono di Mo squillò: era una nuova notifica di Google.

«Wow» esclamò. «Non è un gran giorno per i fan di *Wiz Kids*. È stata appena postata online una foto di Amy Evans nuda.»

«Le hanno hackerato il telefono?» domandò Joey.

«Non credo... Sembra che venga dal *suo* account Twitter» disse Mo. «Probabilmente era solo gelosa delle attenzioni che riceve Cash. Ma la buona notizia è che i Wizzer hanno cominciato a parlare di questo! Avevi ragione, Topher: siamo già acqua passata.»

Il gruppo non era mai stato così felice di fare parte di una generazione con così poca concentrazione. Seguirono il sentiero fino alla station wagon, sperando che fosse la prima e ultima volta che si ritrovavano sbattuti in prima pagina.

Mo sembrava un po' delusa dal fatto che il loro momento sotto i riflettori fosse durato così poco. Continuava a rivedere il video del magazzino, ridendo mentre si guardava ballare come una pazza. Sam, dietro di lei, allungò lo sguardo ma si vergognò alla vista di se stesso.

«Va tutto bene, Sam?» domandò Topher.

«Sto bene. Odio rivedermi in video» spiegò.

«Non dovresti. Eri davvero carina ieri notte.»

Topher sorrise a Sam, che vide nei suoi occhi qualcosa di più di un semplice complimento.

«Oh... Grazie, Topher» rispose.

Sam aveva sempre odiato sentirsi definire *carina*, ma non era questo che lo metteva a disagio. La cosa che lo affliggeva maggiormente era vedere Topher ogni giorno più innamorato di lui. Più il tempo passava più Sam si sentiva in colpa: era come se stesse allettando un cavallo con una carota finta. Prima della fine del viaggio avrebbe dovuto dire la verità a Topher, non importava quanto difficile o doloroso sarebbe stato.

Ma quanta verità voleva condividere? Era pronto a confidargli di essere trans? Sarebbe stato più semplice dire a Topher che lo considerava solo un amico, per evitare che i suoi sentimenti crescessero? Ma in fondo quale era la verità?

Dopotutto c'era una ragione per cui Sam aveva voluto ballare con Topher la sera del concerto dei Rosemary's Abortion, c'era una ragione per cui Sam stava alzato fino a tardi a chiacchierare con Topher, tante sere d'estate, e c'era una ragione per cui Sam si preoccupava così tanto di come Topher potesse prendere la verità.

Forse entrambi volevano la stessa cosa, e Sam aveva paura che Topher non l'avrebbe voluta con il *vero* Sam. Forse aveva taciuto la verità per risparmiare la delusione a se stesso. Comunque fosse, Sam l'avrebbe scoperto presto.

Da quel momento in avanti il viaggio fu un po' più complicato di prima. Alla fine del tragitto avrebbero senza dubbio avuto con sé molti nuovi ricordi da conservare per il resto della propria vita, ma forse anche qualche cuore spezzato.

Capitolo dodici

SANTI E PECCATORI

La truppa di Downers Grove arrivò nel parcheggio delle Vacation Suite di Oklahoma City alle sette e quindici di lunedì sera, ma di Cash non c'era traccia.

«Per caso questo pomeriggio è arrivato un tale che ha detto di far parte di un gruppo?» domandò Topher alla donna in piedi dietro il banco della reception.

«Non credo» rispose lei. «Che aspetto ha?»

«Lasci perdere, lo avrebbe notato di sicuro» disse Topher. «Vorremmo far mettere a suo nome una delle nostre stanze, per quando arriverà.»

Quando si furono sistemati nella loro stanza, Topher, Sam e Mo scoprirono di essere esausti: non solo per via della camminata tra le colline della Mark Twain National Forest, ma anche per via dei loro quindici minuti di fama ed emozioni. Decisero di fare un salto da Noodles Galore, un ristorante italiano di fronte all'albergo, e poi di andare a letto.

«Mangi con noi prima del colloquio all'università?» chiese Sam a Joey.

«Prenderò qualcosa dopo, mentre torno» disse lui.

«Divertiti!» gli disse Mo. «Non ti scatenare troppo senza di noi.»

«Seee, certo» disse Joey. «Un lunedì sera a Oklahoma City con un gruppo di battisti... Non mi aspettate alzati!»

Non appena la porta si chiuse dietro di lui, Joey cominciò a prepararsi per il suo "colloquio" come se fosse una procedura antincendio. Indossò dei bei vestiti e cercò su Google quale fosse il numero appropriato di bottoni da lasciare aperti per un appuntamento al buio (quattro, a quanto pare).

Joey seguì il consiglio di un vivace youtuber gay a torso nudo su come avere un'esperienza sessuale piacevole e sicura. Corse alla farmacia in fondo alla strada, facendo il giro largo intorno all'hotel in modo che i suoi amici non potessero vederlo dal ristorante, e comprò tutto l'essenziale per presentarsi bene, profumarsi ed essere protetto.

Alle otto e quindici Joey si sentiva più pulito e rinfrescato che mai e pronto per qualunque cosa quella serata avesse in serbo per lui. C'era solo un problema: non aveva ancora ricevuto nessun messaggio dall'uomo con cui si sarebbe incontrato.

Cominciò a camminare in tondo per la piccola stanza d'hotel, ricaricando di continuo la sua app ManNip nel caso non funzionasse bene. Alle otto e mezza Joey iniziò a preoccuparsi che i suoi amici potessero tornare dalla cena, perciò uscì e cominciò a vagare per il centro di Oklahoma City, mentre aspettava una qualunque comunicazione da parte di Brian K.

Alle nove e mezza Joey si convinse che gli avesse dato buca e si avviò verso l'hotel con la coda tra le gambe.

«*Sì, paparino!*» gemette tre volte il suo telefono.

Il cuore di Joey si fermò per un istante. *Forse, dopotutto, quella serata non sarebbe stata uno spreco totale?* Per poco non fece cadere il cellulare mentre si affrettava a leggere i nuovi messaggi ricevuti su ManNip.

Ehi, sexy!

Scusami, ho appena finito di lavorare.

Hai ancora voglia di vedermi?

XO Brian

Joey non voleva sembrare disperato, così mantenne la calma e aspettò una ventina di secondi prima di rispondere.

Certo!!!

Dimmi dove e a che ora.

Non ricevette alcuna risposta per qualche minuto, e si domandò se non avesse per caso spaventato Brian usando troppi punti esclamativi. Con suo grande sollievo, il suo telefono squillò di nuovo.

Vediamoci prima per un drink.

C'è un bar che si chiama Santi e Peccatori.

È all'angolo tra Robinson e Park Avenue.

Ci vediamo lì alle 10.

Il nome del locale non poteva essere più azzeccato, e Joey lo prese come un segno del destino. Cercò indicazioni su come raggiungerlo e vide che il bar era a pochi isolati di distanza. Joey si mise a saltellare per la città come se avesse le molle ai piedi, e arrivò con venti minuti d'anticipo. Santi e Peccatori si trovava nel seminterrato di un palazzo di proprietà di una banca, che fungeva anche da rifugio in caso di tornado. Aveva la moquette rossa, i séparé rossi e pure gli sgabelli al bancone del bar erano rossi. Le pareti erano decorate con ritratti incorniciati di santi cattolici e foto segnaletiche di famosi criminali. C'erano solo altri due clienti, ma il bancone del bar era completamente vuoto, e così Joey si sedette su uno degli sgabelli.

«Vuoi qualcosa da bere?» gli domandò il barista con voce roca.

«Solo dell'acqua, grazie» rispose Joey.

Il barista gli riempì il bicchiere d'acqua per quattro volte, mentre Joey aspettava paziente che il suo uomo di ManNip si presentasse. Era così nervoso che le mani gli tremavano e per poco non versava l'acqua a ogni sorso che beveva. Il cuore gli batteva all'impazzata e i minuti si allungavano a dismisura: più che seduto in attesa di un appuntamento, si sentiva come uno che sta correndo su un tapis roulant.

Finalmente alle dieci e cinque, un uomo alto, bello e muscoloso entrò nel bar e poggiò la mano sulla spalla di Joey.

«Jay?» domandò l'uomo.

All'inizio Joey si dimenticò del proprio alias e non capì a chi si stesse rivolgendo. Ma guardandosi alle spalle lo riconobbe: era l'uomo nella foto del profilo su ManNip.

«Ciao! Tu devi essere Brian!»

Joey gli strinse maldestramente la mano. *Come ci si presenta a uno sconosciuto con cui si sta per fare sesso?* Una volta sicuro che fosse la persona giusta, Brian si sedette accanto a lui.

«Grazie per aver accettato di bere qualcosa insieme» disse Brian. «Quando mi vedo con qualcuno trovato su una app, preferisco sempre incontrarlo in un locale pubblico prima. Non si è mai troppo sicuri. Ci sono un sacco di tipi strani là fuori, dico bene?»

«Assolutamente» annuì Joey con una risatina nervosa. «Usi molto l'app?»

Non appena le parole gli uscirono di bocca, rimpianse di averlo detto. Era come chiedere qualcosa come *allora, in una scala da uno a dieci, quanto puttana sei?* Per fortuna Brian sembrò apprezzare la sua onestà.

«Cerco di incontrare gente alla vecchia maniera, ma è difficile se sei bloccato in un posto come Oklahoma City per qualche settimana» disse Brian. «Sei una boccata d'aria fresca, credimi. Sembri ancora più piccolo che sul tuo profilo, è molto raro.»

Brian, invece, sembrava più vecchio rispetto alle foto, ma Joey non aveva intenzione di farglielo presente.

«Che posso dire?» scherzò facendo spallucce. «Ho degli ottimi geni.»

«Oh, lo vedo.»

Brian lo osservò dall'alto in basso, flirtando con lui. Joey avvampò, sentendo affluire il sangue caldo pompato dal cuore. *Sarebbe stata un'ottima serata.*

«Allora, com'è andato il lavoro? Sei un architetto, giusto?»

«Già, ma non è così interessante come sembra» disse Brian. «Lo studio per cui lavoro sta costruendo un palazzo di uffici su 3rd Street, e io ho passato la giornata a litigare con il proprietario sul punto migliore in cui installare un ascensore per le merci. E tu che mi dici? Che cosa ti porta a Oklahoma City?»

«Sono in viaggio con degli amici» disse Joey. «È l'ultima occasione che abbiamo di passare del tempo insieme prima di separarci per andare al college.»

«College? Mi sembrava avessi detto che eri già all'università!»

Joey si stava dimenticando le parole del copione che aveva scritto. «Ah... intendo prima del master» mentì. «Sono tutti un po' più grandi di me, ci siamo incontrati nel corso di antropologia alla Northwestern.»

«Come va con l'antropologia?»

«Alla grande» rispose Joey. «Sto seduto tutto il giorno a osservare cadaveri... E sto parlando dei miei professori.»

Brian scoppiò a ridere, mostrando il suo luminoso sorriso. Joey non aveva termini di paragone, ma sembrava che l'appuntamento stesse andando bene.

«Volete qualcosa da bere?» domandò il barista.

«Io prendo un Manhattan con ghiaccio» disse Brian.

Joey non aveva idea di che cosa fosse un Manhattan, ma sembrava rinfrescante. «Anch'io» disse.

«Posso vedere un documento?» chiese il barista a Joey.

Un'espressione di puro panico si dipinse sul viso di Joey, facendolo assomigliare a un alce illuminato dai fanali di un camion. Durò solo un momento, perché Joey si ricordò di avere in tasca il documento falso che gli aveva dato Cash. Lo prese e lo porse al barista.

«Torno subito con i vostri Manhattan» disse quello, avviandosi verso l'altro lato del bar per fare i cocktail.

«È una patente del Missouri?» domandò Brian.

«Ehm... Già» disse Joey. «Sono nato e cresciuto là.»

«Sembri diverso in quella foto» continuò Brian. «Posso vederla?»

Prima che Joey potesse mettere in tasca la patente o inventarsi una scusa per non fargliela vedere, Brian gliela prese di mano e si mise a osservarla con più cura di quanto non avesse fatto il barista. Tutte le speranze che Joey aveva per quella serata si infransero in un istante.

«Hemi?» domandò Brian. «Perché hai un documento falso?»

«Io... Io... Io... posso spiegarti!»

«Mi hai mentito riguardo alla tua età?» chiese Brian, poi si guardò intorno, nervoso. «Aspetta un secondo... Sto per essere arrestato? Chris Hansen sta per saltare fuori dal nulla, con tanto di cameraman e troupe?»

«No... Sta' tranquillo, ho diciotto anni!» disse Joey.

«*Diciotto?!*» esclamò Brian. «Oh santo cielo... Ho flirtato con un diciottenne! Mi sento come uno di quei vecchi sporcaccioni. Devo andare.»

Brian era visibilmente scosso e si alzò per uscire dal locale, ma Joey gli afferrò il braccio prima che potesse allontanarsi.

«Aspetta... Ti prego, non andare» lo implorò. «Mi dispiace di avere mentito, ma credimi, non sono una persona subdola. Avevo solo una voglia pazza di conoscere qualcuno, e perché nessuno mi scoprisse, ho modificato qualche informazione sul profilo.»

Il barista appoggiò i Manhattan sul bancone e si allontanò per non assistere a quello spiacevole scambio.

«Non possiamo bere qualcosa e tornare al punto dove eravamo prima che vedessi il mio documento? Non so quando avrò un'altra occasione come questa. Ti prego.»

L'espressione tesa negli occhi di Brian svanì e venne sostituita dalla comprensione. Non stava più guardando un tizio incontrato su un'app, ma un ricordo.

«Tieni ancora tutto nascosto, vero?» domandò.

Per la prima volta in vita sua, Joey non riuscì a sviare il discorso come faceva sempre con grande abilità. Era molto più difficile mentire quando essere onesti non portava con sé alcuna conseguenza catastrofica.

«Già» confessò Joey.

«E sei ancora vergine, giusto?»

Joey non riuscì ad ammetterlo a parole, così annuì e basta. Brian osservò il locale come se stesse cercando l'accompagnatore di Joey. *Qualcuno doveva fare una bella chiacchierata con questo ragazzino.*

«Sai che ti dico, parliamo» disse Brian, e si risedette. «Probabilmente non hai intenzione di stare a sentire una lezioncina dalla persona con cui speravi di fare sesso, ma alla tua età avrei voluto avere qualcuno con cui discutere di tutto questo. Allora, perché vorresti perdere la verginità con un perfetto sconosciuto? Non preferiresti aspettare qualcuno di speciale?»

«Preferisco togliermelo dalla testa il più presto possibile, per non doverci pensare più» disse Joey.

«Sono i tuoi ormoni a parlare» disse Brian. «Quei

piccoli bastardi farebbero di tutto per farti diffondere il tuo seme, è un fatto naturale, ma non puoi lasciare che prendano il sopravvento sul tuo buonsenso. È quasi impossibile quando si è giovani, eccitati e si vive in una società dove il sesso è ovunque. Perfino Instagram diventa una specie di quartiere a luci rosse dopo una certa ora... Come si fa a non essere tentati?»

«Ehi, ci siamo incontrati su un'app per appuntamenti al buio» gli ricordò Joey. «Mi stai davvero facendo la ramanzina sull'astinenza?»

«Non è questo il punto» disse Brian. «Guarda, il sesso è la cosa migliore al mondo, ma può anche essere la peggiore se non si fa attenzione. La prima volta potrebbe segnare la tua vita sessuale per sempre. Se non si comincia con un'esperienza decente o non la si affronta con il dovuto rispetto, potrebbe portare ad abitudini davvero negative. Non vuoi diventare uno di quegli uomini che si sentono incompleti e vanno a letto con chiunque... Credimi.»

Brian trangugiò il Manhattan in un sorso, come a spazzare via un brutto ricordo.

«Non faremo sesso stasera, vero?» domandò Joey.

«Assolutamente no» disse Brian. «La prima volta è un'esperienza di cui si parla per il resto della propria vita. L'ultima cosa che vuoi è ricordarla con rimpianto o sentire che qualcuno di indegno si è portato via una parte della tua anima. Fidati, l'ho imparato sulla mia pelle. Se potessi rifare tutto, perderei la mia verginità con un amico di cui so di potermi fidare, qualcuno con cui mi senta al sicuro e con cui ne possa ridere in futuro.»

«*Credo* di doverti essere grato per quello che mi stai dicendo» disse Joey. «Ma è più complicato di così. Mio padre è un famoso pastore, e l'anno prossimo frequenterò un college di battisti. È difficile pensare a uno scenario che non crei problemi, a parte farlo con uno sconosciuto: e prima che tu me lo chieda, no, non sono pronto a dirlo alla mia famiglia.»

«Cavolo, questa sì che è una situazione scomoda» disse Brian. «Ho uno zio che rifiuta di accettarmi da quando l'ho detto alla mia famiglia, ma non è una scusa valida per reprimere la parte più importante di noi stessi. So che è difficile capirlo quando si è giovani, ma se tuo padre preferisse perdere un figlio che accettarti per come sei, la perdita è la sua. Ricorda che per ogni persona che non ti accetterà ne troverai una decina che lo faranno. È una delle leggi gay.»

«Sei una specie di predicatore o una cosa del genere? Non puoi inventarti tutta questa roba sul momento.»

«Il martedì e il giovedì al San Diego LGBT Community Center» rispose Brian.

Joey non poteva credere alla propria fortuna. Tra tutte le persone che avrebbe potuto incontrare online, aveva trovato un uomo che non si sarebbe mai approfittato di lui. Brian appoggiò un paio di banconote sul bancone e fece per andarsene.

«Offro io» disse. «Abbi cura di te, Jay.»

«In realtà mi chiamo Joey» disse. «E sei sicuro che non vuoi portarmi a casa? Mi lasceresti un ricordo davvero piacevole.»

Brian rise. Quando nessun altro stava guardando, si protese in avanti e diede a Joey un bacio sulle labbra.

«Ecco qui» disse. «Almeno è stata la prima volta di qualcosa. Buonanotte.»

Joey guardò Brian andarsene in silenzio, mentre cercava di riprendersi dall'emozione del suo primo bacio. Non aveva ottenuto tutto quello che voleva, ma stava per lasciare quel bar un po' più *peccatore* che *santo.*

«Ehi, Romeo! Com'è andato l'appuntamento?»

Joey si voltò e vide Cash Carter seduto a un tavolo in fondo al locale. L'attore aveva un gran sorriso e gli rivolse un pollice in su.

«Oh, no» sussultò Joey. «Da quanto sei seduto lì?»

«Tutta la sera» rispose Cash.

Joey non si era mai sentito così mortificato in vita sua. Tutto il sangue sembrò affluirgli allo stomaco. Si coprì il viso con le mani, ma non c'era nulla che potesse proteggerlo dal sentirsi vulnerabile ed esposto.

La serata che sognava da due giorni si era appena trasformata in un vero e proprio incubo.

«Sembrava un bravo ragazzo. Peccato che non abbia voluto andare fino in fondo.»

Joey corse al tavolo di Cash e si mise a sedere di fronte all'attore.

«Ti prego, non parlarne con agli altri» lo implorò. «So di averti mentito in macchina, e sono sicuro che ti piacerebbe vendicarti e raccontarlo a tutti, ma non sono ancora pronto per dirlo a nessuno.»

Joey sembrava implorare per avere salva la vita, anziché chiedere a qualcuno di mantenere un segreto.

«Va tutto bene, amico» disse Cash. «Non lo dirò a nessuno. Capisco che tu voglia tenerlo nascosto alla tua famiglia, ma perché non lo dici agli amici? Sembrano di mente abbastanza aperta per poterlo accettare.»

«Non voglio correre il rischio, ok?» disse Joey. «Se la voce arrivasse ai miei genitori... Non so che cosa potrebbe succedere. Probabilmente mi ripudierebbero o mi spedirebbero in qualche centro dove ti fanno l'elettroshock per eradicare l'essere gay dal tuo corpo e dalla tua mente. È meglio per tutti se lo tengo nascosto.»

«Mmm» sbuffò Cash. «Per questo andrai alla Oklahoma Baptist University a studiare recitazione? Perché è meglio per tutti?»

«Dove stai cercando di arrivare, Cash?»

«Amico, ti stai facendo in quattro per compiacere le persone da cui non riceverai mai approvazione» disse Cash. «Lo so bene perché anch'io ho questo difetto, ed è un vero spreco di tempo. Succede lo stesso quando passo i miei giorni di riposo a fare favori ai critici televisivi. Non importa quante foto, autografi o video faccia per i loro bambini viziati, non daranno giudizi migliori sui miei progetti né mi loderanno nei loro articoli.»

«Senza offesa, ma credo che fare contenta *la mia famiglia* sia un po' diverso dal far contento un gruppo di critici» obiettò Joey.

«Scusa... Era il primo esempio che mi è venuto in mente» disse Cash. «Il mondo intero ti aspetta, una volta che ti sarai allontanato dall'ombra di tuo padre. Non ti ricordi quell'evento "It Gets Better" a cui ha partecipato il cast di *Wiz Kids?*»

Cash cercava di essere d'aiuto, ma stava solo facendo arrabbiare Joey sempre di più.

«Voi di Hollywood siete così falsi» disse Joey. «Vi comportate come se tutti i problemi possano essere risolti con una frase fatta o un hashtag, come se le nostre vite diventassero davvero più semplici se vediamo un gruppo di persone famose che indossano magliette abbinate e parlano dei problemi della gente.»

«Ehi, sto solo cercando di aiutarti» disse Cash. «So come ci si sente a...»

«No, non lo sai, Cash!» gridò Joey. «Non sai come ci si sente a vergognarsi ogni volta che si prova attrazione per qualcuno! Non sai come ci si sente a sapere che la maggior parte del pianeta crede che tu sia un pervertito, un demone, o sia malato di mente! Non sai come ci si sente a vivere in un Paese in cui giudici e membri del governo pensano che il posto migliore per la gente come te sia la prigione! Non sai come ci si sente a sapere che le persone che ti amano di più non riuscirebbero mai ad amarti davvero per quello che sei! Non potrai mai sapere nulla di tutto ciò, non fare finta che sia così!»

Joey dovette trarre diversi respiri profondi per riprendersi da quello scatto d'ira, come se avesse appena corso una maratona. Era sempre riuscito a nascondere bene la rabbia che covava, per questo non si era mai accorto di averne così tanta dentro di sé. Una volta che aveva cominciato a uscire, Joey non era riuscito a contenerla, sembrava che Cash avesse causato l'ennesima crepa nella diga che Joey aveva intorno al proprio cuore.

«Ti senti meglio?» domandò Cash.

«Mi dispiace» disse Joey. «Io... io... non ho mai detto cose del genere a nessuno. Non credo neanche di averle dette a me stesso.»

«Temevo che i mobili cominciassero a levitare» disse Cash. «Ma hai ragione. Non so com'è provare tutto questo. Ma quello che so è come ci si sente a essere in trappola e avere troppa paura per fare qualcosa.»

«E come mai?» domandò Joey.

«Agorafobia» rispose Cash.

«*Agorafobia?*»

«È la paura di uscire di casa» disse Cash. «Ti ricordi la puntata di Natale della quinta stagione? Quello in cui si diceva che la vergine Maria era stata rapita dagli alieni e che Gesù Cristo era un ibrido umano/extraterrestre?»

«Certo» disse Joey. «Molta gente non è stata tanto contenta di quell'episodio... I miei genitori per poco non mi hanno proibito di guardare lo serie.»

«Ha provocato la reazione più violenta che *Wiz Kids* abbia mai ricevuto» disse Cash. «E anche se non l'avevo scritto io, dato che ero il volto della serie, la gente se l'è presa con me. Ho ricevuto minacce di morte da cinque diversi gruppi religiosi estremisti.»

«*Che cosa?*»

Joey pensò fosse un'altra delle esagerazioni di Cash, ma l'attore era serissimo.

«Proprio così» disse. «Hanno minacciato di spararmi, di spedirmi veleno per posta, di mettere una bomba sulla mia auto... Di tutto e di più! Per un anno intero ho avuto il terrore di uscire di casa. Gli unici luoghi che frequentavo erano gli studi per girare la serie e la WizCon per promuoverla.»

«E che cosa hai fatto? Come hai fatto a vincere la paura?»

«Un giorno mi sono svegliato e ho deciso che ne avevo abbastanza» disse Cash. «Ho capito che non importava che cosa poteva accadermi, perché il danno era già stato fatto. Quei fanatici mi avevano già derubato di una vita normale facendomi vivere nel terrore. Solo che mi ci è voluto un po' per accorgermene. Così ho racimolato tutto il mio coraggio e sono uscito, e sai che cosa ho imparato?»

«Cosa?»

Cash sorrise, sereno. «Ho imparato perché la chiamano *aria fresca*» disse. «E un giorno lo imparerai anche tu.»

Joey era sbalordito, non tanto dalla storia quanto dalla saggezza che era scaturita dall'uomo che era svenuto al concerto dei Rosemary's Abortion.

«Wow, nessuno di noi sapeva che avessi dovuto affrontare una situazione del genere» disse. «Dev'esserci voluto molto coraggio.»

«C'è voluta una forza che non sapevo nemmeno di possedere» disse Cash. «E la polizia alla fine ha rintracciato chi mi aveva minacciato di morte: era un settantaquattrenne fallito che viveva nel seminterrato della madre. Anche quello è stato d'aiuto.»

Joey scosse il capo e lanciò un'occhiataccia all'attore: ci era *quasi* cascato. C'era un sottile discrimine tra chi raccontava storie e chi sparava cazzate, ed era sempre più evidente da che parte stesse Cash.

«Cambiando discorso, che cosa ci fai qui?» domandò Joey.

«Anch'io sto per incontrare qualcuno, e non ci sono molti posti aperti il lunedì sera a Oklahoma City» rispose Cash.

«E chi stai per vedere?»

«Non sei l'unico che usa internet per fare nuovi incontri» disse Cash. «Ora vattene prima di spaventare la persona che sto aspettando come hai fatto con la tua. Non c'è abbastanza acqua fredda all'hotel per far sbollire entrambi.»

Joey abbandonò Santi e Peccatori e si diresse verso le Vacation Suite a qualche isolato di distanza. Non aveva provato il piacere fisico come aveva tanto sperato, ma dopo una serata di pura onestà trovò che respirare era molto più facile. Non voleva dare a Cash alcun merito, ma forse dietro tutte le sue cazzate c'era anche un pizzico di verità.

Capitolo tredici

I FATTI DI HIGH TYDES

Alle nove del mattino di martedì i quattro ragazzi di Downers Grove si radunarono davanti alla porta della stanza 406 delle Oklahoma City Vacation Suite. Erano pronti a partire per la destinazione successiva, e speravano che questa volta il quinto passeggero si unisse a loro.

«Siamo sicuri che Cash sia arrivato sano e salvo nella sua stanza?» domandò Mo.

«L'ho visto che rientrava ieri notte» disse Joey, modificando leggermente la realtà dei fatti. «È sicuramente in città, ma non saprei dire se sia in camera sua.»

«Come ti è sembrato?» chiese Sam.

«Non così male per uno che si sta riprendendo da una sbornia ed è in mezzo a uno scandalo» disse Joey.

Topher bussò piano alla porta, pregando che svegliarlo fosse più semplice delle altre mattine. Con loro grande sorpresa, Cash rispose quasi subito. Era completamente nudo, tranne che per un asciugamano avvolto intorno alla vita. Topher gridò e si coprì gli occhi mentre gli altri rimasero lì impalati a guardare il fisico scolpito dell'attore.

«Buongiorno» disse Cash allegro. «È arrivata l'ora di andare?»

«Buongiorno!» esclamò Topher un po' a disagio. «Sono felice che tu abbia trovato la tua stanza ieri notte. Stiamo per partire, ti serve ancora qualche minuto?»

«Solo qualche *secondo*» disse Cash. «Non ho avuto tempo di disfare la valigia.»

L'attore si mosse per la stanza alla ricerca dei suoi vestiti. Erano sparsi in giro come se si fosse spogliato di corsa. Trovò i pantaloni sotto il tavolo, la maglietta sull'abat-jour e le mutande appese alla maniglia del minibar. Cash trovò anche un reggiseno rosso e un perizoma leopardato tra le sue cose, due oggetti che confusero non poco gli altri ragazzi.

«Te ne stai già andando?» disse una voce mezza addormentata.

Topher, Joey, Sam e Mo si sporsero dalla soglia dentro la stanza e videro una donna nuda sdraiata sul letto. Furono tanto sorpresi di vederla quanto lei di vedere quattro teenager sconosciuti. La donna gridò e si coprì con le lenzuola.

«Scusa!» esclamò Topher a nome di tutti. «Non ci aspettavamo che avessi compagnia!»

«Ah, già, ragazzi, questa è...» Cash si interruppe prima di finire le presentazioni. «Com'è che ti chiami?»

«Brenda» disse la donna, seccata.

«Giusto, Brenda» parve ricordarsi Cash. «Per poco non ti chiamavo Vicky...»

La pila di cuscini sul letto vicino a Brenda cominciò a muoversi, e una seconda donna spuntò da sotto le lenzuola.

«*Io* sono Vicky» disse lei.

«Mi ero completamente dimenticato che fossi ancora lì sotto!» disse Cash. «Devo cominciare a scrivere i nomi prima di addormentarmi...»

Radunò il resto dei suoi vestiti ed entrò in bagno per metterseli.

Topher, Joey, Sam e Mo lo aspettarono in corridoio, guardandosi con gli occhi e la bocca spalancati. Non sapevano cosa pensare di quello che avevano appena visto: sapevano solo che non sarebbero riusciti a dimenticarsene.

«Ragazze, grazie per la bella serata» disse Cash uscendo dal bagno. «Il checkout è a mezzogiorno, quindi godetevi pure la stanza!»

Chiuse veloce la porta della 406 dietro di sé e s'incamminò con gli altri verso gli ascensori.

«Pare che tu abbia passato una bella serata» disse Topher.

«Puoi dirlo forte» confermò Cash.

«Spero che tu non abbia mancato di rispetto a quelle donne» disse Sam.

«Se c'è qualcuno che è stato maltrattato ieri notte, quello sono io... Ma vi risparmio i dettagli» disse Cash con un ghigno. «Non avrei mai pensato di dirlo, ma *Dio benedica l'Oklahoma!*»

Lasciarono le Vacation Suite e salirono a bordo della station wagon. Era il turno di Sam alla guida, quindi si mise al volante. Topher sedette davanti, Mo e Joey condivisero il sedile posteriore e Cash prese il suo solito posto in cima ai bagagli nel baule.

«Allora, dove siamo diretti, Capitano Janeway?» domandò Cash.

«Ad Amarillo, in Texas» disse Sam. «Dovremmo arrivarci in quattro ore.»

«Ne impiegheremo cinque e mezza con Sam alla guida» scherzò Joey.

«Non è vero!» ribatté Sam, e gli rifilò un colpo sulla gamba.

«Com'è andata con Ernest Hemingway ieri?» chiese Cash.

Se l'attore avesse fatto quella domanda due giorni prima probabilmente nessuno avrebbe capito a che cosa si stesse riferendo, ma più tempo passavano con lui e più si abituavano al suo modo di parlare.

«La Mark Twain National Forest era davvero fantastica» disse Topher. «Abbiamo fatto una lunga camminata, visto molti animali interessanti...»

«E siamo diventati nemici pubblici numero uno dei fan di *Wiz Kids*» aggiunse Mo. «Non te lo dimenticare.»

Cash emise un gemito come se avesse appena rotto qualcosa di molto prezioso.

«Ho sentito tutto alla radio mentre viaggiavo verso Oklahoma City» disse. «Quindi c'eravate anche voi nel video, giusto? Mi dispiace di avervi trascinato in questo casino.»

«Eravamo più preoccupati per te» disse Topher. «Come stai gestendo la situazione?»

«Oh, non vi preoccupate» disse Cash. «Sono abituato a gente che scambia semplici mucchietti di terra per montagne. Non è la prima volta che faccio scalpore, e non sarà di certo l'ultima. E l'ufficio stampa della serie ha già rilasciato una comunicazione in cui diceva che ero disidratato. Dovrebbe servire a calmare le acque.»

Gli altri si scambiarono un'occhiata: *la predizione di Kylie Trig era diventata realtà.*

«La cosa divertente è che nessuno ha controllato che fossi ancora vivo prima di annunciare che stavo bene» ridacchiò Cash. «Ottima mossa da parte dell'ufficio stampa, davvero ottimo.»

L'attore sbadigliò come un leone e si stiracchiò.

«Forse la cosa vi sconvolgerà, ma non ho dormito molto ieri notte» disse. «Vi dispiace se faccio un pisolino qui dietro?»

Nessuno aveva nulla da obiettare, ma si prepararono tutti mettendosi le cuffie nelle orecchie.

La station wagon raggiunse la periferia della città, prese la Interstate 40 e si diresse verso ovest, in direzione del Texas. Una volta lasciata la zona metropolitana, per miglia e miglia non ci furono che gli sconfinati campi dell'Oklahoma ad accompagnarli. In un paesaggio del genere era facile notare qualunque elemento estraneo.

Dopo circa due ore di viaggio, Sam diede un colpetto alla gamba di Topher e lo fissò con uno sguardo sospettoso. Topher si tolse gli auricolari per vedere che cosa stesse turbando l'amica.

«Che c'è?» domandò. «Cash ha detto qualcosa di offensivo mentre dorme?»

«No, guarda la macchina dietro di noi» disse Sam.

Topher lanciò un'occhiata allo specchietto retrovisore e vide una Toyota Prius nera con una targa della California che viaggiava molto vicina alla station wagon.

«Ci sta seguendo da quando abbiamo lasciato l'hotel» disse Sam. «Ho cambiato corsia un bel po' di volte ma non accenna a superarci. Credi che ci dovremmo preoccupare?»

Topher guardò l'auto una seconda volta. I finestrini erano oscurati e non riuscì a vedere chi ci fosse alla guida. Ebbe una sensazione sgradevole, anche se non sembrava che potesse essere una minaccia.

«Non credo» disse. «Siamo solo nervosi per via della questione del video. Non ci sono molte strade per uscire dall'Oklahoma, e questo è un orario comune per mettersi in viaggio... Probabilmente stanno solo tornando a casa.»

«Hai ragione» disse Sam. «Grazie per avermi rassicurato.»

Sam non stava prestando molta attenzione alla strada, e passò su una grossa buca. L'auto sobbalzò come se avesse appena scavalcato un dosso. Il corpo di Cash venne scaraventato contro il tetto, e lui si svegliò dal suo sonno profondo.

«Ahia!» si lamentò.

«Scusa!» disse Sam. «Buca!»

Cash si grattò la testa. «Siamo arrivati?»

«Siamo a metà strada» disse Topher. «Ma tra poco attraverseremo il confine e saremo in Texas! Preparate gli stivali da cowboy!»

Cash guardò la strada davanti a loro, oltre le teste degli altri passeggeri. Superarono un cartello che gli strappò un enorme sorriso, e Cash lo indicò come un bambino alla vista di Elmo.

«Passeremo dalla Highway 283! Non avevo idea che saremmo stati così vicini al Kansas!»

«Che c'è di tanto speciale sulla Highway 283?» domandò Joey.

«High Tydes!» annunciò Cash come se tutti avessero dovuto esultare con lui.

«Di che cosa stai parlando?» domandò Mo. «È una città?»

«No, High Tydes è "solo" il miglior parco divertimenti acquatico nel centro degli Stati Uniti!» disse. «Ci andavo sempre da bambino, e ho lasciato lì tutti i migliori ricordi della mia giovinezza! Davvero non ne avete mai sentito parlare?»

«Perché andavi in un parco divertimenti in Kansas da piccolo?» domandò Joey. «Non sei di Orange County in California? Non guardarmi come se fossi uno stalker, Cash. Sai bene che siamo sempre stati tuoi grandi fan.»

«Sono cresciuto a Colorado Springs e mi sono trasferito a OC quando avevo undici anni» disse Cash. «Non ho mai raccontato tutta la storia in pubblico, perché dopotutto *non sono cazzi tuoi,* "Star Magazine"*, capito?*»

«E così High Tydes è sempre stato il tuo posto preferito da bambino?» domandò Mo.

«È fantastico!» continuò Cash eccitato. «Ci sono degli ottovolanti incredibili, scivoli d'acqua divertentissimi e una bellissima pista da gara. Non so se Sam è alta abbastanza per tutte le attrazioni, ma vi piacerebbe un mondo, ragazzi.»

«Sono quasi uno e sessanta!»

«Sai che c'è» disse Cash. «Non voglio fare il bastian contrario, ma non posso trattenermi dal suggerire quello che penso: dovremmo lasciar perdere il Texas e andare a divertirci a High Tydes! È solo a qualche ora di viaggio verso nord sulla Highway 283. Che ne dite?»

Proprio come quando Cash aveva cercato di cambiare i loro piani la prima volta, Sam, Joey e Mo si voltarono verso Topher, quasi fosse lui il responsabile del gruppo.

«Ehm... Non sono sicuro che si possa incastrare nel nostro itinerario di viaggio» disse. «Dovremmo andare a visitare la prigione di Bundy & Claire, una volta arrivati ad Amarillo questo pomeriggio. Non abbiamo tempo per tutte e due le cose.»

Cash si mise a frignare come se Topher stesse commettendo un grosso errore.

«Al diavolo il museo polveroso, andiamo al parco divertimenti» esclamò l'attore. «Non per vantarmi, ma finora i miei consigli di viaggio si sono rivelati un vero successo. Non sappiamo nemmeno se la prigione ci piacerà, ma sono sicuro che ci divertiremo un mondo a High Tydes!»

Tutti i passeggeri avrebbero preferito andare al parco divertimenti anziché alla prigione, ma nessuno voleva dirlo per primo.

«Be', se si tratta di poche ore di viaggio arriveremmo comunque al Teepee Inn a un orario decente questa sera» disse Topher. «E se domani ci svegliamo un po' più presto, potremmo visitare il museo prima di partire per Albuquerque...»

«Giusto!» disse Cash. «Una piccola deviazione, un mondo di divertimenti!»

L'uscita per la Highway 283 si avvicinava sempre più. Dovevano prendere una decisione rapida se volevano modificare il loro itinerario.

«Decide Sam» disse Topher.

«Che cosa? E perché?»

«Perché stai guidando tu» spiegò Topher.

«Andrà a finire che superiamo l'uscita!» disse Cash.

«Dai, Sam! Criminali o divertimento sfrenato? Che cosa scegli?»

L'aria era tesa. All'ultimo secondo Sam si lanciò in una brusca, pericolosa e leggermente illegale curva a destra, imboccò l'uscita per la Highway 283 e per poco non fece prendere un infarto al guidatore della Prius nera che li seguiva. Tutti esultarono e la station wagon si diresse verso il Kansas.

«Non ve ne pentirete!» li rassicurò Cash. «High Tydes ha come tema i pirati, e tutte le attrazioni sono basate sulle leggende del mare. C'è questo ottovolante che si chiama la Vendetta di Poseidone che vi farà impazzire! Sarà meglio farci un giro a stomaco vuoto. E se avete voglia di bagnarvi, il Kraken è lo scivolo acquatico più lungo che c'è a est delle Montagne Rocciose: conosco qualcuno che ha cominciato a leggere *Guerra e Pace* in cima e l'ha finito prima di arrivare in fondo. Per non parlare del cibo, High Tydes serve il miglior fritto misto di tutto il Kansas: e non lo dico tanto per dire!»

L'attore andò avanti a parlare del paradiso della sua infanzia. Raccontò i suoi ricordi più belli, descrisse tutte le attrazioni per filo e per segno ed elencò i motivi per cui High Tydes era il miglior parco divertimenti al mondo. Le sue descrizioni erano così precise che agli altri sembrò quasi di esserci già stati: non vedevano l'ora di vivere in prima persona le immagini e le esperienze che Cash aveva raccontato loro.

Dopo due ore di viaggio lungo la Highway 283, Cash

stava ancora parlando del parco divertimenti, ma non aveva detto dove si trovasse né come arrivarci.

Gli altri tenevano gli occhi fissi sulla strada alla ricerca di qualche cartellone pubblicitario o delle indicazioni, ma non videro nulla.

«Sei sicuro che non l'abbiamo già superato?» domandò Sam.

«Non ti preoccupare, vedrai un cartellone gigante con raffigurato il Capitano Tydes, la mascotte del parco» disse Cash. «Prendi l'uscita subito dopo.»

Dopo un'altra ora alla guida, ancora nessuna traccia del cartellone. I passeggeri impazienti ebbero paura che l'attore avesse indicato loro la strada sbagliata.

«Come mai non riesco a trovarlo su internet?» domandò Mo. «Ho cercato l'indirizzo di High Tydes, ma non c'è nulla, nemmeno una foto.»

«Probabilmente c'è una nuova gestione e hanno cambiato nome» disse Cash. «Non vedo l'ora di vedere che cosa ne hanno fatto! Spero che ci siano solo miglioramenti e non troppe cagate.»

«Siamo ormai a venti miglia da Dodge City» disse Sam. «Ci stiamo avvicinando al parco o no?»

Cash assunse un'espressione confusa. «Non può essere. Dodge City è *molto* a est rispetto a High Tydes. Il parco è vicino a Garden City.»

«Il mio telefono dice che Garden City è un'ora a *ovest* da qui» disse Topher. «Sei sicuro di sapere dove stiamo andando?»

«Oh cazzo!» disse l'attore. «High Tydes non si raggiunge con la 283, ma con la 83! Niente panico, non siamo così lontani. Una volta raggiunta Dodge City, prendi la 400 Ovest e quella ci porterà alla 83 Nord. Ti guiderò da lì.»

Topher, Sam, Joey e Mo cominciavano a sentirsi come esploratori spagnoli in cerca della fonte della giovinezza. Più seguivano le indicazioni di Cash e più irrequieti diventavano. Finalmente raggiunsero la Highway 83, ma niente provò loro che stessero andando nella direzione giusta. Presto cominciarono a dubitare che il parco esistesse.

«Questa deviazione non mi ispira più» disse Topher. «Non avremo nemmeno molto tempo da passare al parco prima che faccia buio. Forse dovremmo tornare indietro e dirigerci verso Amarillo...»

«Eccolo!» annunciò Cash eccitato. «Ecco il cartellone! Prendi la prossima uscita e gira a sinistra!»

Dopo cinque ore e trecento miglia in più, la station wagon superò il cartellone con il Capitano Tydes e i passeggeri seppero che High Tydes non era solamente frutto dell'immaginazione del piccolo Cash. Da quel momento in poi, Cash mostrò di conoscere la zona come il palmo della propria mano. Guidò l'automobile attraverso i campi per miglia e miglia, indicando tutti i massi e gli alberi a lato della strada come fossero suoi amici d'infanzia. Poi, come un miraggio in un deserto infuocato, High Tydes apparve in lontananza.

«Eccolo! Eccolo! Eccolo!» disse Cash fremendo come un bambino eccitato. «Non posso credere di essere di nuovo qui dopo tutti questi anni! È come tornare alla madre patria!»

Il parco divertimenti era circondato da una alta recinzione di mattoni e di alberi sempreverdi che nascondeva tutto, tranne la sommità di qualche ottovolante che svettava sopra la cima delle piante. La station wagon entrò in un parcheggio gigantesco, completamente vuoto.

«Ho un déjà vu... Hai presente la palla di elastici più grande del mondo?» disse Joey.

«Non ti preoccupare, è bassa stagione: c'è sempre poca gente in questo periodo» disse Cash.

«L'estate è bassa stagione per un parco acquatico?» domandò Mo. «Qualcosa mi dice che è chiuso, e che abbiamo fatto un terribile errore.»

«Ragazzi, non per vantarmi, ma sono un attore famoso della televisione» disse Cash. «Anche se fosse chiuso, apriranno.»

L'auto si fermò davanti all'ingresso sud e i passeggeri scoprirono che avrebbero dovuto dare retta ai loro istinti. Il cancello d'entrata era coperto di tavole di legno e avvolto da spesse catene di metallo, e c'era un grosso cartello appeso che recitava HIGH TYDES CHIUSO A TEMPO INDETERMINATO, A PARTIRE DAL 26/09/07. Tutti si voltarono verso Cash, lanciandogli le occhiate peggiori che potevano.

«Sei un coglione!» gridò Joey.

«Questo parco è chiuso da dieci anni!» urlò Sam.

«Potevamo essere ad Amarillo cinque ore fa!» esclamò Topher.

«Perché non mi hai detto che Tydes si scriveva con la y!» disse Mo. «Ci saremmo risparmiati il viaggio, se avessi saputo il nome di quello che stavo cercando!»

Cash era così affranto che non prestò alcuna attenzione alla rabbia degli altri. Teneva lo sguardo fisso sul cancello sprangato come se avesse appena visto un animale investito da un'auto. Scosse il capo, incredulo, e sembrava che stesse per scoppiare a piangere.

«Non posso crederci» disse a bassa voce. «Che cosa è successo? Perché hanno chiuso?»

«Secondo Google, High Tydes è stato costretto a chiudere dal comune di Elkader dopo una serie di segnalazioni di molestie sessuali» lesse Mo dal display del suo telefono. «A quanto pare i personaggi palpavano i visitatori mentre si facevano le foto con loro. E sono anche stati sorpresi a servire alcol ai minorenni.»

«Questo spiega perché gli piacesse così tanto» disse Joey.

«Non posso credere che abbiamo appena fatto trecento miglia per niente!» esclamò Sam.

«Rimettiamoci in strada prima di perdere altro tempo» disse Topher. «Anche se ormai non riusciremo a raggiungere Amarillo prima di mezzanotte!»

Sam inserì la marcia e fece per partire, ma la station

wagon cominciò a emettere rumori inquietanti: sembrava un fumatore incallito dopo una lunga corsa. Il motore ruggì come un robot che esalava l'ultimo respiro, e poi si arrestò del tutto. Sam girò la chiave una decina di volte, ma l'auto non accennava a ripartire.

«Che cosa succede?» domandò Joey. «Abbiamo finito la benzina?»

«No, dice che abbiamo ancora un quarto di serbatoio» disse Sam.

Topher controllò la plancia. «Cazzo!» gridò. «Il segnalatore del livello della benzina ogni tanto non funziona! Mi sono dimenticato di resettare il contachilometri parziale dopo aver fatto benzina l'ultima volta!»

«Mi offrirei di camminare fino a una stazione di servizio, ma sono miglia che non ne vediamo una» disse Joey.

«Aspetta un secondo... quindi siamo bloccati qui?» domandò Mo.

«Solo temporaneamente» disse Topher. «Chiamo l'assistenza stradale, verranno a farci il pieno e ripartiremo presto.»

Topher estrasse la carta dell'assistenza dal portafoglio e chiamò il numero sul retro. Dopo qualche minuto di musica inutile e mielosa, un operatore rispose.

«Sì... buonasera» disse Topher. «Io e i miei amici siamo in viaggio e abbiamo finito la benzina... sì, socio numero 199052712-1... Come? Aspetti un secondo... Cash, qual è l'indirizzo di questo posto?»

«1005 High Tydes Boulevard» disse Cash triste. «All'angolo tra Sogni Infranti e Memorie d'Infanzia Rovinate.»

«Intendi dire all'angolo tra Karma e Te Lo Meriti» disse Mo. «È orribile quando si distrugge qualcosa che adoravi da bambino, non trovi?»

«1005 High Tydes Boulevard» ripeté Topher al telefono. «Sì, in Kansas... Già, in mezzo al nulla... È una lunga storia... Scusi, può ripetere? Che cosa?»

Gli occhi gli si riempirono di paura, e l'ansia di tutti i passeggeri raddoppiò all'istante.

«È il meglio che potete fare? No, non siamo in pericolo... Quante macchine sono coinvolte? D'accordo, capisco... Ok... Grazie.»

Topher riattaccò e guardò gli altri come se avesse appena ricevuto la notizia peggiore della sua vita.

«Che cosa succede?» domandò Joey.

«Dicono che c'è stato un enorme incidente sulla 160 e tutti i loro veicoli di assistenza sono impegnati. Non possono mandarci nessuno prima di domattina alle sette.»

Tutti i passeggeri emisero un lamento, come una mandria di vacche sotto il sole. Topher fece un respiro profondo per calmarsi... Nemmeno lui era pronto per affrontare una situazione del genere.

«Quindi siamo bloccati qui fino a domattina?» domandò Joey.

«Dovremo dormire in macchina come dei musicisti spiantati!» esclamò Mo.

«Ma non abbiamo mangiato nulla da stamattina! Come faremo a superare la notte?» chiese Sam.

«In realtà ho messo insieme un kit d'emergenza per terremoti prima di partire» disse Topher. «Ci sono abbastanza barrette ai cereali e bottiglie d'acqua per tre giorni. Una notte sola non sarà un problema.»

«Perché hai un kit d'emergenza per terremoti?» domandò Cash.

«Perché andiamo in California, no?!» esclamò Topher come se fosse ovvio quanto portare la crema solare per un viaggio nel deserto.

«Cash, non puoi chiamare qualcuno che ci venga a prendere in elicottero?» domandò Mo. «Cioè, in fondo è colpa tua se siamo bloccati qui. Dev'esserci qualcosa che puoi fare.»

«Lo farei, ma non ho il telefono» disse Cash.

Joey sbuffò. «Chi parte per un viaggio e lascia il telefono a casa?»

«Oh, non saprei, tipo tutti i nati prima del 1999» ribatté Cash. «E comunque l'unica persona che conosco che possiede un elicottero è Harrison Ford, e non ci parliamo più.»

Non c'era nulla da dire o da fare per alleggerire la situazione, e così rimasero seduti a braccia conserte come bambini dell'asilo arrabbiati. Cash lanciò un'occhiata fuori dal finestrino, verso il cancello sbarrato di High Tydes, e gli venne un'idea. L'attore strisciò fino al sedile posteriore, passò davanti a Mo e scese dall'auto.

«Dove stai andando?» domandò Sam.

«Non va da nessuna parte» rispose Mo per lui. «Non si può andare da nessuna parte!»

«In realtà un posto c'è» disse Cash. «Se volete potete rimanere in macchina con il grugno tutta la notte, io vado a esplorare il parco.»

Gli altri credettero che stesse scherzando, ma l'attore si avvicinò all'ingresso e cominciò a scalare il cancello d'entrata.

«Non può farlo davvero, è un'intrusione, è un reato» disse Mo.

«È violazione di domicilio solo se c'è qualcuno che reclama il possesso del terreno» disse Joey. «Dubito che ci siano telecamere ancora in funzione nella proprietà. Andiamo con lui?»

«*Joey!*»

«Siamo bloccati in mezzo al nulla. Credete davvero che le cose si mettano peggio se decidiamo di andare a esplorare un parco divertimenti abbandonato?» domandò agli altri.

«Ti rendi conto di quello che hai appena detto?» esclamò Mo. «Hai appena descritto l'inizio di un romanzo di Stephen King! È probabile che ci viva un branco di cannibali! Non mi sorprenderebbe se qualche maniaco omicida stia giusto aspettando che un gruppo di ingenui teenager si avventuri nel suo territorio per cibarsi della loro carne!»

«Sembra figo» disse Joey scendendo dall'auto.

«Sono d'accordo» disse Sam. «È sicuramente meglio di passare la notte in una station wagon.»

«Anch'io» disse Topher. «Forza, Kung Fu Panda.»

Mo era furiosa che i suoi amici avessero ignorato i suoi avvertimenti, ma sapeva che aveva molte più probabilità di essere assassinata se fosse rimasta da sola. Scese controvoglia dall'auto e si unì ai suoi amici e all'attore davanti all'ingresso del parco divertimenti.

«Credo di poter sbloccare il cancello dall'altro lato» disse Cash. «Datemi una spinta e lo scavalco.»

Topher e Joey misero insieme le mani e spinsero l'attore verso l'alto. Cash afferrò la sommità del cancello e si tirò su: finalmente anni e anni di scene d'azione a Hollywood erano servite a qualcosa. Fece passare le gambe dall'altra parte e poco dopo tutto il resto del corpo. Gli altri lo udirono atterrare con un forte tonfo.

«Va tutto bene, Cash?» domandò Sam dall'altro lato del cancello. «Ti prego, dimmi che non ti sei rotto nulla.»

Il cancello si aprì lentamente scricchiolando e Cash li accolse nel parco divertimenti abbandonato, come un folle Willy Wonka.

«È una cosa incredibile ragazzi» disse l'attore con gli occhi spalancati e pieni di paura. «Al confronto di questo posto, Chernobyl sembra Legoland!»

Topher, Joey, Sam e Mo lo seguirono all'interno del parco e capirono subito ciò che intendeva dire. Quello che un tempo era stato un luogo colorato e avventuroso, che garantiva una giornata di svago per tutta la famiglia, ormai era un paesaggio post apocalittico, puzzolente e in rapida decomposizione. Le piante avevano invaso tutto, e c'erano erbacce più alte di Topher che spuntavano dalle crepe nel cemento.

La prima zona del parco era chiamata Portville. L'infilata di negozi di souvenir e sale giochi, che un tempo assomigliava a una cittadina di mare, si era trasformata in una città fantasma. Al centro del parco c'era il Covo del Capitano, dove una nave pirata delle dimensioni del castello di Disneyland galleggiava in una piscina di alghe verdi e piccioni morti. A est della nave c'era il Rifugio dell'Uragano, dove si trovavano le giostre più emozionanti, ormai popolate da famiglie di procioni e opossum in guerra tra loro. A ovest della nave c'era il Mare della Sirena, dove lo scivolo acquatico più lungo dello Stato terminava nella piastra di Petri più grande del mondo. A nord del vascello c'era la Baia dei Bucanieri, una zona dedicata alle giostre per bambini piena di statue raffiguranti personaggi dei cartoni, ma dopo essere rimasta tanto a lungo esposta agli elementi sarebbe stato più appropriato chiamarla la Culla di Satana.

Era una vista terrificante anche quando c'era ancora luce, ma più il sole scendeva e più il parco abbandonato diventava spaventoso.

«Si sta facendo buio» osservò Cash. «Accendiamo un falò!»

Trascinarono via una statua di legno del Capitano Tydes dalla base della gigantesca nave pirata e le diedero fuoco. Fu una mossa macabra, ma dopo essere stata ignorata per anni da qualunque forma di vita che non fosse una termite, usare la mascotte come legna da ardere sembrò loro quasi un omicidio compassionevole.

«Chi vuole raccontare qualche storia di fantasmi?» domandò Cash.

«Nessuno!» risposero tutti all'unisono.

«Allora facciamo un gioco» disse Cash. «Giochiamo a "Io non ho mai".»

«Come si gioca?» chiese Sam.

«Tenete alzate tutte e dieci le dita delle mani» spiegò Cash. «Procederemo in cerchio e ognuno dirà una cosa che non ha mai fatto prima. Se qualcun altro l'ha fatta deve abbassare un dito. L'ultimo che rimane con qualche dito alzato è il vincitore.»

Gli altri fecero spallucce e sollevarono le dita come aveva detto l'attore. In fondo non c'era nient'altro da fare.

«Facciamo una prova» disse Cash. «Io non ho mai sniffato una pista di cocaina dal culo di una star della televisione CW. Ora, se stessi giocando con i miei colleghi attori di *Wiz Kids*, una frase del genere sarebbe perfetta perché so di essere l'unico a *non aver sniffato* una pista di cocaina dal culo di una star di CW... Capito?»

Era difficile commentare un esempio del genere. Gli altri erano già scioccati e non avevano ancora cominciato a giocare.

«Dai, Topher, comincia tu.»

«Oh cielo» disse. «Io non ho mai... Ehm, *ucciso un'altra persona?* Com'è?»

«Ci hai provato, ma l'idea è eliminare gli altri» disse Cash. «Pensa a cose che gli altri hanno fatto ma tu no. Joey, è il tuo turno.»

«Io non ho mai avuto problemi con la legge» disse Joey.

Cash fu l'unico ad abbassare un dito.

«Ottimo» disse. «E perché la smettiate di guardarmi così, sono stato più o meno arrestato una volta nel 2014 per aver protestato contro la costruzione di un certo oleodotto, ma in realtà l'ho fatto solo per impressionare l'attrice con cui andavo a letto. Sam, ora tocca a te.»

«Io non ho mai recitato in uno show televisivo» disse.

«Be', questa era diretta solo a me» disse Cash abbassando un altro dito. «Mo, è il tuo turno. E cerchiamo di essere un po' più originali, prendete come esempio la mia storia delle star di CW.»

«Io non ho mai distrutto un monumento» disse Mo.

Cash sospirò e abbassò entrambe le mani. «Ok, cambiamo gioco, ragazzi» disse. «Perché non passiamo a qualcosa di più serio? Ci mettiamo in cerchio e raccontiamo un segreto che non abbiamo mai detto a nessuno.

Perché non cominci tu, Joey? Sento che hai qualcosa che vuoi condividere con gli altri.»

L'attore gli fece l'occhiolino e Joey lo fulminò con lo sguardo, come se avesse i giorni contati.

«Ok...» esordì. «Una volta, quando avevo dieci anni, ho preso una banconota da venti dollari dal cesto delle offerte in chiesa per andare a vedere il nuovo film degli X-Men. I miei genitori non volevano darmi i soldi per il cinema. Dicevano che qualunque forma di evoluzione, anche mutanti di fantasia, era un *marchio di Satana.* Mi sono sentito così in colpa che ho donato tutti i soldi del mio compleanno seguente alla chiesa.»

La sua confessione fece scoppiare a ridere i suoi amici, ma al tempo stesso li rattristò.

«Bel segreto» disse Cash. «Topher, vai tu.»

«Oh cielo» esclamò. «La sera in cui stavamo tutti guardando il finale della stagione sei di *Wiz Kids* a casa di Joey, in realtà avrei dovuto prendermi cura di Billy mentre mia madre era a una festa con gli amici. Gli ho dato una medicina per il raffreddore in modo che dormisse e sono corso a casa a controllarlo a ogni stacco pubblicitario.»

I suoi amici erano sbalorditi: divertiti, ma sbalorditi.

«Me lo ricordo!» disse Mo. «Credevamo avessi la diarrea e non volessi fare la cacca a casa di Joey!»

«Figo, Topher» disse Cash. «Sam, tocca a te raccontarci un segreto.»

«Ce l'ho» disse. «Una volta ero così arrabbiata con

mia madre che ho buttato la sua tiara del ballo di fine liceo dalla finestra. Si è rotta in otto pezzi. Per fortuna sono riuscita a rimetterla insieme quasi tutta, ma c'era un pezzo che era irrecuperabile, così l'ho rimpiazzato con del filo di ferro preso da un attaccapanni e delle Skittles coperte di brillantini. Mia madre non ha mai notato la differenza. Per poco non ho incluso questo capolavoro nel portfolio che ho mandato alla Rhode Island School of Design.»

«Sam, non l'hai fatto sul serio!» disse Joey.

«Ragazza mia, c'è da morire dal ridere!» disse Mo.

«Non posso nemmeno immaginare cosa farebbe tua madre se lo scoprisse!» aggiunse Topher.

Il gruppo scoppiò a ridere forte, immaginando la faccia di Candy Rae Gibson se avesse mai scoperto la verità.

«Mo, pensi di poter fare di meglio?» disse Cash.

«Be', c'è stato un periodo in cui ho trollato una persona su internet» confessò. «C'era questa ragazza che aveva come username WizKidLiz01 e scriveva fanfiction. Stava ricevendo molta attenzione, e così ho letto i suoi racconti e ho scoperto che più di metà era un plagio dei miei! Potete capire quanto fossi furiosa. L'ho scritto nei commenti, ma nessuno sembrava darci peso; anzi, la gente si complimentava sempre di più con WizKidLiz01. Non sapevo come gestire le mie emozioni, e così ho creato uno username falso, HydeBitch666, e ho spammato nella sua sezione commenti le cose più terribili che riuscissi a trovare su internet. Un giorno, mentre stavo per postare una GIF di una giraffa decapitata, ho scoperto che WizKidLiz01 era una ragazzina con la sindrome di Down.»

Tutti gli altri trasalirono, tanto da far tremare la fiamma del falò. Erano così increduli che ci volle qualche momento prima che lo shock si trasformasse in una risatina nervosa.

«Mo, è terribile!» disse Sam.

«E credevo di essere io a dover andare all'inferno!» aggiunse Joey.

«Ma ho rimediato» disse Mo difendendosi. «Ogni volta che WizKidLiz01 posta qualcosa di nuovo le lascio almeno dieci commenti positivi dal mio account, e le mando sempre un biglietto di auguri virtuale il giorno del suo compleanno.»

«Ok, direi che ora è il mio turno» disse Cash.

«Dubito che ci sia rimasto qualcosa di te che non sappiamo ancora» disse Topher. «E a questo punto niente può più sorprenderci.»

L'attore era pronto alla sfida. «Fatemi pensare a qualcosa di davvero bello» disse, poi rimase in silenzio finché non trovò la confessione perfetta. «Scommetto che nessuno di voi sa che Cash Carter non è il mio vero nome.»

«Non può essere!» esclamò Joey.

«Stai scherzando?!» disse Mo.

«È vero» disse l'attore. «Dopo essere stato scelto per *Wiz Kids*, ho dovuto compilare dei moduli per la Screen

Actors Guild, il sindacato degli attori, per ottenere la tessera. E se il tuo vero nome è già preso, devi per forza inventartene uno nuovo. Alla radio, nel salone d'ingresso degli uffici della SAG, stava passando *Jackson* di Johnny Cash e June Carter, e così ho deciso di chiamarmi Cash Carter.»

«Che storia pazzesca!» disse Sam.

«E qual è il tuo vero nome?» domandò Topher.

«Ora non mi crederete di sicuro» disse Cash, «ma è Tom Hanks.»

Gli altri scoppiarono a ridere più forte di quanto non avessero ancora fatto quella sera.

«Non ti credo!» disse Mo.

«Non ci caschiamo!» disse Joey.

«Ve lo dimostro» disse Cash, prendendo la patente di guida. «Guardate qui, il mio vero nome è Thomas Anthony Hanks.»

Il quartetto di Downers Grove era senza parole. Solo tre giorni prima credevano di sapere tutto del loro attore preferito, ma lui aveva più sorprese in serbo di un episodio del *Trono di Spade.*

«Perché non hai scelto di farti chiamare Anthony?» domandò Sam.

«Perché è il nome di mio padre» spiegò Cash. «E non fa più parte della mia vita... E nemmeno mia madre.»

«Dove sono i tuoi genitori?» domandò Joey.

Cash tenne lo guardo fisso sulle fiamme, esitando a rispondere. Ma siccome tutti gli stavano raccontando storie così personali, anche lui sentiva di voler condividere con gli altri una parte di sé. C'era qualcosa tra lui e quel gruppo di teenager che non provava da moltissimo tempo: fiducia.

«L'ultima volta che ho avuto loro notizie, mia madre era ancora in carcere e mio padre stava per uscire» disse. «Non sono brave persone. Si menavano e ogni tanto le prendevo anch'io. Gli assistenti sociali hanno tolto loro la mia custodia e mi hanno mandato a vivere con la prozia Peggy a Orange County. È per questo che amavo così tanto quel posto da bambino: era l'unico luogo dove potevo sfuggire alla realtà.»

Gli altri non si aspettavano una storia del genere da Cash, ma gli furono grati di averla raccontata. Per la prima volta da quando si era unito a loro, non guardarono più Cash come il loro personaggio televisivo preferito o la celebrità attaccabrighe che teneva nascosto il suo vero io, ma soltanto come un ragazzo che condivideva i suoi segreti e le sue cicatrici, seduto intorno a un falò improvvisato.

«Mi dispiace, amico mio» disse Topher.

«Non essere dispiaciuto» rispose lui. «Alla fine le cose sono andate per il verso giusto. Se non fossi stato mandato da mia zia Peggy, non avrei mai avuto l'opportunità di presentarmi all'audizione per *Wiz Kids*. Mia zia avrebbe voluto fare l'attrice da piccola, e mi ha spinto in quella direzione per poter vivere i suoi sogni attraverso me. *Wiz Kids* è stata solo la mia quarta audizione in tutto, e potete immaginare la sua sorpresa quando ci hanno telefonato per offrirmi il lavoro!»

«Sarà stata così eccitata» disse Mo.

Cash rise a quel ricordo. «Non ho mai visto un sorriso grande come il suo» disse. «Le è stato diagnosticato l'Alzheimer qualche anno fa. Non ricorda più nulla di Thomas Anthony Hanks o Cash Carter.»

L'atmosfera era senza dubbio cambiata, ma l'attore era deciso a ravvivare lo spirito del gruppo.

«Ok, basta coi segreti!» disse. «Ho qualcosa che ci renderà tutti un po' più allegri.»

L'attore prese uno spinello dalla tasca e lo agitò in aria come fosse una bacchetta magica. Gli altri si scambiarono uno sguardo preoccupato e si irrigidirono come se l'attore stesse brandendo un'arma pericolosa.

«Sono pronto a scommettere che nessuno di voi ha mai fumato erba» disse Cash.

«Già» disse Topher. «E non cominceremo certo ora.»

«Assolutamente no» disse Mo, scuotendo la testa come un bambino che si rifiuta di mangiare la verdura. «Quella roba distrugge le cellule nervose.»

«Non dovresti portarla in giro! È illegale in Kansas» esclamò Sam.

Cash alzò le mani e fece per calmarli.

«Tranquilli, giovanotti repubblicani» disse. «Ho forse un mantello nero e un paio di baffi arricciati? Non sono qui per imporvelo. Ma ho pensato che magari vi piacerebbe provare prima di andare al college.»

«Io voglio provare!» esclamò Joey.

Tra tutte le cose assurde e sconvolgenti udite quella sera, il fatto che Joey volesse fumare marijuana era la più strabiliante.

«Joseph Davis!» sbottò Mo. «E se ci beccano?»

Cash si guardò intorno per essere sicuro di trovarsi nello stesso luogo degli altri.

«E chi è che può beccarci?» chiese. «Credi che la polizia ne sentirà l'odore e farà irruzione dal cancello? Bene! Magari ci possono dare un passaggio fino alla civiltà.»

«Inoltre sembra che ci divertiamo di più ogni volta che oltrepassiamo i nostri limiti» disse Joey. «Dato che ho intenzione di provare, preferisco di gran lunga farlo con voi anziché con degli sconosciuti al college. E comunque dubito che avrò molte occasioni dove andrò a studiare.»

Il suo ragionamento doveva aver convinto gli altri, perché dopo aver fatto il primo tiro Joey passò lo spinello agli amici e *tutti* decisero di provare. Il fumo bruciava loro la gola e i polmoni mentre lo inalavano, e si misero a tossire e ansimare dopo averlo buttato fuori. Topher diede agli altri alcune bottiglie d'acqua e delle pastiglie per la tosse prese dal kit d'emergenza per il terremoto.

«Come vi sentite?» domandò Cash.

«Non male dopo aver smesso di tossire» disse Topher.

«Mi sento più rilassata» disse Sam.

«Ho gli occhi pesanti, ma a parte quello sto bene» disse Mo.

«Già, non è così forte come mi aspettavo» disse Joey. «Facciamo un altro giro?»

«Aspetta qualche minuto» gli raccomandò Cash. «Questa è roba fresca fresca dalle strade di Los Feliz, non quella merda medicinale da fighette. A volte ci mette un po' a fare effetto, e può anche non succedere nulla la prima volta.»

Mezz'ora dopo Topher era seduto immobile come una statua, Joey stava fissando il cielo stellato assorto in contemplazione, Sam cercava disperatamente di non ridere di tutto quello che vedeva e Mo si sfregava il corpo come se fosse coperta di insetti. La scorta di barrette di cereali per tre giorni del kit d'emergenza venne divorata nel giro di qualche minuto.

«Direi che sta facendo effetto» disse Cash. «Come vi sentite ora?»

«Nuvole» disse Topher lentamente. «Sento delle nuvole nella testa.»

«Congratulazioni, sei un *fattone tradizionale*» disse Cash. «E tu, Sam?»

Gli altri lo guardarono e Sam non riuscì più a trattenere le risate. Rotolò sulla schiena e si mise ad agitarsi come un insetto che non riesce a mettersi dritto.

«C'è qualcosa che mi fa il solletico dappertutto!» disse piangendo dal ridere.

«Sam trova tutto così divertente, in gergo lo chiamiamo un *comico*» disse Cash. «Joey? Come ti senti, amico?»

Joey non mosse lo sguardo dal cielo. «Sento che sto usando parti del mio cervello che non sapevo esistessero» spiegò sbattendo le ciglia come un forsennato. «È come se avessi una connessione profonda con le stelle e il mondo intero. Sento che hanno nomi, colori e sentimenti, e me ne accorgo solo adesso. Non saprei dire se è una cosa *da-qui-in-avanti* o se invece è *solo-ora-oggi-in-questo-momento-perché-sono-fatto-e-sono-in-Kansas*, capisci?»

«Joey è un *professore*» annunciò Cash. «Come va con la Maria, Mo?»

«Odio doverlo dire, ma non mi sento affatto diversa da prima» disse. «Sono un po' invidiosa che non stia funzionando come su... Oh cazzo, cos'è stato?»

Mo girò di scatto la testa verso un debole rumore in lontananza.

«Calmati, Mo» disse Cash a bassa voce, come se stesse parlando a un neonato. «Probabilmente era solo un procione...»

«Un procione?!» gridò Mo terrorizzata. «Come posso stare calma se ci sono dei procioni intorno a noi? Come possiamo dormire di notte sapendo che quelle cose strisciano in giro per il mondo? Oh santo cielo, hanno le dita! Perché Dio ha voluto creare un animale a cui si può dare il cinque? Perché?»

«Mo, l'erba ti sta rendendo *paranoica*. Non ti preoccupare, succede a tanta gente. Ricordati che i procioni hanno più paura di te di quanto tu non ne abbia di loro, te lo garantisco.»

«I procioni hanno paura di Mo!» ridacchiò Sam. «Hanno letto la sua fanfiction e ora hanno paura!»

«Prooooocioooooneeeeee» disse Topher lentamente. «Uhm, che parola strana.»

«Ti fa pensare perché siamo quello che siamo, non credete?» disse Joey come se stesse parlando con le stelle. «Che cosa ci differenzia dai procioni? Intendo, per davvero? Nasciamo, lottiamo, mangiamo, ci riproduciamo, cresciamo i nostri piccoli, moriamo, proprio come loro. Perché non siamo noi i procioni? Non scaviamo nella pattumiera come loro, anche se siamo anche noi dei cercatori di cibo.»

«Cerco nella pattumiera!» squittì Sam. «Ciò significa che sono un procione? Sarei un procione così carino!»

«Possiamo smetterla di dire la parola *procione*?» implorò Mo, sfregandosi il corpo con le mani come se una di quelle creature le stesse strisciando sottopelle. «Penseranno che li stiamo chiamando! Se si uniscono agli opossum non avremo alcuna speranza!»

«Opoooooossuuuuuum» pronunciò Topher lento. «Anche questa non è male.»

«Sai, prima di essere roditori, erano stelle» disse Joey. «È così che la gente ha imparato tutto quello che sa. Il cielo stellato è stata la Bibbia originale. Ma qual è la differenza tra la religione e la mitologia? Qual è la differenza tra scimmie e umani? Tra falene e farfalle? Tra rane e rospi? Tra muffin e cupcake? Perché il mondo è così pieno di domande?»

La loro reazione all'erba si fece sempre più intensa man mano che la notte avanzava. Erano il gruppo di fattoni più eccentrico che Cash avesse mai visto, e non riusciva a distogliere gli occhi da loro, come se fossero i soggetti di un affascinante documentario sulla natura.

«Ragazzi!» gridò Mo. «Il Capitano Tydes si è appena mosso! L'ho visto! Credo che stia prendendo vita!»

«No, ha solo un po' caldo!» ridacchiò Sam. «L'avete capita? È in fiamme, quindi ha caldo!»

«Oh santo cielo, abbiamo ucciso il Capitano Tydes! Siamo degli assassini! Non potremo mai più giocare a "Io non ho mai" perché abbiamo fatto tutto! Abbiamo infranto ogni legge e commesso tutti i crimini possibili! Oh Dio, voglio solo riavere indietro la mia vita normale!»

Cash aveva visto abbastanza. L'attore si alzò in piedi e si stiracchiò.

«Be', il danno è fatto» disse. «Vado a dormire in macchina.»

«Non ti fai un altro tiro con noi?» chiese Topher.

«Assolutamente no» disse Cash. «Quell'erba è stata di certo mischiata con qualcos'altro. Non ci si può più fidare della roba che si compra in strada: ecco una lezione che di sicuro non imparerete all'università.»

L'attore sbadigliò e si diresse verso il cancello. Gli altri cercarono di unirsi a lui, ma nessuno di loro sembrava ricordarsi come stare in piedi.

«Non state alzati ancora tanto» disse Cash agli altri. «I coyote cominciano a cacciare a mezzanotte!»

«Coyote?!» gridò Mo.

«Buonanotte!»

Capitolo quattordici

CONDUTTORI RADIO E RAZZISTI

Topher si svegliò mercoledì mattina con una sensazione di calore sul viso. Poi sentì una superficie ruvida e dura sotto il proprio corpo. Aprì gli occhi, vide il sole splendere nel cielo e si accorse di essere sdraiato al centro del Covo del Capitano. Si alzò rapido e vide Joey, Sam e Mo che dormivano per terra vicino a lui.

«Che diavolo è successo?» esclamò.

Topher guardò il parco divertimenti abbandonato intorno a sé, e vide un gruppo di opossum che li stava fissando con i loro piccoli occhi lucidi e un fare inquisitorio. Ricordò la scelta sbagliata della sera prima e, all'improvviso, lui e i suoi amici furono investiti da schizzi di acqua fredda.

«Buongiorno, Guns N' Roses» disse Cash che li stava innaffiando per svegliarli. «Sveglia! Forza!»

Joey, Sam e Mo ripresero conoscenza e si guardarono intorno confusi. I ricordi della notte precedente erano offuscati, come fosse stato un brutto sogno.

«Abbiamo dormito all'aperto?» domandò Sam.

«Come hai potuto lasciarci qui, Cash?» esclamò Mo arrabbiata. «Scommetto che qualche roditore mi si è strofinato addosso mentre dormivo!»

«Direi che con tutta la scelta che c'è, dovresti essere un po' meno presuntuosa» replicò Cash. «E ieri notte facevi talmente tanto casino che dubito che un animale volesse anche lontanamente avvicinarsi a te. Come vi sentite?»

«Direi bene, considerando che ho dormito tutta la notte sul cemento» disse Topher.

«Che cosa c'era in quella roba?» domandò Joey.

Cash fece spallucce. «Non lo sapremo mai» disse. «Questa mattina ho sorpreso un procione che si mangiava la fine dello spinello. Al bando le preoccupazioni, state molto meglio di lui, fidatevi.»

L'attore indicò un procione morto per terra lì vicino. La creaturina era sdraiata sulla schiena con le zampe stiracchiate come una stella marina, gli occhi spalancati e un accenno di sorriso sul muso: era come se avesse visto Dio ma non fosse sopravvissuto per raccontarlo.

«Non posso credere che ieri sera ci siamo *drogati!*» disse Sam. «E tra tutti i posti, in un parco divertimenti abbandonato!»

«Perché sorridi?» domandò Mo.

«Perché ne sento ancora l'effetto!»

Il gruppo di neobattezzati delinquenti stentava a credere al cambio di direzione che avevano preso le loro vite all'improvviso. Avevano cominciato il viaggio come cittadini modello con ottime reputazioni e nessuna traccia di qualsivoglia attività criminale, e in soli tre giorni avevano usato documenti falsi, avevano commesso un'effrazione, avevano assunto droghe illegali ed erano svenuti all'aperto. *Come avevano fatto a ridursi in quel modo in così poco tempo? Che tipo di persone erano diventate?*

«Credo che le parole che stai cercando siano *grazie per l'ennesima nottata di divertimento, Cash,* o *grazie per averci tolto il bastone dal culo, Cash*» li prese in giro l'attore.

«E quello tu lo chiami divertimento?» chiese Mo. «Sono stata in ansia per tutta la notte, in attesa che arrivassero i coyote! Temevo di avere un infarto!»

Cash sogghignò e guardò il gruppo di ragazzi con l'aria di un padre fiero dei propri figli.

«Un giorno ne riderai» disse. «Ora dovremmo cominciare ad andare. Il tizio dell'assistenza è arrivato un quarto d'ora fa. Non c'è una stazione di servizio per miglia, dovrà trainare l'auto fino a quella più vicina. Un avvertimento amichevole: puzza di formaggio.»

I ragazzi si aiutarono l'uno con l'altra a mettersi in piedi e salutarono il parco di High Tydes. Uscirono dal cancello d'ingresso muovendosi lentamente, assomigliando moltissimo ai cannibali di cui Mo aveva parlato il giorno prima.

L'addetto dell'assistenza stradale, sovrappeso e peloso, agganciò la station wagon al camion di soccorso e cominciò a trainare l'auto verso sud, diretto alla stazione di servizio più vicina. Topher, Joey, Sam e Mo erano seduti sul sedile posteriore del camion, mentre Cash si era accomodato davanti e affrontava con coraggio gli odori che provenivano dal guidatore. Dopo qualche miglio il quartetto di Downers Grove abbandonò la serietà e il senso di colpa dovuti all'ultima esperienza, e gli amici non riuscirono più a guardarsi tra loro senza scoppiare a ridere.

«Quanto tempo abbiamo perso con questa deviazione?» domandò Joey. «Siamo fregati del tutto o solo un po'?»

«In realtà non ha rovinato nulla» disse Topher. «Avevamo il primo giorno in California libero proprio in caso avessimo incontrato problemi durante il viaggio. Ho comprato l'assicurazione per tutti i biglietti e le stanze d'hotel, basta posticipare tutto di un giorno.»

Il più sollevato a quelle parole fu Cash. «Mi dispiace del ritardo» disse. «D'ora in poi non suggerirò più nulla. Abbiamo già fatto le mie due fermate, adesso seguiamo l'itinerario che avete stabilito.»

Era la prima volta che l'attore mostrava segni di rimorso, probabilmente *in vita sua*, ma era difficile serbargli rancore. Certo, non avevano potuto fare un giro sulle attrazioni, ma di certo non avevano lasciato il parco privi di emozioni forti.

«Tutto sommato non è stato così male» confessò Mo, cercando di trattenere il sorriso.

«Se c'è una cosa che di sicuro porteremo con noi alla fine di questo viaggio, saranno le storie» disse Sam.

«Già, solo non quelle che avevamo in programma» aggiunse Topher.

Il camion dell'assistenza viaggiava per il Kansas, e non c'era una singola costruzione in vista, men che meno stazioni di servizio. Il guidatore stava ascoltando un conduttore radio conservatore e scurrile; i ragazzi lo ignorarono con facilità, tranne in un particolare momento della trasmissione.

«*Ora basta parlare di come i Democratici stanno rovinando la nostra democrazia*» disse la voce alla radio. «*Parliamo invece di un argomento che tristemente interessa alla gente più della politica: il gossip di Hollywood! Non so se qualcuno dei miei ascoltatori guarda il programma* Wiz Kids*, io penso che sia la serie più stupida dai tempi di* Cop Rock*, ma a quanto pare è un successo che continua da nove stagioni a questa parte.*»

Topher, Joey, Sam e Mo si drizzarono sul sedile e si protesero verso la radio: avevano paura di dove la trasmissione sarebbe andata a finire. Cash si avvicinò come se ascoltasse il meteo. Il guidatore notò il loro interesse e alzò il volume.

«*Be', c'è questo video che circola su internet dell'attore protagonista, il ventiduenne Cash Carter, che sviene durante un concerto a St. Louis la scorsa domenica sera. Nel caso ve lo siate perso, è disponibile sul nostro sito, ma ha avuto così tanto successo che non riesco a immaginare co-*

me abbiate fatto a non vederlo da qualche parte. Un portavoce dell'attore ha rilasciato una dichiarazione ieri, dicendo che l'attore era disidratato *e ora si sente molto bene. Mi dispiace, ma è una gigantesca fesseria! Guardate il video e non potrete non notare che il ragazzo* è *completamente sbronzo o drogato!*»

I quattro amici seduti dietro erano così a disagio che trattennero il respiro come se gli altoparlanti stessero diffondendo gas chimici velenosi.

«Possiamo cambiare stazione?» domandò Topher.

«Non ancora» disse Cash. «Voglio sentire che cos'ha da dire.»

«*Con la quantità di soldi che guadagna Cash Carter e la sua fama, viene da pensare che uno sano di mente farebbe di tutto per non rovinare la propria immagine pubblica. Che farebbe di tutto per non fare la figura dell'idiota e imbarazzare i giovani che lo prendono come esempio. Ma purtroppo nessuno di questi tizi di Hollywood pensa come una persona normale. Dopotutto perché assumersi la responsabilità delle proprie azioni quando abbiamo una decina di portavoce pronti a mentire per noi? Perché cambiare il proprio stile di vita quando tutto ci viene servito su un piatto d'argento? Perché stare attenti a come ci si comporta, quando è molto più divertente fare i bambini viziati e menefreghisti? Cash Carter è l'ennesimo esempio di una persona troppo ricca, troppo famosa e non abbastanza intelligente per apprezzarlo. Dovrebbe vergognarsi di se stesso, ma prima di tutto dovremmo vergognarci di noi stessi perché diamo eco a questo tipo di comportamento. Torniamo fra poco con altri commenti in materia: restate con noi.»*

Il monologo diffamatorio del conduttore venne seguito da una pubblicità di una fiera locale. Gli altri ragazzi erano pronti a difendere l'onore di Cash, ma l'attore non sembrava aver bisogno del loro intervento.

«Sono opinioni davvero forti su una persona che non ha mai incontrato» disse Cash.

«Devo dire che mi trovo d'accordo con lui» disse il guidatore. «È uno stronzetto privilegiato. Gli attori di Hollywood sono tutti uguali. Non mi sorprenderebbe se entrasse anche lui a far parte del club dei morti a ventisette anni.»

Era ovvio che il guidatore non avesse idea che lo *stronzetto privilegiato* era seduto proprio accanto a lui.

«Lei è troppo generoso» disse Cash. «Sarà morto ben prima di allora.»

L'attore infilò la mano nello zaino e prese tre pillole bianche da una boccetta di plastica. Si mise a guardare fuori dal finestrino e rimase in silenzio per il resto del viaggio.

Dopo un'ora di tragitto durante la quale dal finestrino non si erano visti altro che campi, il camion dell'assistenza stradale si fermò a una piccola stazione di servizio. Cash volle pagare le spese del traino e del pieno di benzina, dato che era stata colpa sua se erano rimasti bloccati in mezzo al nulla. Le pompe del benzinaio erano vecchio stile, quindi fu costretto a entrare nella stazione per pagare. Joey, che doveva andare in bagno da circa venti miglia, seguì Cash per farsi dare la chiave dei gabinetti. Si avvicinò alla stazione di servizio ma si fermò all'istante vedendo una cosa che lo mise davvero a disagio.

«Che c'è?» gli chiese Cash.

Joey indicò una grossa bandiera degli Stati confederati esposta nella vetrina della stazione di servizio. Tutti i consigli che gli aveva dato suo padre riguardo a tenersi fuori dai guai gli riaffiorarono alla mente.

«Meglio che non entri» disse. «Aspetterò la prossima stazione.»

«Non essere ridicolo» disse Cash. «Forse il proprietario è solo un grande fan di *Hazzard*. Non c'è nulla di cui preoccuparsi, sono qui con te.»

«A dire la verità, questo dovrebbe farmi preoccupare di più...»

L'attore afferrò il timido teenager per il braccio e lo trascinò dentro suo malgrado. Si avvicinarono a un anziano signore seduto alla cassa, intento a leggere il giornale. Indossava un cappello da cowboy e aveva un paio di folti baffi che avrebbero avuto bisogno di una sistemata già da qualche settimana.

«Buongiorno, signore» disse Cash. «Vorrei pagare la benzina della pompa numero quattro, e il mio amico ha bisogno della chiave per il bagno.»

L'anziano signore si alzò per salutare il cliente, ma il suo atteggiamento cambiò drasticamente non appena posò lo sguardo su Joey. Prese a fissarlo con tale disgusto che il ragazzo si sentì come spinto via da una mano invisibile.

«Ok per la benzina, ma mi dispiace per il tuo amico» disse. «Qui non serviamo quelli come lui.»

«E perché? Perché è nero o perché è gay?»

«Cash!» esclamò Joey, come se l'amico fosse fuori di senno. «Che cacchio ti salta in mente?»

«Tranquillo, sto solo scherzando» ridacchiò Cash. «E sono sicuro che stesse scherzando anche lui. Vero, signore? Perché solo uno di quei vecchi bigotti che danno un cattivo nome a tutto il genere umano direbbe una cosa del genere, giusto?»

Lo sguardo carico d'odio del vecchio si estese anche a Cash, e indicò la porta.

«Fuori dalle palle!» ordinò.

«Cash, forse dovremmo andare via» disse Joey.

«Aspetta!» gridò Cash.

Come se fosse controllato da Cash con la telecinesi, Joey rimase esattamente dov'era. Non aveva mai visto l'attore così arrabbiato. Cash stava fissando l'uomo con lo stesso odio con cui lui aveva guardato loro. Joey non sapeva chi dei due gli mettesse più paura.

«Non so in che anno pensa di vivere, ma per il resto del mondo è il 2017» disse Cash. «Quello che sta facendo è illegale e se non cambia atteggiamento chiamerò la polizia e racconterò quello che sta succedendo.»

«E puoi dir loro che li saluta Johnny della stazione di

servizio» disse l'uomo. «Vedi, io e i poliziotti abbiamo vedute simili. Se non vuoi finire in prigione per una settimana, io chiuderei quella boccaccia che ti ritrovi. Non so chi diavolo ti credi di essere, ragazzino, ma nessuno viene nella nostra città e pretende di insegnarci come vivere.»

Cash lanciò un'occhiata al giornale che l'uomo stava leggendo. Come un segno del destino, vide una foto di se stesso accanto al titolo principale, che recitava: *Cash Carter, la mina vagante: attore sviene durante un concerto.*

«In realtà sa benissimo chi sono» disse l'attore indicando l'articolo. «Sono la mina vagante di cui stava leggendo poco fa. Avrebbero potuto stampare una foto migliore, ma almeno ne hanno scelta una recente.»

Il vecchio alternò lo sguardo tra Cash e il giornale, come fosse qualche sorta di trucco di magia.

«Dato che ora ci conosciamo un po' meglio, apri bene le tue orecchie del cazzo, Johnny» disse Cash. «Puoi anche essere amico della polizia locale, ma io sono amico della polizia di tutto il mondo: si chiamano *fangirl*, e ce ne sono quasi trenta milioni che seguono ogni mia mossa. Adesso chiedi scusa al mio amico e gli dai la chiave del bagno, perché se non lo fai racconterò a tutte le fangirl il trattamento che abbiamo ricevuto oggi e *le scatenerò contro il tuo negozio come uno sciame di locuste! Ti tormenteranno, ti umilieranno e inseguiranno il tuo culo rugoso e razzista fino in capo al mondo, fino al giorno in cui la tua miserabile esistenza deciderà di giungere al termine!* Sono stato abbastanza chiaro?»

Il vecchio trasalì. Prese la chiave del bagno da sotto il bancone e la lanciò a Joey.

«Mi dispiace» disse con lo sguardo fisso per terra.

Cash e Joey fecero per andarsene, ma Cash si fermò all'ingresso e si voltò verso l'uomo.

«E la benzina la offre la casa» disse con fermezza. «E anche questo pacchetto di patatine.»

L'attore sbatté la porta e non appena fuori dalla stazione si accese una sigaretta.

«Cash, che diavolo ti è saltato in mente?» domandò Joey. «È stato davvero stupido! Non guardi le notizie? Hai idea di quello che ci sarebbe potuto accadere? *Di quello che mi sarebbe potuto accadere?*»

L'attore era molto più scosso di quanto Joey si aspettasse. Doveva sapere bene il pericolo che avevano corso, perché le mani gli tremavano mentre fumava.

«Lo so, lo so» disse. «Scusami, non so che cosa mi è preso... Siamo entrati e quando ho sentito quello che ha detto mi è scattato qualcosa dentro. Ho perso il controllo: non potevo non fargliela pagare dopo che aveva detto quelle cose contro di te. Non ho mai l'occasione di lottare per me stesso, e ho sentito che era il momento di lottare per qualcuno, capisci?»

Più Joey ci pensava e più la reazione dell'attore gli sembrava sensata, ma non voleva che Cash mettesse a rischio la propria incolumità per risolvere i problemi degli altri.

«Capisco che senti di dover fare l'eroe... Solo non fare cose stupide» disse Joey. «Poteva andarci molto peggio là dentro. Detto questo, è stato davvero figo vedere la faccia di quel tizio quando l'hai rimproverato.»

«Già» annuì Cash. «E mi sono sentito bene a dire quelle cose. Ma teniamolo fra noi, non vorrei che a Mo venisse un aneurisma.»

Capitolo quindici

AL POSTO DI GUIDA

Alle dieci del mattino di mercoledì la station wagon era finalmente in viaggio sulla Highway 83 con il pieno di benzina. L'auto viaggiava verso sud in direzione di Amarillo, Texas, benché nessuno osasse più fare pronostici sull'arrivo in città. Topher si era rimesso alla guida, e se tutto fosse andato per il verso giusto il gruppo avrebbe raggiunto la destinazione alle due del pomeriggio. Cash intratteneva gli altri raccontando fatti successi dietro le quinte alle varie cerimonie di premiazione per il cinema e la tivù, anche se nessuno glielo aveva chiesto.

«Allora, mentre veniva annunciato il vincitore del Golden Globe per la Migliore Canzone Originale, Tobey e io siamo andati in bagno» raccontò Cash. «E fu allora che lo notammo: Leonardo DiCaprio stava usando un orinatoio! Tutti gli uomini lì presenti non potevano credere ai loro occhi. Era come se avessimo sorpreso un semidio compiere un atto da comune mortale.»

«E gli avete detto qualcosa?» domandò Sam.

«No, Tobey e io eravamo come paralizzati in sua presenza» continuò Cash. «E una volta che Leo ebbe finito, tutti i presenti si misero in fila e gli fecero un piccolo inchino mentre se ne andava, proprio come se fosse un membro della famiglia reale. Non me lo dimenticherò mai. Ricordo anche che aveva deciso di usare l'unico gabinetto ecologico in tutti i bagni, ma forse questo è un dettaglio che mi sono inventato.»

«E ti ha riconosciuto?» chiese Joey.

«Certo che no!» esclamò Cash. «Quando si è una star della televisione in compagnia di una star del cinema, è come essere un primino al ballo di fine anno dei maturandi: non ti puoi aspettare che qualcuno ti riconosca. C'è stata una volta, dopo la Katzenberg Night prima della festa degli Oscar del 2013, in cui ero in piedi fuori dall'edificio e Helen Mirren mi ha preso per un parcheggiatore.»

«E che hai fatto?» domandò Mo.

«Ho preso il suo biglietto e le ho riconsegnato la sua cazzo di auto, ecco che cosa ho fatto!» disse Cash. «È stata una fortuna non da poco, mi ha pure dato venti dollari di mancia. Li ho incorniciati e appesi in casa, vicino al mio Teen Choice Award.»

Quando l'auto superò il confine e si inoltrò nel Texas, Cash si fece più concitato. Parlava gesticolando, alzava sempre di più la voce e si agitava mentre ricordava gli eventi del proprio passato. Questo comportamento rese gli altri nervosi: ricordava loro l'atteggiamento che aveva avuto l'attore la sera del concerto dei Rosemary's Abortion.

«Lasciate che vi dia qualche consiglio nel caso vi doveste ritrovare mai sul red carpet» disse. «Cominciate sempre con un sorriso appena accennato, perché la vostra espressione si accentua man mano che la mantenete e fidatevi, non volete assomigliare al clown Pennywise nelle foto della prima di *Frozen*. Non c'è nulla di più inquietante di un adulto super eccitato per il fatto di trovarsi alla prima di un film per bambini. Contraete i muscoli sotto la lingua e stirate il collo per evitare il doppio mento, e accertatevi di espirare in modo che le foto vi ritraggano più magri possibile, e per Dio, trovate qualcosa di naturale per tenere occupate le mani.»

«Grazie dei consigli» ridacchiò Topher. «Anche se non credo che ci serviranno molto presto...»

«Non ho finito» continuò Cash. «Non cercate di sembrare sexy, non funziona mai se ci provate. Pensate solo alla battuta finale della vostra barzelletta sconcia preferita: funzionerà meglio. E se vi trovaste mai davanti a fotografi che non vi aspettavate di incontrare, tipo i paparazzi, andate in bagno e pulitevi la faccia con una di quelle salviette di carta per l'asse del cesso. Fa un po' schifo, ma vi asciugherà il sudore ed eviterete che le foto col flash vi facciano sembrare ubriachi, come accadrebbe se foste tutti sudati e lucidi. E se *siete* ubriachi, non guardate mai direttamente nell'obiettivo delle macchine fotografiche: così apparirete più freschi e messi meglio.»

«Ne hai praticamente fatto una vera e propria scienza» disse Joey.

«Possiamo parlare di qualcos'altro?» domandò Mo.

«Sì... Direi che abbiamo capito» aggiunse Sam.

Nonostante le loro richieste, Cash non accennò a cambiare argomento. Era come un anziano che parla del periodo in cui è cresciuto.

«Siate sempre cauti con i giornalisti quando vi trovate in passerella. Dovete pensarci tre volte prima di rispondere, come se foste candidati alla presidenza. Prenderanno le vostre parole e le spremeranno fino al midollo. Per esempio, se dite che fa caldo, titoleranno *Attore prende posizione sul riscaldamento globale*. Se dite che vi piace Batman, scriveranno *Rivelazione shock: il parere di Cash Carter sulla* DC *Comics*. Se alludete al fatto che vi piace mangiare patatine fritte, scriveranno *Star di Wiz Kids fa i conti con la dipendenza degli americani dal cibo spazzatura*. E la cosa peggiore è che i giornalisti non riporteranno mai le domande che hanno fatto, ma si comporteranno come se di punto in bianco aveste deciso di dichiarare qualcosa al mondo intero... *Ferma la macchina!*»

Topher schiacciò forte il freno e la station wagon si arrestò stridendo.

«Perché diavolo hai urlato di fermarci?» domandò Topher.

Cash aveva le mani e il viso schiacciati contro il lunotto come se avesse appena visto sul bordo della strada un parente che non vedeva da molto tempo. Gli altri passeggeri guardarono nella stessa direzione, ma tutto quello che riuscirono a vedere era un rottamaio in cui si trovavano una serie di auto vecchie e ridotte davvero male.

«Vedete anche voi quello che vedo io?» domandò l'attore.

«Un'infezione da stafilococco che sta per esplodere?» disse Mo.

«Guardate quell'auto nell'angolo!» indicò Cash. «Assomiglia a una Porsche 550 Spyder!»

Si riferiva a una piccola auto sportiva decappottabile. Il veicolo era così malconcio che sembrava essere stato recuperato dal fondo dell'oceano. Gli mancavano i fanali davanti, aveva tutte le gomme diverse ed era ricoperto da quello che poteva essere un sottile strato di vernice marrone scolorita oppure semplice ruggine.

«Come fai a essere certo che sia una Porsche?» domandò Joey.

«Qualunque attore le sa riconoscere: sono icone di Hollywood» spiegò Cash, anche se gli altri non capivano. «La 550 Spyder è il modello di auto che James Dean guidava in giro per la città. Aveva soprannominato la sua *Little Bastard*! Devo andare a vedere se ci ho visto giusto.»

Prima che gli altri potessero obiettare, l'attore saltò sul sedile dietro, scavalcò Joey e scese dall'auto.

«Non aveva *appena* detto che non ci avrebbe più fatti fermare?» chiese Topher.

«Dai, sapevamo tutti che non sarebbe durato a lungo» disse Sam.

Cash attraversò l'autostrada e si mise a camminare lungo la recinzione esterna del rottamaio.

Un gigantesco bullmastiff e un piccolo carlino sbucarono dal nulla e cominciarono ad abbaiare ferocemente verso di lui. Attirarono l'attenzione del proprietario dell'attività, che si avvicinò per controllare che cosa stesse succedendo.

«Doc! Marty! Qui!» chiamò l'uomo, poi si avvicinò a Cash. «Posso aiutarti?»

«Ciao! Io e i miei amici stavamo viaggiando lungo l'autostrada e non ho potuto fare a meno di notare la tua Porsche. Per caso è una 550 Spyder?»

«*Era* una 550 Spyder» ridacchiò il proprietario. «Proprio come io una volta *ero* un quarterback.»

Una volta avuta la conferma, Cash si mise a osservare l'auto come re Artù che guarda il Santo Graal.

«Il motore funziona ancora?» domandò.

«Sì, a parte la retro e le marce ridotte» disse l'uomo. «Ti interessa comprare questo rottame? Perché ho macchine molto migliori nel...»

«Ti do mille dollari se mi fai fare un giro di prova.»

Poco dopo gli altri videro il proprietario che faceva entrare Cash e lo conduceva all'automobile dei suoi sogni. L'attore diede una carezza al cofano della Porsche come se fosse un animale, e sussurrò dolci parole a uno degli specchietti retrovisori.

«Non penserà davvero di mettersi a guidarla, vero?» disse Topher.

«Non sappiamo nemmeno se sta abbastanza bene per guidare» disse Sam.

Cash scivolò sul sedile del guidatore e afferrò il volante come il capitano di una nave che stringe il timone durante il primo viaggio del vascello. Una nuvola di polvere emerse dal retro della Porsche, e il suo motore ruggì forte per la prima volta dopo tantissimo tempo. Fu una partenza un po' insicura, e il motore non dava l'impressione di durare a lungo, ma Cash pregò con tutto se stesso che funzionasse.

Guidò la Porsche fuori dal rottamaio e si accostò alla station wagon.

«Porto questa bambina a fare un giretto» disse agli altri. «Voi state qui, siete la mia garanzia.»

«Cash, non vediamo l'ora di arrivare ad Amarillo e fare una doccia» disse Topher.

«Solo qualche minuto. Scusate, ma devo farlo o lo rimpiangerò per sempre. È sulla mia lista dei desideri.»

L'attore pigiò l'acceleratore e schizzò via sulla Highway 83, lasciando dietro di sé una scia di fumo simile alla bava di una lumaca. Gli altri lo sentirono gridare di gioia finché non scomparve in lontananza. Venti minuti dopo Cash tornò con un sorriso gigantesco stampato tra due guance arrossate dal vento.

«Dovete provarla!» disse. «C'è spazio solo per un passeggero, ma potete fare a turno. Forza, qualcuno salti su!»

«Non abbiamo intenzione di salire su quella cosa» disse Joey.

«Sembra pronta a esplodere al primo dosso» disse Sam.

«Non giudicate un libro dalla copertina» disse Cash. «Le auto una volta erano costruite per durare a lungo. Dovete sentire il rumore del motore quando sfreccia veloce... Fa le fusa come un gatto.»

Mo alzò gli occhi al cielo. «Un gatto con la bronchite, semmai.»

«Vieni a sentirla con le tue orecchie, Mo!» la incitò Cash. «Prometto che quando avrai il vento tra i capelli ti sentirai come una Bond girl!»

Mo era la più contraria di tutti, ma Cash sapeva esattamente che tasto toccare per convincerla. Al pensiero di sentirsi come una star di Hollywood bandì ogni esitazione.

«Be', direi che un paio di miglia non possono poi farmi così male» disse, sbalordendo i suoi amici. «Non mi guardate così, avete tutti fumato erba ieri notte!»

Mo si sedette sul sedile del passeggero accanto a Cash, e i due si lanciarono a tutta velocità lungo l'autostrada. La Porsche tremava sempre di più man mano che prendeva velocità. L'aria colpiva il viso di Mo e i capelli neri le si agitavano sulla testa come una bandiera in mezzo a una tempesta tropicale. Viaggiare su quell'auto rispetto alla station wagon a cui era abituata era come andare sull'ottovolante.

«Non è fantastico?» disse Cash a voce alta, ma era difficile sentire, con il vento che soffiava loro intorno.

«È fantastico!» disse Mo. «Mi sento come Marilyn Monroe!»

«Che cosa?» disse Cash. «Vuoi vedere quanto può andare veloce?»

«No!» esclamò Mo. «Ho detto che mi sento come Marilyn Monroe!»

«Ok, vediamo quanto veloce riusciamo ad andare!»

Cash pigiò l'acceleratore ancora più a fondo, e la Porsche si lanciò sull'autostrada come un missile. Si muovevano così rapidi che Mo faceva fatica a respirare, e non riusciva a dirgli di rallentare.

«Cash, direi che stiamo andando veloci abbastanza ora!» disse.

L'attore pigiò il freno ma non accadde nulla. Si voltò verso la passeggera preoccupata con uno sguardo carico di terrore.

«I freni non funzionano!»

«Che cosa?!» disse lei. «E il freno a mano?»

«Non esiste nessun freno a mano!» disse Cash. «E ora l'acceleratore è incastrato! Non riesco a far rallentare la macchina!»

Mo non poteva credere di essere stata trascinata in una trappola mortale con tanta facilità. Ebbe un attacco di panico, e cominciarono a scorrerle davanti agli occhi le immagini di tutto quello che amava: il suo gatto, suo padre, i suoi amici, i commenti positivi alla sua fanfiction.

«Fa' qualcosa!» lo implorò. «Non posso morire in un incidente d'auto con te! Non voglio che la mia morte passi in secondo piano!»

«Non ti preoccupare, prometto che vivrai abbastanza a lungo per vedere le aule di Stanford!»

«Fanculo a Stanford!» pianse, e tutta la verità cominciò a esplodere dalla sua bocca come lava dal cratere di un vulcano. «Ci andrò solo perché lo vuole mio padre! Non voglio studiare economia, voglio studiare scrittura creativa! Ma non importa più, perché sto per schiantarmi!»

All'improvviso Cash frenò e la Porsche si arrestò in pochi secondi. Il pianto di Mo si trasformò in una risata, quando si rese conto che erano sani e salvi. Abbracciò l'attore, felicissima.

«I freni hanno funzionato! È un miracolo!»

«Certo che i freni hanno funzionato, ti stavo solo prendendo per il culo» disse Cash.

«Che cosa?!» gridò Mo, e gli diede un pugno sulla spalla più forte che poteva. «Stronzo! Pensavo che stessimo per morire! Che problema hai? Come puoi fare una cosa del genere a un'altra persona?»

«Non mi pare che avrebbe fatto una gran differenza se non avessero funzionato» disse Cash. «Ti avrei salvata da una vita che non vuoi vivere. Perché vai a Stanford se non è lì che vuoi studiare?»

«Non avrei mai detto quelle cose se non avessi pensato che stavo per morire!» disse Mo. «Non dire niente agli altri... Non voglio che lo sappiano.»

«Perché no?» domandò Cash. «Sono sicuro che ti incoraggerebbero a seguire la tua passione.»

«Lo so, e peggiorerebbero la situazione!» disse Mo. «È già abbastanza difficile sapere che finirò in un'università dove non voglio andare, costretta a studiare una materia che non mi interessa. Avere i miei amici che mi incoraggiano e mi fanno credere che possa avere voce in capitolo sarebbe solo più doloroso.»

Cash sospirò e scosse il capo. «Cosa avete che non va?» disse. «Certo che hai voce in capitolo! L'unica ragione per cui lasci che i tuoi genitori ti controllino è che hai troppa paura di prenderti la responsabilità della tua scelta.»

«Disse l'attore ricco e famoso» osservò Mo. «Senza offesa, ma non credo che tu sia la voce della ragione su questo argomento. Non ho un conto in banca stratosferico come il tuo: è mio padre a darmi i soldi per il college. Pensa che scrivere non sia una vera professione e non è pronto a pagare per vedermi seguire quella strada. Non voglio ridurmi a ripagare un prestito studentesco per il resto della mia vita, non ho molta scelta!»

«*Uee uee*» fece Cash. «È davvero peggio che essere infelice per sempre?»

Mo allontanò lo sguardo dall'attore e incrociò le braccia. Tutto ciò che Cash poteva dirle le era già passato per la mente un milione di volte.

«Guarda, hai ragione, non so come sia essere nella tua situazione» disse lui. «Ma sono circondato da persone che mi dicono cosa fare da tutta la vita, quindi una vaga idea ce l'ho. Tu però non sei sotto contratto! Non hai obblighi legali verso un'emittente televisiva! Nessuno ti farà causa se non segui i loro ordini! Il tuo mondo è aperto e libero proprio come questa strada, solo non riesci a rendertene conto!»

Era una metafora davvero calzante, visto il luogo in cui si trovavano, ma Mo non capiva che cosa si aspettasse da lei.

«E allora che cosa dovrei fare?»

«Devi sederti al posto di guida» disse Cash. «Mai sedersi dietro quando c'è in ballo la propria vita! Devi afferrare il volante con tutte le forze, anche se la strada è sterrata e malmessa, anche se hai il sangue sotto le unghie delle dita, anche se significherà perdere passeggeri lungo il tragitto. Solo *tu* puoi indirizzare la tua vita nella direzione migliore per te stessa.»

«Sono tutte belle parole, ma la vita non è sempre così semplice.»

«Vuoi qualcosa di vero?» continuò Cash. «Ok, ti darò qualcosa di vero. La lezione comincia ora: forza, *manovra cinese!*»

«Sono giapponese!»

«Vuol dire che ora ci scambiamo di posto!»

Cash corse dall'altro lato dell'auto, scivolò nel posto del passeggero e spinse Mo sul sedile del guidatore.

«Portaci indietro fino al rottamaio» le ordinò. «Se quest'auto non ti convincerà che è meglio vivere la vita al posto di guida, niente ci riuscirà.»

«Non ho la patente» disse lei.

«Non ho la patente!» la prese in giro Cash. «Non ho soldi per il college! Mio padre non mi capisce! Non voglio deluderlo e seguire la strada che mi farebbe più felice! Sai quanta gente in questo momento vorrebbe tirarti una sberla? *Zitta e guida!*»

Ancora una volta, Cash sapeva esattamente quale tasto toccare. Mo fissò l'autostrada sgombra e gli occhi le brillarono di una luce nuova. Strinse le dita attorno al volante e schiacciò l'acceleratore col piede, lanciando l'auto sportiva sulla strada a tutta velocità. Era divertente essere il passeggero sulla Porsche, ma guidarla era un'esperienza del tutto diversa. Cash controllava ancora la leva del cambio, ma per il resto l'automobile era in mano sua e questo fece provare a Mo una sensazione inebriante: stava comandando lei, e ci stava prendendo gusto!

«È fantastico!» esclamò Mo.

«Te l'ho detto» osservò Cash. «È così che dovrebbe sembrarti la vita!»

«Fanculo a Stanford!» gridò Mo al cielo.

«Sì, così!» la incitò Cash.

Schizzarono per l'autostrada a tutta velocità finché a Mo non parve una strada tutta nuova. Poi tornò indietro e rallentò soltanto quando vide i suoi amici e il rottamaio in lontananza.

«Wow!» disse. «È incredibile! Non mi sorprende che tutti a Hollywood amino così tanto James Dean; posso solo immaginare il senso di libertà che provava con un'auto come questa.»

Cash sapeva bene che l'attore era morto nel 1955 dopo essersi schiantato con la sua Porsche 550 Spyder, ma non ebbe il coraggio di dirlo a Mo.

«*Sogna come se dovessi vivere per sempre. Vivi come se dovessi morire oggi.* Era questo il suo motto.»

Capitolo sedici

LA PRIGIONE

«E qui vedete l'ultima fotografia di Bundy e Claire Carmichael» disse la guida turistica. «Questa foto, che risale al 1933, è stata scattata in un luogo segreto per il *Chicago Daily Tribune.* I due avevano scatenato una vera e propria ossessione nei media durante il periodo della loro fuga, e avevano accettato un'intervista in cambio della notevole cifra di cento dollari. Il giornale venne in seguito criticato per aver aiutato una coppia di criminali ricercati e le vendite ne risentirono molto fino all'attacco a Pearl Harbor del 1941.»

Il museo della prigione di Bundy & Claire nel quartiere storico di Amarillo, in Texas, era così piccolo da poter contenere comodamente solo Cash e il gruppetto di Downers Grove; ma alle cinque del pomeriggio di mercoledì era strapieno: c'erano loro, tre famiglie numerose e la guida.

«Qui potete vedere un poster del 1929 con i ricercati. Era stata messa una taglia di ben trecento dollari sulla loro testa» disse la guida. «A fianco ci sono alcuni esempi di come Bundy e Claire abbiano influenzato la nostra cultura popolare. Questa molletta per capelli è solo uno dei tanti pezzi ispirati a loro della collezione autunno-inverno 2008 di Marc Jacobs, chiamata Bad Marc. Poi c'è una foto scattata sul set di *Jailbirds*, un film del 1965 in cui Jack Nicholson e Ann-Margret hanno recitato la parte dei Carmichael. E lì vicino potete vedere una foto del remake televisivo del 2001 con Frankie Muniz e Hilary Duff. Come potete notare, la coppia non era affascinante come viene spesso rappresentata.»

«A essere gentili...» sussurrò Joey a Topher.

«Vero?» rispose l'amico. «Sembrano due bulldog vestiti da esseri umani.»

La guida turistica si infilò al centro del gruppo per indicare loro gli altri oggetti appesi alla parete.

«Andiamo avanti» disse. «Questa mappa mostra i luoghi di tutti i crimini commessi da Bundy e Claire Carmichael tra la fine degli anni Venti e l'inizio degli anni Trenta. Vi si può vedere la sequenza temporale. Erano due teenager innamorati dell'Illinois del sud che si diedero alla fuga nel 1926 per sfuggire ai matrimoni combinati organizzati dalle rispettive famiglie. Nel 1927 incontrarono il famoso gangster Baby Face Bucky e si unirono alla sua banda di Chicago. Lui li introdusse nel mondo del crimine, e così diventarono i terribili fuorilegge che oggi conosciamo.»

«Storia familiare» sussurrò Mo lanciando un'occhiata a Cash.

«A un certo punto i Carmichael litigarono con Baby Face Bucky... Un litigio che decisero di risolvere sparandogli in faccia. Nel 1929 fuggirono in Missouri e misero insieme una gang tutta loro. Dal 1929 al 1935 la coppia si macchiò di ventisette rapine e trentasei omicidi compiuti in tutto il sud-ovest degli Stati Uniti. Le forze dell'ordine di otto stati diversi si unirono per catturare la coppia. Dopo un'estenuante caccia all'uomo lunga sei mesi, finalmente riuscirono a catturare i Carmichael in mezzo al deserto a poche miglia da qui, e li rinchiusero in *questa prigione.* Ma la storia turbolenta dei due non finisce qui. Seguitemi.»

La guida turistica entrò in una cella delle dimensioni di un ripostiglio per le scope.

«È qui che Bundy e Claire Carmichael passarono due mesi della loro vita, in attesa del processo. Durante la prigionia diventarono amici del carceriere, l'agente Clancy Jones. Il poliziotto era affascinato dal loro passato criminale, e la coppia riuscì a manipolarlo. Gli riempirono la testa con le grandi storie del loro passato criminale e lentamente Bundy e Claire lo convinsero ad aiutarli a scappare e a unirsi a loro nella fuga. Il 3 novembre del 1935 il carceriere diede loro delle armi e aprì la cella per farli scappare, ma poco dopo venne ucciso a colpi di arma da fuoco dai due criminali. Altri poliziotti nelle vicinanze udirono gli spari e accorsero, e così cominciò la sparatoria più famosa della storia americana. I Carmichael erano circondati, in minoranza, e avevano i minuti contati. Non potevano uscirne vivi, così Bundy prese la famosa decisione di sacrificarsi per la moglie. La difese dal fuoco dei poliziotti abbastanza a lungo perché lei fuggisse nel deserto del Texas. La polizia passò settimane alla ricerca di Claire Carmichael, ma della donna non si trovò mai più traccia.»

Tutte le donne nel museo sospirarono e si misero una mano sul cuore. La guida indicò un foro di proiettile tra i tanti che martoriavano le pareti di mattoni della prigione.

«Mentre vi guardate intorno, date un'occhiata ai danni della sparatoria, che sono ancora perfettamente visibili» disse la guida. «La visita al museo della prigione di Bundy & Claire è giunta al termine. Ci sono domande?»

Sam alzò la mano.

«Sì?» disse la guida.

«Ho letto da varie parti che Bundy e Claire hanno sedotto l'agente Clancy Jones e sono stati sorpresi durante un ménage à trois quando è cominciata la sparatoria» disse. «È vero?»

La guida trasalì e lanciò un'occhiata alle famiglie lì riunite per la visita.

«Non saprei dire» disse. «Il museo della prigione di Bundy & Claire propone soltanto storie adatte alle famiglie del Texas in visita. Ci sono altre domande?»

Una bambina alzò la mano. «Io ne ho una!»

«Dimmi, piccolina.»

Lei guardò Cash. «Sei davvero quello della tivù di cui parlano tutti?»

I presenti si voltarono verso Cash come se a un tratto fosse lui il pezzo forte del museo. Topher, Joey, Sam e Mo avrebbero voluto scomparire.

«No!» esclamò Topher. «Niente affatto.»

«Anche se glielo chiedono di continuo» disse Sam.

«L'attore è molto più carino di lui» aggiunse Mo.

«Ehi, anch'io ho una domanda!» disse Joey. «Si possono fare foto nella cella?»

Era il diversivo perfetto, e tutte le famiglie estrassero le macchine fotografiche. Mentre aspettavano con ansia la risposta della guida, Topher, Joey, Sam, Mo e Cash fecero un'uscita in perfetto stile Claire Carmichael e si infilarono nel negozio di souvenir lì vicino.

Il negozio era cinque volte più grande del museo stesso. Nascosero l'attore dietro un imponente scaffale di ninnoli dozzinali mentre gli altri visitatori facevano le foto e poi pian piano si dirigevano all'uscita.

«Ok, non c'è più nessuno» disse infine Topher. «Pensavo che la famiglia con le magliette abbinate non se ne sarebbe mai andata.»

«Sto morendo di fame, possiamo andare a mangiare?» domandò Joey.

«Sì! Ho voglia di Tex-Mex!» disse Sam.

«Non andiamo da nessuna parte finché non ho comprato questa saliera e questa pepiera di Bundy e Claire!»

disse Mo afferrando i souvenir dallo scaffale. «Sono troppo carine per non portarle a casa.»

Gli altri aspettarono all'ingresso del negozio mentre Mo pagava alla cassa. Topher e Joey diedero un'occhiata alle riviste ed ebbero un momento di sconforto alla vista di Cash sulle copertine di tutti i tabloid. Sembrava che il suo svenimento a St. Louis fosse la storia più scottante della settimana. I ragazzi si misero davanti alle riviste in modo che Cash non le vedesse, anche se non potevano proteggerlo da tutto quello che c'era nel negozio.

Una televisione in un angolo stava trasmettendo un episodio di *The Panel*, un talk show condotto da quattro donne molto conosciute: una comica, una moglie-trofeo, una magnate dell'industria e un'ex atleta. Nessuno prestò attenzione al programma finché Cash non diventò l'argomento della conversazione.

«*Dato che tutto il mondo ne sta parlando, perché non farlo anche noi?*» disse la comica. «*Ormai sono sicura che il nostro pubblico ha visto il video dell'attore Cash Carter che sviene a un concerto a St. Louis, o quel divertentissimo remix video che è diventato virale online. Un portavoce dell'attore ha rilasciato una dichiarazione lunedì scorso dicendo che era disidratato e che si sente molto meglio, anche se molti non ne sono affatto convinti. Ragazze, che ne pensate? È un episodio isolato o per l'attore è solo il preludio di una situazione molto peggiore?*»

«*Mi spezza il cuore perché io e i miei figli amiamo* Wiz Kids» disse la moglie-trofeo, mettendo la mano sulla croce dorata che portava al collo. «*Conosco un sacco di gente che è saltata a conclusioni affrettate sull'attore, ma non drammatizziamo. Tutti facciamo degli errori. Probabilmente ha bevuto troppo e ha imparato la lezione, anche se nel modo peggiore.*»

«*Purtroppo non è la prima volta che ha un comportamento discutibile*» disse la magnate. «*Dopo la notizia di lunedì, sono venuti fuori diversi precedenti. L'attore si è ubriacato al bar, ha fatto baldoria nei club, si è reso colpevole di effrazione, è andato in giro per Hollywood con varie spogliarelliste in macchina, e ci sono giunte voci di lamentele a causa del rumore proveniente dal suo appartamento. Tutti questi incidenti sono successi negli ultimi tre mesi. Mi sembra chiaro che non si tratta soltanto di qualche errore isolato: Cash Carter sta attraversando una sorta di crisi esistenziale.*»

«*Sono d'accordo*» disse l'ex atleta. «*Sono stata disidratata molte volte durante la mia carriera, ma il modo in cui il signor Carter stava ballando prima di perdere conoscenza non è quello di una persona che ha bisogno di acqua. Probabilmente gli è stata somministrata la bevanda sbagliata, come dicevamo noi durante gli allenamenti. Sono curiosa di vedere se questo episodio influenzerà gli ascolti della sua serie durante la prossima stagione. È evidente che ha deluso molti suoi fan.*»

«*Vedete, io non sono d'accordo con nessuna di voi*» disse la comica scuotendo la testa. «*Ho assunto moltissime droghe quando ero più giovane, e so bene che fanno venire molta sete. Perciò credo alla dichiarazione del suo portavoce, anche se penso che abbia omesso qualche dettaglio.*»

Il pubblico in studio scoppiò a ridere. Un assistente di scena corse sul set, consegnò alla comica un biglietto e scomparve veloce dall'inquadratura.

«*Be', sembra che le cose non si stiano mettendo granché bene per la star di* Wiz Kids» disse mentre leggeva il biglietto. «*Secondo le notizie che ci sono giunte durante l'ultima interruzione pubblicitaria, fonti vicine al programma dicono che oggi l'attore non si è presentato al lavoro. L'addestramento per le scene pericolose della decima stagione di* Wiz Kids *è cominciato questa mattina, ma Cash Carter non si è fatto vedere.*»

Il pubblico in studio cominciò a lamentarsi e a fischiare. La moglie-trofeo fece finta di asciugarsi lacrime invisibili dagli occhi.

«*Non capisco perché fa così*» disse. «*Da genitore, fatti del genere portano a imbarazzanti discussioni con i propri figli, quando questi scoprono che il loro eroe si comporta in maniera così sbagliata. Il mondo tiene gli occhi puntati su Cash Carter da quando aveva dodici anni, e questo non è più il dottor Bumfuzzle che tutti amiamo e conosciamo.*»

«*E non è proprio questo il problema?*» disse la magnate. «*Non ho mai guardato la serie, eppure conosco anch'io il personaggio. A essere così famosi si rischia di compromettere la longevità della propria carriera. Sarò schietta: il ragazzo probabilmente non lavorerà mai più una volta che* Wiz Kids *sarà finito. Scommetto che se ne sta rendendo conto ed è questa la causa del suo comportamento. Sapere di dover passare il resto della propria carriera alle convention dev'essere difficile da mandare giù, specialmente quando alcuni suoi colleghi vengono ingaggiati per altri lavori, come* Moth-Man.»

Il pubblico fu soddisfatto di quell'analisi e applaudì.

«*Be', ora vogliamo sapere come la pensano i nostri spettatori*» disse l'ex atleta rivolta alla telecamera. «*Cash Carter farà la fine di Bieber, Britney o Bynes? È una crisi, un momento difficile o solo una delusione? Quante vite avrà ancora prima di perdere la partita? Andate su thepanel.com e condividete le vostre opinioni per partecipare all'estrazione di una vacanza premio a Portorico, grazie al nostro sponsor American Airlines. Torniamo subito, dopo la pubblicità.*»

Lo stacco pubblicitario risvegliò Topher, Sam, Joey e Mo dallo stato ipnotico in cui erano stati indotti dal programma. Per quanto fossero sempre più arrabbiati man mano che gli ospiti parlavano, non erano riusciti a distogliere lo sguardo. Si voltarono tutti verso Cash con lo sguardo carico di compassione, ma ancora una volta notarono che la trasmissione aveva avuto più effetto su di loro che sull'attore. Cash si limitò a fare un lungo sospiro e si stropicciò gli occhi, come uno studente che ha un mucchio di compiti da fare e non come un attore coperto di critiche su una rete televisiva nazionale.

«Sto sfuggendo alla realtà da troppo tempo» disse. «Voi andate a cena senza di me. Devo tornare in hotel e fare qualche telefonata, prima che questa situazione mi sfugga di mano.»

Cash fece per uscire dal negozio di souvenir, ma Topher non riuscì a trattenere una domanda.

«Ehi, Cash» disse. «Non è vero che salti il lavoro per fare il viaggio con noi, giusto?»

L'attore esitò un attimo prima di rispondere, cosa che non fu molto rassicurante.

«Certo che no» disse Cash. «Sono solo cazzate per tenere viva la storia. Ci vediamo domattina.»

Cash uscì dal negozio e camminò per il quartiere storico di Amarillo fino al Teepee Inn, dove alloggiavano, in fondo alla strada. Gli altri si misero alla ricerca di un ristorante Tex-Mex e ne trovarono uno lì vicino, chiamato Armadillo Kitchen. Ordinarono una montagna di guacamole e dei piatti di cibo ricoperti di formaggio, e durante la cena non dissero quasi nulla. Se ne stavano tutti con lo sguardo fisso sul telefonino per controllare i blog e siti di fan di *Wiz Kids*. Purtroppo l'ultimo scandalo di Cash era l'unico argomento dappertutto.

«È incredibile che questa storia vada ancora avanti» disse Sam. «Un conto sono i Wizzer che si concentrano su Cash, ma qui è il mondo intero che parla della sua assenza al lavoro! Non sta davvero succedendo nient'altro sulla Terra?»

«E la gente ci crede davvero, a queste stronzate» disse Mo. «Un tabloid inglese che si chiama *The Beast* ha scritto che Cash è mancato al lavoro perché si sta nascondendo da un signore della droga russo a cui deve dei soldi... E un Wizzer in Florida ha appena lanciato una pagina su GoFundMe per aiutarlo a pagare il debito!»

Joey fece spallucce. «Abbiamo creduto a notizie abbastanza stupide sul conto di Cash in passato. Vi ricordate quella voce secondo cui avrebbe lasciato *Wiz Kids* per partecipare alla missione della NASA su Marte? Siamo impazziti a quella notizia, e non proveniva nemmeno da una fonte attendibile. Chissà a che cosa crederemmo se non fossimo in sua compagnia.»

Topher mise via il cellulare e si abbandonò sulla sedia. Aveva un forte sospetto che lo tormentava ormai da un po', ma fino ad allora non c'era stata ragione di condividerlo con gli altri.

«Siamo sicuri che Cash ci stia dicendo la verità?»

«Sì... Fino a un certo punto» rispose Mo.

Sam e Joey annuirono, anche se non capivano a cosa si riferisse Topher.

«So che vogliamo difendere e proteggere Cash perché ci siamo divertiti un mondo con lui, ma quali prove abbiamo che i media non abbiano ragione sul suo conto?» domandò. «E se fosse stato davvero fatto, quella sera al concerto? E se le pillole che continua a prendere non fossero davvero per l'allergia? E se unirsi a noi facesse solamente parte di questa crisi che sta affrontando? Forse inventa un sacco di scuse per nascondere la verità.»

Dagli sguardi preoccupati dei suoi amici, Topher capì che anche loro ci avevano pensato, ma proprio come lui nessuno aveva voluto dubitare dell'attore fino a quel momento.

«Topher, leggi troppi libri di John Grisham» disse Joey. «Credo che Cash sia stato assillato dai media a Los Angeles e avesse bisogno di staccare, e così ha preso al volo la prima opportunità per andarsene. Ma purtroppo è stato controproducente. Sì, beve come una spugna e fuma come una ciminiera, e mescola tutto con le sue medicine, ma direi che se fosse uno squilibrato o una specie di drogato ormai lo sapremmo.»

«Sono d'accordo» disse Mo. «Con tutte le cazzate che spara, dubito che possa avere qualche oscuro segreto. E in tal caso sono sicuro che gli piacerebbe raccontarcelo per vedere il terrore nei nostri occhi; pare che lo diverta un sacco.»

Tutti scoppiarono a ridere, ma Topher si sentì in colpa per aver sollevato la questione e si fece silenzioso.

«Capisco dove vuoi arrivare, Topher» disse Sam. «Ma ti ricordi quello che hai detto da McCarthy's? Sul fatto che bisogna lasciare che Cash si comporti come una persona normale perché non ne ha quasi mai l'occasione? Be', avevi ragione. Di recente ha mostrato un po' troppo il suo lato umano, e il mondo intero pensa che sia una specie di criminale. Il minimo che possiamo fare è dargli il beneficio del dubbio, visto che nessun altro sembra intenzionato a farlo.»

Topher gli rivolse un dolce sorriso. Solo Sam poteva dire a Topher che si sbagliava e allo stesso tempo farlo sentire bene. Sam era l'unica persona al mondo che faceva provare a Topher un sacco di emozioni uniche, e più gli sorrideva, più diventavano forti.

«Non posso nemmeno pensare a Kylie Trig in questo momento» disse Mo mettendo via il telefono con fare melodrammatico.

«Che cosa ha fatto?» domandò Joey.

«A quanto pare sta cercando di organizzare una manifestazione di Wizzer per protestare davanti alla casa di Cash a Los Angeles.» disse Mo. «Pensa che così lo convincerà a tornare al lavoro. Non sono nemmeno riuscita a guardare il suo ultimo video. Vi prego, possiamo cambiare argomento? Parliamo di qualsiasi altra cosa!»

«Mi è piaciuto molto il museo» disse Sam.

«Già, è stato fighissimo» disse Joey. «Che storia incredibile.»

«Davvero!» aggiunse Mo. «Sembrava presa dalle pagine della mia fanfiction. Riuscite a immaginare di amare una persona a tal punto da esser pronti a morire per lei? Mi si spezza il cuore!»

«Sì, sto cominciando a capire» disse Topher.

Anche se Sam si sforzò di non guardarlo, sentì gli occhi di Topher su di sé. Come se quello sguardo avesse acceso un contatto, gli esplose dentro un fortissimo senso di colpa. Il bruciore era tale da temere un'ulcera. Non poteva tenere la verità nascosta a Topher un minuto di più. Non appena fossero stati soli glielo avrebbe detto, e siccome non c'era modo di sapere come Topher avrebbe reagito, Sam era terrorizzato.

Quella sera, al Teepee Inn, Sam non riuscì a chiudere occhio per via dell'imminente confessione che lo tormentava. A mezzanotte decise di andare a fare due passi per scacciare i pensieri che aveva in testa. Prese le sue cose e uscì silenzioso dal teepee numero 3, senza svegliare i suoi amici.

Il quartiere storico di Amarillo era completamente deserto a quell'ora di notte. Sam teneva d'occhio le ombre nel caso ci fosse qualcuno o qualcosa in agguato, ma era solo con i propri pensieri. Camminò qualche ora per le vie della città, ma la parte orientale della città vecchia non gli ispirò alcuna soluzione.

Si sedette su una panchina appena fuori dal museo della prigione di Bundy & Claire, sperando che il fantasma di Claire Carmichael apparisse e gli consigliasse come gestire quella brutta situazione.

«Ehi, Capitano Janeway!»

Sam trasalì a quel richiamo inaspettato. La voce riecheggiò nella strada vuota, ma lui non riuscì a vedere da dove provenisse.

«Quassù!»

Guardò in alto e vide Cash seduto sul tetto della prigione museo. L'attore aveva in mano una bottiglia aperta di Johnnie Walker Black e beveva da un bicchiere di carta che teneva nell'altra. Aveva un ghigno sul volto e gli occhi lucidi: era chiaramente ubriaco. Sam riusciva a sentire l'odore di whisky dell'alito di Cash.

«Che diavolo ci fai seduto lassù?» domandò.

«Mi sbronzo» ridacchiò Cash. «Nemmeno tu riesci a dormire?»

«Ho un sacco di pensieri sull'università» mentì Sam. «Niente in confronto a quello che stai passando tu. Non mi sorprende che tu sia ancora sveglio.»

«Già, è stata una giornata del cazzo» disse Cash. «E il mio teepee puzza di piscio di gatto e scelte sbagliate. Vuoi venire a sederti qui vicino a me? Non ha senso fare gli insonni da soli.»

Sam fece spallucce: non aveva niente di meglio da fare.

«Come ci arrivo?»

«C'è una scala sul retro, vicino ai cassonetti dell'immondizia» disse Cash.

Sam trovò la scala e salì sul tetto. La vista non era molto diversa da quella della panchina, ma da lassù riuscivano a vedere alcune delle luci del centro di Amarillo e dei quartieri residenziali in lontananza.

«Vuoi da bere?» disse Cash.

D'istinto Sam avrebbe rifiutato, ma visto quello che aveva per la testa decise che poteva fargli soltanto bene.

«Non ho mai bevuto prima d'ora» disse Sam. «Mi aiuterà a dormire?»

«Come il latte della mamma» disse Cash.

L'attore versò del whisky in un secondo bicchiere di carta, lo porse a Sam e poi riempì il proprio. Cash gettò la testa indietro, si scolò tutto in un sorso e Sam lo imitò. Una volta mandato giù il whisky, Sam si mise a tossire e boccheggiare, come se l'attore lo avesse avvelenato.

«Sa di acido delle batterie!» esclamò Sam. «Come fai a bere questa roba?»

«All'inizio brucia un po', ma poi intorpidisce tutto il resto» disse Cash. «E dopo questa giornata ho bisogno di dimenticare.»

L'attore riempì i bicchieri e i due bevettero di nuovo. Il secondo fu più facile da mandare giù del primo, ma rimase comunque abbastanza sgradevole. Sam sentì le guance che gli diventavano calde e la sua mente cominciò a rallentare, come se avesse preso troppe medicine per il raffreddore. Tutto sommato non era male. Le parole cominciarono a uscirgli di bocca prima ancora che potesse pensare a quello che stava dicendo.

«Mi dispiace che il mondo non ti lasci in pace» disse. «È così crudele che tutti pensino di avere il diritto di analizzarti. Si dimenticano che sei un essere umano perché sei una star della televisione.»

«Ci ho fatto l'abitudine» rispose Cash. «Perdi il diritto a una vita umana quando diventi famoso. È così che vanno le cose, ma non me ne lamento. La gente faceva lo stesso con la monarchia nel passato: va tutto bene fino al giorno della rivoluzione, allora reclamano la tua testa.

Questa settimana tocca a me essere Maria Antonietta, settimana prossima toccherà a qualcun altro.»

«Ma non vuol dire che sia giusto» insistette Sam. «E per la cronaca, non me ne frega niente di quello che dicono le donne di *The Panel*. Lavorerai ancora, non ho dubbi. Qualunque regista o studio sarebbe felicissimo di ingaggiare una persona popolare e talentuosa come te per un nuovo progetto. È ridicolo che ci sia gente che pensa il contrario.»

«E invece hanno proprio ragione» ridacchiò Cash. «Ma non è stata una recente illuminazione: l'ho capito già durante la seconda stagione. Non mi dimenticherò mai quella volta in cui un regista non mi lasciò nemmeno partecipare all'audizione per il remake di *Beverly Hills Chihuahua*. Se una situazione del genere non ti rende umile, allora non so che cosa potrebbe. Ma non mi spaventa. In fondo, *c'est la vie*, giusto?»

L'attore bevve un sorso di whisky direttamente dalla bottiglia e si mise a fissare le luci della città in lontananza. Sam non riusciva a capire come riuscisse a essere così distaccato.

«E allora cosa ti spaventa?» domandò. «Non voglio farmi gli affari tuoi, ma se la gente stesse dicendo o pensando la metà di tutte quelle cose su di me, sarei un rottame.»

Cash ci pensò un attimo e annuì quando ebbe trovato una risposta.

«La cosa che mi preoccupa di più è essere paragonato a qualcosa che non è reale» disse l'attore. «Sentirsi considerato secondo standard fittizi incasina il cervello. La gente pensa che io sia un esperto di fisica quantistica da quando avevo dodici anni, e ogni volta che dimostro di non esserlo tutti si comportano come se stessi facendo qualcosa di sbagliato; è come se li stessi offendendo quando mi allontano dal personaggio che interpreto in tivù. Capisci?»

Sam annuì. Condivideva quelle preoccupazioni molto più di quanto Cash potesse pensare.

«Credo di sì» disse Sam. «Ti vedono interpretare quella parte da così tanto tempo e si dimenticano che è solo un ruolo in uno spettacolo. Così, ogni volta che viene loro ricordato che non è reale, lo prendono come un *tradimento* o un *attacco* a una cosa che amano.»

«Esatto» disse Cash. «La gente diventa dipendente dal mondo di fantasia che le offri, e si rivolta contro di te appena accenni a rompere l'illusione. Sai, se fossi una rockstar nessuno parlerebbe di me. L'unico motivo per cui faccio così scalpore è che il mio comportamento è diverso da quello del dottor Bumfuzzle. Capisci?»

«Assolutamente» disse Sam a bassa voce. «La gente si aspetta troppo e poi ti critica quando le sue aspettative non vengono soddisfatte. È colpa *tua*, perché non sei la persona che vogliono che tu sia. *Sei tu* quello strano. *Sei tu* il mostro. In realtà, tutto quello che stai cercando di essere... è *te stesso.*»

Non riusciva a capire se fosse il whisky o la conversazione, ma Sam stava provando emozioni sempre più forti. Volse lo sguardo alle luci della città per nascondere gli occhi lucidi.

Cash era sorpreso che Sam capisse così bene la situazione. «Esatto» disse. «È sempre stata questa la cosa più difficile da gestire nel mio lavoro a *Wiz Kids*. Non c'è niente di peggio che accorgersi che tutti ti credono diverso da quello che sei. Ti fa sentire solo, è frustrante, e più doloroso di quanto si possa...»

All'improvviso Sam scoppiò a piangere come una fontana. Le lacrime gli scendevano sulle guance in rivoli continui che non riusciva ad asciugare. Singhiozzava così forte che stentava a respirare, ed emetteva guaiti simili a quelli di un piccolo cane. Quello scoppio di emozioni colse di sorpresa Cash, che si mise a fissare Sam come se fosse un vaso andato in pezzi per sbaglio.

«Ehm... Che c'è, Sam?» domandò Cash.

«Niente!» singhiozzò Sam. «S-s-sto bene!»

«È stato qualcosa che ho detto?»

«N-n-no» pianse Sam. «Solo capisco la situazione m-m-molto più di quanto tu pensi.»

Sam usò la maglietta per asciugarsi le lacrime che non accennavano a smettere.

«Vuoi parlarne?» chiese Cash.

«Non posso» disse. «Non sono ancora pronto a parlarne con nessuno.»

«Per tua fortuna io non sono nessuno... Sono una

celebrità, ricordi?» scherzò Cash, ma non servì a molto. «Senza offesa, ma dovresti probabilmente toglierti questo peso dal cuore prima di allagare la città. Una volta tirato fuori tutto, ti sentirai meglio.»

Come se fosse stato colto da un conato di vomito emotivo, Sam non riuscì a trattenere più nulla.

«Sono transessuale!» esclamò. «So come ci si sente a essere circondati da persone che ti trattano come qualcosa che non sei, ho dovuto conviverci per tutta la vita. Non ho mai incontrato nessuno che potesse capire la situazione, ma è proprio come hai detto tu! Siamo tutti e due in trappola! Siamo prigionieri di aspettative ingiuste!»

Ci volle un momento perché Cash elaborasse la confessione. Pensava che si trattasse di un problema come pagare la retta dell'università, incomprensioni con gli amici o con la madre; non si sarebbe mai aspettato che il dilemma di Sam fosse così intimo. L'attore si guardò intorno per vedere se lì sul tetto ci fosse qualcuno di più qualificato per gestire la situazione, ma lì con Sam c'era solo lui.

«Wow» disse Cash. «E io che pensavo ti piacesse soltanto il look alla Anne Hathaway. Sei sicurissima di essere transessuale?»

«Certo» disse Sam. «Non è una cosa che si dice con leggerezza; non mi sono mai sentito femmina. Ogni volta che mi guardo allo specchio o vedo una mia foto, mi sento come se stessi guardando un'altra persona. So di essere trans proprio come so che stiamo infrangendo diverse leggi di questo Stato, mentre beviamo qui seduti sul tetto.»

«Ne hai parlato con qualcun altro?» chiese Cash.

«Sono andato da uno psicologo a Downers Grove» raccontò Sam. «E mi ha detto che ho un disturbo mentale. A parte lui, sei l'unica persona a saperlo.»

«Be', per certe persone è difficile capire...»

«Ma non dovrebbe!» disse Sam. «Ho il cuore e la mente di un uomo, e voglio che il resto coincida. È semplice.»

«Non l'hai detto ai tuoi amici o alla tua famiglia?» domandò Cash.

«Mia madre probabilmente penserebbe che *transgender* sia una rara specie di tigre» disse. «Quando ero piccolo avevo paura di dirlo ai miei amici perché non sapevo come avrebbero reagito. Ora so che mi accetterebbero, ma temo che la mia onestà possa ferire qualcuno.»

«Sfondi una porta aperta» disse Cash. «Stai parlando di Topher, giusto?»

Sam gli lanciò un'occhiata: sembrava che l'attore gli avesse letto nella mente. «Come fai a saperlo?»

«Dai, quel ragazzo è un libro aperto» disse Cash. «Ho visto come ti guardava in macchina, e seduti al tavolo durante il pranzo. È adorabile e patetico allo stesso tempo.»

«Be', è una cosa reciproca» disse Sam.

«Che cosa?» esclamò Cash. «Mi stai dicendo che

anche tu hai una cotta per Topher? Be', di certo lo nascondi meglio di lui.»

Sam annuì. «L'ho scoperto solo di recente» spiegò. «Pensavo di proteggere Topher dalla verità per non ferire i suoi sentimenti, non volevo che stesse male quando avesse realizzato che la ragazza dei suoi sogni in realtà è un ragazzo. Ma ora mi sono reso conto che ho nascosto la verità a *me stesso* per proteggere i *miei* sentimenti: ho paura che non gli piaccia il vero me, o che si arrabbi quando scoprirà che gli ho mentito. Accetterei di continuare a essere soltanto amici, ma non posso pensare di perderlo per sempre.»

«Cristo» disse Cash. «Non esiste canzone di Taylor Swift che ti possa aiutare in questo caso.»

«Eh, no» disse Sam.

Cash versò un altro giro di whisky, e questa volta nessuno dei due sentì alcun bruciore in gola.

«Perdona la mia ignoranza, ma cambierà qualcosa?» domandò l'attore. «Comincerai a essere attratto dalle ragazze, una volta uomo?»

«No, identità e orientamento sessuale sono due cose completamente diverse» spiegò Sam. «La maggior parte della gente non capisce che sono problemi separati, e ogni trans ha una situazione a sé. Ci sono vari modi di passare da un sesso all'altro, ma molto raramente cambia anche l'orientamento sessuale.»

«Davvero?» esclamò Cash. «Non sapevo ci fossero più modi.»

«Certo» disse Sam. «Alcune persone trans sono *gender fluid* e passano da un genere all'altro a seconda del momento. Altre sono *genderqueer* e possono non riconoscersi in nessuno dei sessi, o in una combinazione dei due. Altri sono *transessuali* e si riconoscono emotivamente e sessualmente nel sesso opposto, come me. Si può alterare il corpo, ma non l'anima. Il cuore sceglie liberamente.»

«Wow» disse Cash. «Incredibile.»

«Dai, non siamo creature magiche o roba del genere» disse Sam.

«No, intendo dire che *tu* sei incredibile» disse Cash. «La maggior parte delle persone passa decenni a cercare se stessa, mentre tu sai esattamente chi sei prima ancora del college. È di grande ispirazione.»

Sam aveva passato così tanto tempo a concentrarsi sui propri problemi che non si era mai reso conto che ci poteva essere anche qualche vantaggio nascosto tra tutti gli svantaggi.

«Grazie» disse. «Non ci ho mai pensato. È un mondo difficile in cui vivere, ma trovare se stessi spesso è ancora più difficile.»

«Il mondo non è mai stato un gran posto, ma questo non deve trattenerti dal diventare la persona migliore possibile» disse Cash. «Non sarà facile, ma non c'è niente di peggio che vivere una vita che non si sente propria. Prendi me, per esempio. Ho fatto incazzare tutti gli adolescenti patiti di fantascienza del mondo solo perché sono stato me stesso, ma non cambierei quello che ho fatto. Ora puoi anche essere spaventato, ma devi immaginare quanto bene ti sentirai una volta arrivato al traguardo. Lascia che sia questo a incoraggiarti, non le tue paure.»

Sam annuì e cercò di assumere un'espressione coraggiosa, ma era la prima volta che qualcuno lo ascoltava, senza cercare di formulare una diagnosi. Qualche altra lacrima gli rigò il viso, e Cash le asciugò con la manica della camicia. Sam non riusciva a credere di stare parlando con la stessa persona che aveva conosciuto quella domenica.

«Da dove vengono tutti questi consigli?» domandò Sam. «Dov'era *questo tizio* quando l'altro Cash ci offriva della droga e ci dava dei documenti falsi?»

Cash scoppiò a ridere. «Cambiare porta con sé molta saggezza, e non sei l'unico ad affrontare una cosa simile» disse. «Io mi sto trasformando sempre più in un attore finito, non ricordi?»

Sam sorrise per la prima volta quella sera. L'attore fece un ultimo giro di whisky prima di mettersi in marcia verso il Teepee Inn. Cash alzò il bicchiere al cielo per un brindisi.

«Al cambiamento» disse Cash.

«Al cambiamento» ripeté Sam.

Capitolo diciassette
LA VERITÀ È LÀ FUORI

Il gruppo di Downers Grove si concesse di dormire fino a tardi giovedì mattina, dal momento che quel giorno il programma era poco impegnativo. Le ore in più che trascorsero a letto furono molto gradite, visto che avevano passato la notte prima sul cemento di un parco divertimenti abbandonato. Sam non si addormentò fino alle tre e mezza, dopo la chiacchierata con Cash sul tetto, e fu particolarmente felice di avere qualche ora di riposo in più. Si alzò con un accenno di mal di testa causato dal whisky, ma anche con un grande sollievo in corpo. I suoi problemi non erano affatto finiti, ma parlarne con qualcuno aveva avuto un effetto positivo sul suo morale, che era più alto di quanto non fosse mai stato negli ultimi anni.

Alle dieci del mattino Topher, Joey, Sam e Mo si presentarono al teepee numero 5, per dire a Cash che si sarebbero presto messi in viaggio verso Albuquerque, New Mexico. Lo sentirono parlare al telefono oltre la porta, e l'attore non sembrava affatto contento.

«Ciao, Carl, sono Cash» stava dicendo. «Sì, ho perso il cellulare... Chiamo da Amarillo. Ascolta, ho appena ricevuto il tuo messaggio. Dobbiamo rispondere subito o possiamo aspettare che torni a Los Angeles? Dovrei rientrare lunedì.»

«Dovremmo aspettare in auto» disse Topher ai suoi amici. «Non è carino origliare così...»

«Una fottutissima causa?» gridò Cash.

A quelle parole, Topher, Joey, Sam e Mo misero da parte l'etica e si avvicinarono alla porta per ascoltare meglio la conversazione. Mo versò il contenuto del suo bicchiere di Starbucks nell'erba e lo appoggiò alla porta come fosse uno stetoscopio.

«Ma non ha alcun senso!» continuò Cash. «Non abbiamo mai cominciato l'addestramento per le scene pericolose così presto rispetto alle riprese... Se volevano mandarmi un messaggio potevano anche farlo al telefono, non per vie legali... Damien *vuole* che la notizia si diffonda e che mi crei imbarazzo. Sì, so che non hanno tutte le informazioni necessarie, ma non voglio ancora che le abbiano... Troverebbero un modo per usarle a loro vantaggio... Ok, se può servire a evitare che la causa finisca in prima pagina, mandagli quello che chiedono... Possono fare quello che vogliono, ma esigo che non annuncino nulla fino a dopo... be', hai capito...»

Cash riattaccò e uscì dal teepee numero 5 così velocemente che gli altri ebbero solo un istante per ricomporsi e fare finta di non avere origliato.

«Buongiorno» dissero tutti all'unisono.

Cash non rispose, e non guardò nessuno negli occhi.

«Dove andiamo?» domandò, sbuffando.

«Albuquerque» rispose Topher. «Ma lungo la strada ci fermiamo alla torre d'osservazione degli UFO e a Dinoworld.»

«Va bene» disse lui. «Be', non restiamo qui impalati: partiamo.»

L'attore indossò gli occhiali da sole, si mise lo zaino in spalla e s'incamminò verso la station wagon nel parcheggio. Il gruppo di Downers Grove si scambiò uno sguardo preoccupato prima di seguirlo. Avevano visto tante facce di Cash Carter quella settimana, ma adesso si stava comportando in maniera diversa. Era intontito e scontroso, come se non avesse un fiato di vento nelle vele. Sapevano che c'era qualcosa che non andava, ma non si azzardarono a chiedere nulla.

«Che cosa pensate che stia succedendo?» mimò Mo con la bocca verso gli altri.

«Direi che sta cominciando a rendersi conto della situazione» rispose Joey. «Speriamo che la torre d'osservazione serva a rasserenarlo.»

La station wagon si mise in viaggio sulla Interstate 40 con Joey al volante, e si diresse verso ovest in direzione di Albuquerque, New Mexico. Cash non sembrava dell'umore giusto per chiacchierare, così tutti rimasero in silenzio ad ascoltare la radio. Cash si accorse che gli stavano lasciando il suo spazio, e lo apprezzò molto.

«Mi dispiace di essere così silenzioso» disse. «Mi sono solo alzato con il piede sbagliato questa mattina.»

«Non c'è problema» disse Topher. «Soprattutto dopo la settimana che hai dovuto passare.»

«Grazie» disse Cash. «Cos'è questa torre d'osservazione per gli UFO? Perché ci fermiamo?»

«È il famoso luogo in cui si è schiantato un UFO nel 1948» disse Joey, ma all'attore non suggerì niente. «Non ne hai mai sentito parlare?»

Cash scosse il capo. «Dovevo essere troppo occupato a perdere la verginità» disse. «Scusa, è stata una battutaccia. Sarà meglio che mi spieghi, così non pensate che ce l'ho con voi.»

Tutti si drizzarono sui sedili, ansiosi di conoscere i dettagli della sua conversazione al telefono. L'attore fece un respiro profondo e si sfregò gli occhi dietro gli occhiali da sole prima di cominciare.

«Questa mattina ho scoperto che l'addestramento per le scene più pericolose è *davvero* cominciato ieri. Inizia sempre tre settimane prima delle riprese della nuova stagione, cioè nella prima di metà agosto. Credo che l'incidente di St. Louis abbia innervosito i produttori, che hanno anticipato l'addestramento di un mese per tenermi sotto controllo ed evitare che combini un altro casino. Hanno minacciato di farmi causa se non torno subito, ma il mio contratto dice chiaro e tondo che mi devono avvertire due settimane prima che inizi l'addestramento, e il mio avvocato se ne sta occupando.

Non c'è nemmeno bisogno di dirlo, ma è una situazione incasinata, e terrò la bocca chiusa finché tutto non si sarà sistemato.»

«Ok, tranquillo» disse Topher.

«Prenditi tutto il tempo che ti serve» disse Sam.

Tre ore e mezzo più tardi, esattamente al miglio milleduecento del loro viaggio da duemila miglia, l'auto entrò nel parcheggio della torre d'osservazione per gli UFO, a qualche miglio di distanza dalla cittadina di Santa Rosa, New Mexico. La struttura somigliava allo Space Needle di Seattle, ma era circa centocinquanta metri più bassa e fatta di povero alluminio. Aveva la forma di un disco volante sostenuto da cinque pilastri di cemento.

I ragazzi parcheggiarono e cominciarono a salire una ripida scalinata a spirale che conduceva alla sommità della torre. All'interno c'era una sola ampia stanza rotonda con il soffitto di vetro. I muri erano coperti di schemi e progetti raffiguranti diverse navicelle aliene e specie di extraterrestri, e di fotografie degli avvistamenti di UFO più famosi al mondo. La maggior parte degli oggetti volanti non identificati avevano la forma di un disco, ma alcuni erano triangolari e altri erano semplici sfere di luce multicolore.

I souvenir erano terribili quanto quelli in vendita al museo della prigione, se non peggio: sticker con la scritta LA VERITÀ È LÀ FUORI, cartelli stradali che recitavano ATTRAVERSAMENTO ALIENI, ornamenti per il capo a forma di antenne extraterrestri, magliette con le scritte VENIAMO IN PACE, SONO STATO RAPITO DAGLI ALIENI: MI HANNO DATO QUESTA TERRIBILE MAGLIETTA e FATTI SOTTO, SONO IRLANDESE. C'erano anche bambole di pezza a forma di alieni, poster di Sigourney Weaver, romanzi di Shirley MacLaine e la serie completa di *X-Files* in DVD.

Topher, Joey, Sam e Mo furono incuriositi dagli oggetti in vendita, ma Cash non fece altro che alzare gli occhi al cielo e sospirare ogni volta che posava lo sguardo su qualcosa.

C'era solo una commessa, seduta alla cassa a leggere un libro sul Kindle. Topher e gli altri avevano attraversato metà del negozio prima che si accorgesse dei clienti.

«Buongiorno» disse Topher. «Siete aperti?»

«Buongiorno, *bonjour*, *hola*, *guten tag*, *buenos días* e *kon'nichi-wa*» disse, alzandosi per salutarli. «Benvenuti alla torre d'osservazione degli UFO, dove potete trovare tutto l'essenziale sugli extraterrestri a un modico prezzo. Siamo aperti tutti i giorni eccetto i festivi e quando mi chiamano a fare la giurata. Sono la dottoressa Darla Plemons, la proprietaria, e sono convintissima che *la verità è là fuori*. Che cosa vi porta qui al negozio?»

Darla parlava con l'energia e l'entusiasmo di un'istruttrice di un campo estivo fatta di metanfetamina. Era alta e magra e indossava un vestito con centinaia di spille e medagliette a tema alieno. Bastò la sua presenza a sfiancare il gruppo. Cash fece qualche passo indietro mentre la donna si presentava.

«Siamo in viaggio dall'Illinois a Santa Monica» disse Joey. «Abbiamo già letto tutto quello che c'è da sapere sul presunto incidente avvenuto qui nel 1948, e abbiamo visto sulla vostra pagina Facebook che c'è una mostra da visitare.»

«Il *presunto* incidente?» ripeté Darla come se stesse parlando davanti a una gigantesca platea. «Amico mio, se pensi che siano solo speculazioni, il governo ha già vinto. Scommetto che secondo te siamo atterrati davvero sulla luna, e che è stato Lee Harvey Oswald a sparare a JFK.»

«Lo schianto è successo davvero?» domandò Sam.

«George Washington aveva forse denti fatti di legno? Walt Disney è stato forse ibernato a pochi istanti dalla sua morte? Beyoncé è stata sintetizzata in un laboratorio di Houston come strumento per stabilire la pace nel mondo?»

Queste ultime frasi non fecero altro che confonderli ancora di più, e tutti si misero a fissare la donna con lo sguardo perso.

«Non saprei» disse Darla facendo spallucce. «Non c'è alcuna prova che confermi o smentisca le teorie che ho appena elencato.»

«Esiste una teoria che dice che Beyoncé è stata creata in laboratorio?» domandò Mo.

«Quando si tratta di complotti, non bisogna mai guardare alle informazioni che ti vengono rivelate, ma a quelle che vengono tralasciate» disse Darla strizzando l'occhio, come una bambola difettosa. «E per quanto riguarda lo schianto dell'UFO nel 1948, il governo continua a investire tempo ed energie per ribadire che *non è mai successo.*»

«Non riesco a capire se sia un concetto geniale o folle» sussurrò Topher agli amici.

«È pazza, al centocinquanta per cento» disse Cash.

Darla batté le mani. «Allora, volete vedere della roba aliena pazzesca?»

Li condusse dall'altra parte della stanza, fino a un contenitore quadrato coperto da un tessuto nero. Darla ci appoggiò le mani sopra come se un animale selvatico potesse saltar fuori da un momento all'altro.

«Prima di rivelare questi oggetti è importante ricordare brevemente la storia» disse Darla. «Immaginate il New Mexico nel 1948. Truman è presidente, e non c'è niente da fare se non nascere, allevare bestiame e morire. Due allevatori di nome Elmer ed Essie Fitzpatrick si svegliano una notte d'estate sentendo le loro mandrie che muggiscono impazzite. Escono di casa per vedere qual è il problema e vedono del fumo in lontananza. Si mettono a correre il più velocemente possibile, considerando che Elmer aveva una malformazione al piede. E nel luogo esatto in cui ci troviamo ora, i fattori scoprono un disco volante che si è schiantato al suolo, e quattro cadaveri di esseri extraterrestri!»

«Bello» disse Joey.

«Come no» aggiunse Cash.

«E che hanno fatto gli allevatori?» domandò Sam.

«Quello che avrebbe fatto una qualsiasi coppia rispettabile davanti a una scoperta del genere: hanno chiamato lo sceriffo» spiegò Darla. «Ma Elmer ed Essie non si erano resi conto di quello che avevano trovato. Era gente di campagna, persone semplici e *razzisti convinti*, ed essendo il periodo della Seconda guerra mondiale i due pensarono che i quattro omini verdi in mezzo ai rottami fossero piloti dell'aviazione giapponese. Lo sceriffo chiamò i militari non appena ebbe parlato al telefono con i Fitzpatrick. Quelli partirono da una base nel sud del New Mexico e arrivarono sul luogo dello schianto in sole tre ore. Ci vollero pochi secondi perché si rendessero conto di che cosa avevano tra le mani. Sgomberarono tutto in meno di un'ora, e spedirono i rottami e i corpi in qualche base militare segreta del governo. Rassicurarono i Fitzpatrick dicendo loro che il veicolo che si era schiantato era una mongolfiera e che i corpi appartenevano ai quattro ladri che l'avevano rubata. Ma per nostra fortuna, Elmer Fitzpatrick aveva preso un pezzo della navicella per sé!»

Darla scoprì il contenitore con fare teatrale, rivelando un sottile pezzo di metallo malconcio.

«È solo un pezzo di carta stagnola» disse Cash.

«Ah, abbiamo uno *scettico* nel gruppo» disse Darla fissando lo sguardo su di lui. «Allora, spiegami questo: come hanno potuto i Fitzpatrick mettere le mani su un pezzo di carta stagnola quando non si trovava l'alluminio nel New Mexico degli anni Quaranta, a causa della Seconda guerra mondiale?»

«Fanculo i Fitzpatrick! Per quanto ne sappiamo magari l'hai messa *tu* dentro questa teca stamattina prima che arrivassimo» disse Cash. «Guarda, c'è ancora del grasso di pollo sull'angolo.»

«Non immagini quanto il grasso di pollo assomigli al DNA extraterrestre: ha anche lo stesso odore» disse lei. «Fidati, ho un dottorato in ufologia dell'università online William Shatner. Ora seguitemi fino alla vetrina numero due.»

Darla condusse il gruppo dall'altra parte del negozio, dove c'era un'altra teca quadrata coperta da un lenzuolo nero. Lo sollevò con un rapido movimento e tutti si ritrovarono a guardare un vassoio che conteneva pezzi di metallo dalle forme strane.

«Che cosa sono?» domandò Mo.

Darla si guardò intorno per assicurarsi che non ci fossero agenti governativi in ascolto. «*Quelli* sono impianti alieni trovati nelle persone che sono state rapite» sussurrò. «Sono stati estratti dai corpi di coloro che avevano subito gli esperimenti degli omini grigi e alti, di quelli bassi, di quelli biondi del Nord, delle mantidi e dei Rettiliani. Come potete vedere, ciascuna specie aliena lascia un oggetto di una forma diversa all'interno delle sue vittime.»

«E che cosa fanno questi impianti?» domandò Sam.

«Nessuno lo sa» disse Darla. «La tecnologia è talmente avanzata che potremmo non scoprire mai la loro vera funzione. La nostra ipotesi è che siano una specie di dispositivo di tracciamento e localizzazione, e se fosse vero vorrebbe dire che forse gli alieni stanno ascoltando la nostra conversazione in questo preciso momento!»

«Sembrano dei pezzi di metallo presi da un vecchio gioco da tavolo» disse Cash. «Anzi, lo sono. Nell'angolo c'è la candela del Cluedo, e quello al centro il cane del Monopoli.»

Darla fece spallucce. «Non ho detto che tutte le persone che affermano di essere state rapite siano oneste» obiettò. «C'è gente che farebbe di tutto per avere un po' di attenzione.»

«Solo quelle rapite?» disse Cash lanciandole un'occhiataccia. «Perché sono abbastanza sicuro che anche tu di cazzate ne dica molte.»

Gli altri rimasero sbalorditi dal tono dell'attore.

«Cash» esclamò Topher.

«Mi dispiace, ma sono tutte fesserie, e chiunque creda a questa donna è un idiota» disse l'attore.

«Amico, rilassati» disse Joey. «Siamo qui per farci quattro risate, non prenderlo troppo sul serio.»

«Scusa, ma non sto affatto ridendo» disse Cash. «Non credo che sia divertente, perché c'è gente che crede davvero a questa roba, anche quando le viene dimostrato che è tutto finto. E invece di accettare la verità, passano la vita a concretizzare le loro fantasie, e non gliene frega un cazzo di quelli che feriscono con il loro comportamento. Ho già abbastanza problemi del genere, non mi serve salire in cima a una torre d'osservazione per accorgermene. Vi aspetto fuori.»

Cash uscì dal negozio e corse giù per la scala a chiocciola. Gli altri rimasero sorpresi da quello sfogo improvviso. Era un vero e proprio accesso d'ira, e non lo avevano mai visto fare così.

«Ci scusiamo per il nostro amico» disse Topher. «Sta passando un brutto momento. Ci parlo io.»

Darla allungò una mano per impedire a Topher di seguire Cash.

«Lascia che ci pensi io» disse decisa la donna. «Una parte del mio dottorato di ufologia consisteva in vari corsi di psicologia e gestione delle crisi. Godetevi la torre, vado a fare due chiacchiere con il vostro amico.»

Prima che gli altri potessero avvertirla che non era una grande idea, Darla Plemons scese di fretta la scala a chiocciola, all'inseguimento dell'attore furioso. Trovò Cash che fumava all'ombra di uno dei pilastri di cemento che sostenevano la struttura.

«Hai fatto una bella scenata lassù» disse Darla.

«Scusami» disse Cash. «Non volevo essere maleducato, ho avuto una settimana terribile.»

«Sei quell'attore di *Wiz Kids*, vero?» domandò lei. «Cash Carter, se ricordo bene.»

«Fammi indovinare, guardi *The Panel* o leggi *Star Magazine*?» domandò lui.

«No, ti riconosco perché ci siamo già incontrati» disse lei. «Ma tu non ti ricordi di me, vero?»

Cash si strinse nelle spalle. «Siamo stati rapiti insieme e non me lo ricordo perché gli alieni mi hanno cancellato la memoria?»

Darla incrociò le braccia e lo guardò dall'alto in basso con un ghigno sul viso. La sua voce si fece più profonda, la postura più eretta e ogni traccia del suo strano comportamento svanì.

«No, ero un avvocato specializzato in diritto dello spettacolo per la Weinstock Harrison Krueger» disse. «Il mio nome non è Darla Plemons, ma Diane Feldgate. Ti ho aiutato a negoziare il tuo primo contratto con Carl Weinstock. Ora ricordi?»

Cash si sentì come se stesse vivendo un'esperienza extracorporea simile a un rapimento alieno. Gli tornò in mente Diane alla riunione di molti anni prima, quando *Wiz Kids* non era ancora nato.

Diane gli si avvicinò con passo molto più deciso che nella torre, e respirò il fumo della sua sigaretta come fosse un mazzo di rose.

«Marlboro Light?» disse. «Me ne dai una?»

L'attore accese una sigaretta e gliela passò. La stravagante donna degli alieni fece un tiro lunghissimo e soffiò il fumo in faccia a Cash.

«Che diavolo ti è successo?» domandò l'attore. «Ti hanno beccata a rubare nello studio o qualcosa del genere? Come sei finita in un posto simile?»

«Tipico» disse lei. «Quando qualcuno abbandona l'industria dello spettacolo, chi ci lavora ancora lo prende come un gigantesco passo indietro, come un fallimento. Mi crederesti se ti dicessi che me ne sono andata di mia spontanea volontà?»

«Certo» disse Cash. «Solo che non capisco perché.»

«È difficile fare la parte della legge in un'industria in cui non esistono leggi» disse Diane. «Ti fa impazzire. Me ne sono andata quando ancora non avevo perso completamente la testa.»

«È per questo che ti sei trasferita nel deserto a lavorare all'interno di un disco volante? Perché *non hai* perso la testa?» domandò. «Va bene abbandonare l'industria, ma perché mettersi a vendere magliette pacchiane invece di passare a un altro ramo del diritto?»

«Ho pensato che sarebbe stato divertente e un grosso cambiamento di vita, e avevo ragione» disse. «Il figlio di Elmer ed Essie, Doug Fitzpatrick, mi ha venduto il posto prima di morire. L'ho comprato a un ottimo prezzo, quasi niente. E qui mi diverto molto di più che dietro una scrivania in uno studio legale. Ho anche scritto un libro in cui racconto di tutta la gente strana che ho incontrato da quando lavoro qui. E i diritti televisivi sono stati appena comprati dalla Bad Robot, la società di J.J.»

«Sì, ne ho sentito parlare» disse Cash. «E così ti è andata bene. Ma passi la vita a vendere bugie alle persone. Non ti stanchi mai?»

«No, io non la vedo così» disse Diane. «La gente crede a quello che vuole, tu dovresti saperlo meglio di chiunque altro. Tutto quello che faccio è dar loro un contesto. È simile a quello che fai tu, anche se sei troppo coinvolto per vedere il lato positivo delle cose.»

Cash sbuffò. «È un po' difficile quando ti fanno a pezzi in diretta tivù e i tabloid abbondano di pettegolezzi su di te.»

«Non sarà sempre così» disse Diane. «Nemmeno i presidenti vengono criticati per sempre, presto verrà un momento in cui la gente si sarà stancata di inventarsi cose sul tuo conto e vorrà solo che tu la faccia divertire come una volta. È un circolo vizioso, si dà e si riceve, è così che va lo show business. Sei pazzo se te ne vai, ma ancora più pazzo se continui a viverci.»

«È davvero frustrante» disse Cash. «Ho sempre saputo che la gente mi prende per il personaggio che interpreto in tivù, ma non mi aspettavo di essere punito quando le persone si sarebbero finalmente accorte che non lo sono.»

«Per quanto sia spiacevole, tu riesci ancora ad aiutare il pubblico a dimenticarsi dei propri problemi» disse Diane. «Prendi Doug Fitzpatrick, per esempio. Ha dedicato tutta la sua vita e i suoi risparmi a una stupida attrazione, per celebrare una leggenda di famiglia. Doug sapeva che lo schianto dell'UFO era falso, ma ha sacrificato la sua reputazione dicendo alla gente che era tutto vero. Tutti lo ritenevano matto. Ma credi che Doug sia morto pensando di essere un bugiardo? No! Doug è morto pensando a tutta la gioia che ha portato nel mondo. Un giorno te ne accorgerai anche tu, e ti dimenticherai delle frustrazioni che hai dovuto affrontare.»

«Quindi non credi che *la verità sia là fuori*, giusto?» domandò Cash.

«La verità è là fuori» lo corresse Diane. «Ma a chi interessa la verità, quando c'è qualcosa di meglio in cui credere? E visti i tempi che corrono, chi può biasimare la gente che lo pensa?»

Cash cercò con tutte le forze di ignorare le parole della pazza ufologa, ma quello che diceva aveva senso.

«Posso anche essere d'accordo con te, ma continuo a credere che tu sia fuori di testa» disse lui.

Diane ridacchiò. «Vendo magliette con scritto FATTI SOTTO, SONO IRLANDESE. Pensi che me ne freghi qualcosa di quello che dice la gente? Ora vieni di sopra, fa un caldo pazzesco. Ho ghiaccioli-sonda alla fragola per tutti, offre la casa.»

Capitolo diciotto

CARNIVORI

Alle tre e mezza di giovedì pomeriggio, l'atteggiamento di Cash non era cambiato molto rispetto a quando avevano lasciato il Teepee Inn, non che gli altri potessero biasimarlo. Mentre camminavano per Dinoworld l'umore generale peggiorò. Innanzitutto, nel deserto del New Mexico faceva così caldo che sembrava di essere cotti vivi. E proprio come per la palla di elastici più grande del mondo, il sito internet di Dinoworld era stato fatto da un gruppo di bugiardi.

Dopo aver visto le immagini della home page, il gruppo di Downers Grove si aspettava una biosfera colorata e primitiva simile a *Jurassic Park*. Ma la collezione più grande del mondo di statue di dinosauri a grandezza naturale sorgeva in mezzo a un parcheggio per roulotte. Aggiungendo solo dieci dollari al prezzo del biglietto d'ingresso, i viaggiatori potevano sostare in mezzo ai rettili giganti e passare la notte lì. Le statue dei dinosauri erano così consumate che era difficile distinguerle dai mezzi parcheggiati intorno a loro. Anche quelle meglio conservate assomigliavano più a pignatte malconce che a gigantesche creature un tempo padrone della terra.

«Guardate, un triceratopo» indicò Sam.

«No, è una Volkswagen con il cofano aperto» disse Joey.

«Nessuno di noi era qui sessantacinque milioni di anni fa» disse Topher, sempre pronto a vedere il lato positivo dei luoghi che visitavano. «Magari i dinosauri erano davvero così, e Spielberg ha sbagliato tutto.»

«Se è vero, non mi sorprende che Dio abbia deciso di ucciderli tutti» disse Mo.

Dinoworld era senza dubbio l'attrazione più deludente del loro viaggio fino a quel momento. Avrebbero chiesto i soldi indietro se i biglietti non fossero costati solo due dollari ciascuno.

«Fa schifo» disse Cash. «Vado a schiacciare un pisolino nel nido degli pterodattili. Svegliatemi quando siamo pronti ad andarcene dalla Terra del Pomeriggio Sprecato.»

Il nido di cui stava parlando era in realtà un mucchio di parti di dinosauro che si erano rotte negli anni, ma l'attore riuscì lo stesso a mettersi comodo.

«Saremmo dovuti andare a Santa Fe» disse Mo. «Quanto dista Albuquerque?»

«Più o meno mezz'ora» disse Joey. «E abbiamo prenotato la cena all'Aztec BBQ per le sette. Abbiamo tempo.»

«Volete andare a dare un'occhiata alla gente vicino a quel camper Winnebago?» suggerì Sam. «Sembra che stiano costruendo un razzo.»

Tutti fecero spallucce e si avviarono in quella direzione.

«Mentre state lì a guardare, vado a fare il pieno alla station wagon» disse Topher. «Così domattina non dobbiamo pensarci.»

Topher ritornò alla macchina e andò alla stazione di servizio di nome BrontosaurGas in fondo alla strada, anch'essa a tema dinosauri. Strisciò la carta di credito alla pompa e si mise a giocare col telefono mentre aspettava che il serbatoio si riempisse.

Una Toyota Prius nera con i finestrini oscurati si fermò alla pompa accanto. Topher lanciò uno sguardo alla targa dell'auto e vide che veniva dalla California. Era identica a quella che Sam aveva notato due giorni prima, mentre si allontanavano da Oklahoma City. Topher sapeva che le probabilità che fosse la stessa macchina erano molto scarse, eppure non riuscì a fare a meno di essere sospettoso e diffidente.

Il guidatore uscì dall'auto e si mise a fare benzina. Aveva circa quarant'anni, una camicia hawaiana e un fedora, non si faceva la barba da circa una settimana e stava masticando uno stuzzicadenti. Mentre faceva rifornimento, continuava a lanciare occhiate a Topher e alla station wagon. Topher aveva l'impressione che volesse fare conversazione, ma non alzò gli occhi dal telefono.

«È la macchina di tua madre?» domandò l'uomo.

«Mi scusi?» disse Topher che non sapeva se l'uomo stesse parlando con lui.

«Ho chiesto se la macchina è di tua madre» disse. «Ho notato l'adesivo MIO FIGLIO È UN OTTIMO STUDENTE sul retro. E tu sembri un po' troppo giovane per essere padre.»

«Sono io l'ottimo studente» disse Topher. «Cioè, lo ero. Mi sono appena diplomato.»

«Avevo ragione» disse l'uomo. «Andrai al college?»

L'uomo era un po' *troppo interessato* a lui, per i gusti di Topher.

«Ehm... Già» disse, stranito. «Comincio in autunno.»

«E i tuoi amici? Anche loro andranno all'università?» domandò.

A Topher sembrò di essere il protagonista di una di quelle pubblicità progresso in cui si raccomanda di non dare confidenza agli sconosciuti. *Si riferiva agli amici con cui stava viaggiando? Come faceva a sapere che stesse viaggiando con i suoi amici?* Lanciò un'occhiata alla pompa accanto all'uomo e notò che i numeri non stavano aumentando: non era lì per fare rifornimento, era lì per lui.

«Ehi, mi stai mettendo a disagio» disse Topher. «Perché non mi lasci in pace, prima che chiami la polizia?»

«Perdonami, dov'è finita la mia educazione?» disse l'uomo, che si avvicinò per stringere la mano del ragazzo. «Mi chiamo Barry. Barry Reid.»

Topher non gli strinse la mano. «Ci stavi seguendo anche in Oklahoma, vero?»

«Sì. Vi stavo seguendo» disse. «Avete fatto moltissima strada negli ultimi giorni. Pensavo che Jennifer Lawrence fosse un osso duro da seguire, ma è una lumaca rispetto a quella tua amica che sembra un maschiaccio.»

«Chiamo la polizia» disse Topher, digitando 911 sul telefono.

«Non possono fare niente» disse Barry. «Vedi, state viaggiando con una persona di *un certo interesse.* E quando ti trovi con una persona di *un certo interesse*, la gente come me ha il diritto di pedinarti.»

«Sei un paparazzo» disse Topher.

«Preferisco *fotografo freelance*, ma sì» disse. «Non sono apparso dal nulla come il Triste Mietitore. Qualcuno ha fatto l'errore di utilizzare il nome vero di Cash Carter alle Vacation Suite di Oklahoma City, e il concierge mi ha fatto una soffiata. Quel tizio sta causando un vero e proprio scandalo, e la prima foto dopo lo svenimento si venderebbe per un sacco di soldi. Anch'io devo mangiare, e così eccomi qui, in compagnia della mia macchina fotografica.»

«Mi dispiace deluderti, ma Cash se n'è andato ieri» disse Topher, improvvisando.

«Strano» disse Barry. «Perché il mio contatto all'aeroporto di LA non mi ha detto che è atterrato lì.»

«Non ho detto che sia andato a casa o che abbia preso un aereo, ho detto che *se n'è andato.*»

Barry sorrise, come se potesse leggere nella mente di Topher.

«Proprio un ottimo studente» disse il paparazzo. «So come ci si sente a essere uno studente universitario con poco denaro in tasca che ha l'opportunità di guadagnare un po' di soldi. Lo capisco. Ti do cinquemila dollari se mi dici dov'è andato Cash.»

«Che cosa? Non sto cercando di fare soldi.»

«Ok, ok, pezzo grosso, *settemila*» propose Barry. «Ultima offerta.»

Topher non disse una parola, cosa che costrinse Barry ad adottare un'altra tattica.

«Capisco, capisco» disse. «Lo consideri un amico e non vuoi venderlo. Per quanto mi riguarda, Cash si è venduto quando ha cominciato a comportarsi come un idiota. È un ragazzo sveglio, sapeva esattamente che cosa sarebbe successo. E ora molta gente sta godendo del casino che ha combinato, ed è per questo che siamo tutti interessati a far andare avanti questa storia. Più Cash rimane in giro a fare il coglione e più clic, visite e visualizzazioni attirano i siti di notizie. Perché non ci prendiamo anche noi una fetta di torta?»

«Non mi piacciono le torte» ribatté Topher. «Non potrei dirti dov'è andato neanche se volessi, non ci ha detto dov'era diretto. Ora vattene o chiamo la polizia, non c'è nessuno di *un certo interesse* qui.»

Il paparazzo aveva incontrato un degno avversario. Rimase allo stesso tempo impressionato e deluso da

Topher. Barry estrasse il portafoglio e gli diede un biglietto da visita.

«Qui ci sono i miei recapiti, nel caso dovessi parlarci e cambiare idea» disse. «Pensaci bene, ragazzino. Settemila dollari sarebbero un grande aiuto per uno studente universitario. Goditi il resto del viaggio.»

Il paparazzo rimise la pistola della benzina al suo posto e si allontanò. Topher era così scosso da quell'incontro che non risalì in macchina finché Barry Reid non fu scomparso dalla sua vista. Strappò il biglietto da visita in due, lo gettò via e si diresse verso Dinoworld per recuperare i suoi amici.

Quella mattina Topher si era svegliato aspettandosi di vedere dei carnivori spaventosi durante la giornata, ma non avrebbe mai pensato che il più spaventoso di tutti guidasse una Prius.

Capitolo diciannove

IMPATTO

Cash era stato di pessimo umore per tutto il giovedì, ma quando si svegliò venerdì mattina era una persona completamente diversa.

«Ehi, Cash?» chiamò Topher bussando alla porta della stanza d'hotel dell'attore.

«Che cosa vuoi?!» gridò Cash dall'interno.

Il suo tono colse Topher di sorpresa. Cash non aveva alzato la voce perché l'amico potesse sentirlo: stava urlando in modo che il suo nervosismo fosse palese.

«Scusa» disse Topher. «C'è qualcosa che non va?»

«Dimmi che cosa vuoi» ordinò l'attore.

«Sono le otto» disse. «Dovevamo trovarci nella hall alle sette e quarantacinque, ricordi? Oggi dobbiamo fare molta strada e vogliamo partire il prima possibile.»

«Esco fra un minuto» gridò Cash. «E non stare dietro la porta ad aspettare come ieri, non serve a farmi preparare più in fretta.»

«Oh... ok» disse Topher. «Ci vediamo in macchina.»

Un'ora più tardi l'attore uscì dalla Vacation Suite di

Albuquerque e raggiunse gli altri nella station wagon. Era evidente che c'era qualcosa che non andava; lo si capiva dal sua linguaggio del corpo. Cash camminava molto lentamente, come se tutti i muscoli gli facessero male. Ansimava come un bulldog dopo una lunga camminata. Aveva un'espressione contrariata, come se fosse infastidito da tutto quello che lo circondava.

«Non posso viaggiare nel baule oggi» disse Cash, una volta arrivato alla macchina. «Qualcuno deve fare cambio di posto con me.»

«Vado io dietro» disse Joey, salendo sul retro dove c'erano le valigie.

«Cash, senza offesa, ma hai davvero una brutta cera» disse Mo.

«È perché sto di merda, genio» disse. «Ho finito le medicine per l'allergia e mi sono svegliato con una cazzo di emicrania.»

«Vuoi che ci fermiamo e ti prendiamo qualcosa?» domandò Sam dal sedile di guida.

«Ho solo bisogno di silenzio» sbottò Cash. «Possiamo stare tutti zitti in auto oggi? Ce la possiamo fare?»

«Ehm... Certo» disse Topher. «Come vuoi.»

«Bene» disse l'attore.

Gli altri fissarono Cash increduli. Era come se un demone avesse preso il controllo dell'attore.

«Che aspettiamo?» ringhiò. «Andiamo, per Dio.»

Viaggiarono per tre ore nel silenzio più totale, come aveva chiesto l'attore. Cash fumò una sigaretta dopo l'altra per tutto il tragitto, mangiando un orsetto di gomma più o meno ogni cinquanta miglia. Tenne gli occhi chiusi per la maggior parte del viaggio, li apriva solo per accendersi una sigaretta o cercare un orsetto nello zaino.

A mezzogiorno la station wagon arrivò al parco nazionale di Petrified Forest. Uscirono dalla Interstate 40 e percorsero una lunga strada che serpeggiava attraverso le distese scarlatte del Painted Desert e le colline a strisce indaco della Blue Mesa, seguendo i cartelli che indicavano Jasper Forest, per vedere il legno fossilizzato. Il parco nazionale era talmente unico che Topher, Joey, Sam e Mo pensarono di essere giunti su un altro pianeta. Dopo aver percorso circa venti miglia all'interno del parco, l'auto arrivò a un punto d'osservazione che dominava l'intera Jasper Forest. Era un piccolo canyon coperto da tronchi d'albero fossilizzati che si erano trasformati in pietre multicolori nel corso dei millenni. Il gruppo di Downers Grove uscì dalla macchina per fare delle foto, mentre Cash rimase a bordo in modo che le guardie forestali non lo beccassero a fumare. Sam lesse le informazioni scritte su un cartello al centro del punto d'osservazione.

«*La Jasper Forest ospita numerosi pezzi di legno pietrificati*» lesse. «*In genere il legno si fossilizza dopo essere stato bruciato dalla cenere vulcanica, che lo preserva dalla decomposizione grazie alla mancanza di ossigeno. In seguito l'acqua corrente deposita alcuni minerali nelle cellule della pianta, formando così un pezzo di pietra. Questi resti vegetali fossilizzati risalgono al periodo del Triassico, circa duecentotrenta milioni di anni fa.*»

Quest'ultimo dettaglio doveva aver incuriosito Cash, che uscì dall'auto per vedere con i suoi occhi il legno fossilizzato. Scese nel canyon e cadde in ginocchio davanti al primo tronco pietrificato che vide. Appoggiò la mano sul legno e cominciò a piangere. Piangeva così forte che le lacrime e il moccio gli colavano sulla faccia; sembrava che si trovasse davanti alla tomba di un suo vecchio amico.

Topher, Joey, Sam e Mo non riuscivano a capire che cosa causasse quei suoi sbalzi d'umore improvvisi. Si inginocchiarono accanto all'attore per offrirgli il loro supporto.

«Che c'è, amico?» domandò Topher.

«Non posso credere per quanto tempo è rimasta qui questa pietra...» singhiozzò l'attore. «È incredibile, quando ci si pensa... In qualche modo questo legno è riuscito a resistere al passare del tempo più di ogni altra cosa che conosciamo... Era qui centinaia di milioni di anni prima di noi, e continuerà a esistere quando noi non ci saremo più... È una piccola certezza in un mondo così incerto... Nessuno di noi sa che cosa ci riserva il domani... Nessuno sa che cosa c'è dietro l'angolo...»

L'attore appoggiò la testa sul legno pietrificato e continuò a piangere. Anche se non aveva molto senso, il gruppo di ragazzi di Downers Grove riuscirono a capire il motivo di quell'emozione. Dopo una settimana trascorsa a subire critiche, analisi, offese, umiliazioni e diffamazioni da parte di ogni radio, talk show, rivista e blog di gossip del pianeta, Cash Carter stava avendo l'esaurimento nervoso che tutti i media volevano. Era forse il momento più umano che l'attore avesse mai vissuto, e purtroppo per i tabloid non c'era nessuno lì a sorprenderlo e immortalarlo.

Quando ebbe finito di esplorare il parco di Petrified Forest, il gruppo di Downers Grove si mise in viaggio verso ovest, in direzione del Meteor Crater in Arizona. Alle quattro di pomeriggio uscirono dall'autostrada e si avventurarono lungo l'ennesimo tratto deserto che serpeggiava verso nord e portava al luogo del famoso impatto.

Dal parcheggio assomigliava a una collina rocciosa, ma una volta saliti in cima alla piattaforma d'osservazione che circondava il cratere rimasero a fissare sbalorditi il gigantesco buco nel terreno. Era largo quasi un miglio e profondo diverse centinaia di metri.

«È incredibile!» disse Sam. «Non avevo idea che fosse così grosso!»

«Non dire cose sconce» scherzò Joey. «Sul serio, è pazzesco. Sembra che Dio abbia preso una gigantesca palla di terra con un'enorme paletta per il gelato.»

«Finalmente un luogo che non delude le aspettative» disse Mo. «Avevo paura che potesse essere un buchetto nel terreno.»

«Alcuni scienziati pensano che sia stato questo meteorite il responsabile dell'estinzione dei dinosauri» disse Topher agli altri. «Riuscite a immaginare quanto deve aver tremato la terra dopo l'impatto?»

Cash non era interessato quanto gli altri. Sgattaiolò sull'altro lato del ponte d'osservazione e si accese l'ennesima sigaretta. Intanto, Topher, Joey, Sam e Mo scattavano selfie, ritratti di gruppo e foto panoramiche. Poi postarono tutto su Twitter, Instagram, Facebook e Snapchat, felici di avere finalmente qualcosa di degno da condividere.

Tutti i loro telefonini si misero a vibrare nello stesso momento: era una videochiamata in arrivo.

«Guardate, Huda e Davi ci stanno chiamando» disse Mo. «Scommetto che hanno visto le nostre foto e sono *invidiooosi*! Rispondiamo con il cratere sullo sfondo, per farli bruciare d'invidia.»

Diedero tutti le spalle alla voragine e risposero alle chiamate.

«Ciao, ragazzi!» esclamò Topher. «Indovinate dove siamo!»

Huda e Davi avevano un aspetto terribile, come se fosse successa una tragedia. Davi aveva il viso paonazzo e, a giudicare dal fiatone, doveva aver corso da casa al cybercafé, mentre gli occhi di Huda erano gonfi di pianto.

«È vero?» singhiozzò Huda. «Abbiamo pensato che lo sapeste, visto che siete con lui.»

«Che cosa?» domandò Mo.

«Non avete sentito la notizia?» chiese Davi scioccato. «È su tutti i notiziari e i blog dei Wizzer.»

«Abbiamo cercato di stare lontani da internet dopo l'incidente di St. Louis» disse Joey. «Vi riferite alle voci secondo cui Cash è mancato all'addestramento per le scene pericolose?» disse Sam. «Perché se è così, non vi dovete preoccupare. C'è stato un malinteso, e Cash se n'è occupato.»

Le sue parole non ebbero alcun effetto positivo. Anzi, i Wizzer all'altro capo del telefono si agitarono ancora di più.

«Davi, non sanno di che cosa stiamo parlando!» disse Huda. «Come possono essere all'oscuro di tutto quando sono lì con lui?»

«Le notifiche di Google stavano diventando troppe e le abbiamo disattivate» disse Topher. «Che c'è?»

Si intuiva che Davi stava navigando in internet mentre parlava perché aveva gli occhi che schizzavano in tutte le direzioni. Il ragazzo brasiliano vide qualcosa che lo fece trasalire e lo costrinse a coprirsi il volto con una mano.

«Oh, no!» esclamò Davi. «Huda, è vero! Un sito di nome Deadline l'ha appena confermato!»

La ragazza saudita scoppiò a piangere, come se avesse appena saputo che un membro della sua famiglia era morto. Dovette coprirsi la bocca per non svegliare nessuno in casa.

«Ci state spaventando!» disse Mo. «Sputate il rospo! Che è successo?»

«Ragazzi...» singhiozzò Huda. «All'inizio non volevamo crederci... La televisione ha confermato questo pomeriggio... *Wiz Kids* è stato cancellato! La serie non continuerà! È tutto finito!»

Topher, Joey, Sam e Mo rimasero scioccati.

A quanto pareva, l'impatto più devastante della giornata non era quello del Meteor Crater.

Capitolo venti

EROI E FELICITÀ

Il tragitto dal Meteor Crater al Grand Canyon fu il più silenzioso di tutto il viaggio, ma non perché qualcuno lo avesse chiesto. Il gruppo di Downers Grove era troppo sconvolto per aprire bocca. Come se fossero stati magicamente trasportati in una palla di vetro con la neve, il loro mondo era stato capovolto e scosso violentemente, e non sapevano da che parte cominciare a raccoglierne i pezzi. I ragazzi non sapevano che cosa dire, fare o pensare. L'unica certezza che avevano era il loro itinerario, così lo seguirono sperando di trovare conforto nella tappa successiva.

Anche Cash rimase in silenzio, provocando negli altri mille domande. L'attore sapeva già che la serie sarebbe stata cancellata, o era una notizia sconvolgente anche per lui? E se lo sapeva, da quanto tempo ne era a conoscenza? Era stato il suo comportamento che aveva spinto il network a staccare la spina? Perché si era unito al viaggio dei suoi fan se sapeva che questa notizia sarebbe presto diventata pubblica? L'auto fece più di cento miglia prima che uno di loro avesse il coraggio di dare voce a tutte quelle domande che li tormentavano.

«Lo sapevi?» domandò Mo.

Il suo sguardo serio era diretto verso Cash, ma l'attore non si mosse e continuò a guardare il deserto dell'Arizona fuori dal finestrino.

«Sapevo che non sarei tornato per la decima stagione» rispose a bassa voce. «Ma non avevo idea che avrebbero cancellato il programma.»

«E così ci hai mentito» disse Joey.

«Non ho mai mentito» disse Cash. «È solo che non vi ho detto tutta la verità: c'è una bella differenza.»

«Perché hai deciso di mollare?» domandò Sam.

«Perché è il momento di andarmene, ok?» disse. «Cristo, ho passato tutta la settimana a raccontarvi che incubo è lavorare lì e ancora siete sorpresi? Potete biasimarmi perché voglio smettere?»

«Avresti dovuto dircelo» disse Mo. «Avresti dovuto prepararci per tutto questo. Per questa...»

«Delusione?» disse Cash finendo la frase. «Be', mi dispiace deludervi. Anzi, in realtà non me ne frega un cazzo. Ho già deluso il mondo intero, chi se ne frega se devo aggiungere alla lista altri quattro sfigati.»

«Cash, sapevi quanto la serie fosse importante per noi» disse Topher. «Sapevi che la guardavamo dalla scuola elementare e sapevi che sarebbe stata la serie a tenerci uniti, una volta partiti per l'università. Come facciamo a *non* essere delusi?»

L'attore scosse lentamente la testa.

«Idiota» mormorò Cash.

«Scusa?» esclamò Topher.

«Non sto parlando di te, parlo di me» disse l'attore. «Vedi, per una volta credevo di aver trovato persone a cui importasse più di *me* che della serie in cui recitavo. Per una volta credevo di aver trovato un gruppo di amici, ma forse mi sbagliavo. Ci sono solo due tipi di persone che la gente come me incontra nella propria vita: fan e critici. Sono uno stupido se mi aspetto qualcosa di diverso.»

«Stai solo facendo la vittima» disse Mo. «Possiamo essere fan e anche tuoi amici. Come fan ci si spezza il cuore a sapere che la nostra serie preferita è finita, ma come amici siamo arrabbiati perché non ce l'hai detto prima. Forse sei tu quello che non sa come essere un vero amico.»

«Mi state dicendo che se ve l'avessi detto il primo giorno ci saremmo davvero potuti divertire insieme lo stesso?» domandò Cash agli altri. «Perché questo è il sesto giorno, e vi state comportando come fossi un maniaco omicida. Siate onesti, voi siete fan prima di tutto. Vi importa soltanto della serie e dello svago che vi consente, è questo l'unico motivo per cui avete sopportato di avermi intorno questa settimana. Non fatemi la lezioncina su cosa sia la vera amicizia.»

Gli altri avrebbero voluto obiettare, ma non sapevano come dimostrargli che aveva torto. Benché si fossero affezionati a Cash, forse non era un vero amico, se la loro lealtà stava ancora dalla parte di *Wiz Kids*. Dopotutto conoscevano l'attore da meno di una settimana, mentre la serie era un ricordo presente nella maggior parte della loro vita.

«Non vi preoccupate, non rimarrò con voi ancora per molto» disse Cash. «Non appena ci fermeremo sarò felice di andarmene, e vi lascerò liberi di insultarmi e odiarmi proprio come stanno facendo tutti gli altri Wizzer del mondo.»

Alle sette di sera di venerdì la station wagon si arrestò a un punto di osservazione da cui si poteva vedere tutto il Grand Canyon. Cash prese le sue cose e saltò giù dall'auto ancora prima che frenasse del tutto. Corse via nella foresta accanto al canyon senza la minima idea di dove stesse andando: sapeva solo di voler andare il più lontano possibile.

«Dove pensi di andare?» chiamò Topher.

L'attore lo ignorò e continuò ad allontanarsi tra gli alberi. Topher gli corse dietro e gli altri lo seguirono, ma Cash si muoveva così veloce che era difficile stargli dietro. La vista mozzafiato del Grand Canyon era a pochi passi da loro, ma nessuno ci badava.

«Non c'è niente per miglia e miglia» chiamò Topher di nuovo. «Ti perderai.»

«Come se te ne fregasse qualcosa» replicò Cash.

«Di che cosa stai parlando?» domandò Topher. «Abbiamo passato tutto il viaggio a preoccuparci di te!

Quando ti ho trascinato fuori da quel magazzino, *quello* era fregarmene di te! Quando abbiamo cambiato i nostri programmi per andare a High Tydes, *quello* era fregarcene di te! Quando ci siamo fermati sul ciglio della strada perché tu potessi guidare una Porsche, *quello* era fregarcene di te! Quando ti abbiamo nascosto dai turisti alla prigione museo, *quello* era fregarcene di te! E ora ti stiamo inseguendo in una foresta, e indovina un po' perché? Perché ce ne frega!»

«Cosa volete? Una medaglia?»

«No, tutto quello che ti stiamo chiedendo è un po' di considerazione. È stata una settimana terribile per te, ma non è stata facile nemmeno per noi. Siamo venuti a conoscenza di alcuni segreti sul nostro programma televisivo preferito, abbiamo scoperto che il nostro eroe non era esattamente quello che ci aspettavamo, ci siamo ritrovati in mezzo a uno scandalo e abbiamo appena saputo di aver perso l'unica cosa che ci teneva uniti! Perché non sei un po' più comprensivo?»

Quelle parole fecero breccia in Cash, perché si fermò e si voltò verso Topher e gli altri.

«Mi dispiace di aver rovinato il vostro programma preferito. Mi dispiace di aver rovinato il vostro viaggio. Mi dispiace di avervi trascinati nel lato oscuro del mio mondo. Ma non mi dispiace che abbiate perso un eroe, perché siete tutti adulti. Dovreste saperlo che gli eroi non esistono. È colpa vostra se ci credete ancora.»

«Ma non è vero!» obiettò Topher. «So che gli eroi

esistono, perché io sono l'eroe di mio fratello minore. Non è facile, non è sempre divertente, bisogna fare molte scelte difficili e ogni tanto bisogna dimenticarsi di sé per aiutare le persone a cui si vuole bene. Ma essere un eroe è una *scelta*, e tu hai scelto di deludere milioni di persone lasciando la serie! Non venirmi a dire che gli eroi non esistono, quando sei semplicemente troppo egoista per esserlo!»

A quelle parole, Joey, Sam e Mo si aspettavano che Cash si arrabbiasse molto, ma l'attore non sembrava affatto furioso. Al contrario, si mise a fissare Topher con sguardo afflitto, come se fosse un bambino triste.

«Ti sbagli, Topher» disse Cash. «Puoi dedicare anni della tua vita a fare tutto quello che hai appena detto, e deludere *comunque* gli altri non appena scegli te stesso. Non puoi controllare la felicità di tuo fratello, come io non posso controllare la tua. La verità è che si è responsabili di una persona sola, e quella persona siamo noi. Credimi, ho imparato la lezione nel modo più duro.»

All'improvviso l'attore cadde in ginocchio e si afferrò la testa con le mani.

«Cazzo, mi fa male la testa!» si lamentò.

Cash aprì la tasca anteriore dello zaino ma non riuscì a trovare quello che cercava.

«Merda, ho anche finito gli orsetti!» disse. «Forse ce n'è uno in fondo.»

Cash vuotò il contenuto dello zaino per terra e si mise a cercare furiosamente tra gli oggetti. Una bottiglietta di medicinali vuota rotolò fino ai piedi di Topher, che la prese in mano e lesse l'etichetta.

«OxyContin?» disse. «Si può sapere perché viaggi con i sedativi?»

«Non leggere!» ordinò Cash. «Ridammela subito.»

«È questo che hai preso per tutta la settimana?»

L'attore arrossì di vergogna: era la prima volta che lo vedevano imbarazzato.

«Non è come credi» disse. «Mi sono ferito sul set di *Wiz Kids* qualche mese fa e da allora sto cercando di tornare alla normalità...»

«Hai continuato a prendere pillole come fossero vitamine per tutto il viaggio! Altro che cercare di tornare alla normalità» disse Topher, e all'improvviso tutto gli fu chiaro. «Cazzo, sei un tossicodipendente! Hanno ragione sul tuo conto! Abbiamo cercato di proteggerti e difenderti per tutto il tempo, e tu ci hai mentito!»

Cash rivolse loro una risata sinistra e cominciò a rimettere tutto nello zaino.

«È buffo sentirsi chiamare bugiardo da voi» disse. «Cioè, *chi di voi è senza peccato, scagli la prima pietra.* Oh, certo, non potete, perché avete tutti mentito agli altri!»

Topher non poteva vederlo, ma i suoi amici, che erano alle sue spalle, a quelle parole si agitarono.

«Di che diavolo stai parlando?» disse Topher. «Non nascondiamo niente agli altri.»

«Ah, davvero?» disse Cash. «Devo farti una lista?»

«Cash, no!» esclamò Sam.

«Ti prego, smettila» disse Mo.

«Non farlo, amico» pregò Joey.

Topher era molto confuso dalla reazione dei suoi amici. Era come se tutti sapessero qualcosa eccetto lui.

«Perché siete tutti così agitati?» domandò.

«Andiamo per ordine» disse Cash. «*Joey è gay*: l'ho sorpreso durante un appuntamento con un tizio che ha incontrato su un'app per incontri omosessuali. *Mo sta buttando via la sua vita*, andrà a Stanford solo per far piacere a suo padre. *Sam è transessuale* e l'unico motivo per cui lo nasconde è perché *Topher è innamorato di lui* e *lui è innamorato di Topher*. Mi sono dimenticato niente?»

Tutti rimasero paralizzati, come se le parole di Cash li avessero trasformati in pietra. Non erano mai stati così vulnerabili, delusi e distrutti. Sembrava che qualcuno avesse strappato loro tutti i vestiti e avesse gettato i loro cuori nelle profondità del Grand Canyon. Cash sapeva che si era comportato in modo orribile e disumano, ma era troppo tardi per tornare indietro. Il danno era stato fatto.

«C'è un gruppo di turisti che viene in questa direzione» disse. «Vado a chiedere se c'è qualcuno che mi può dare un passaggio fino in città.»

Non sapeva come dire addio ai ragazzi di Downers Grove, e non riuscì a trovare il modo giusto. Anziché dire qualcosa, Cash corse via tra gli alberi in direzione dei turisti e sparì. Topher, Joey, Sam e Mo non lo seguirono. Rimasero esattamente dov'erano, immobili e in silenzio, finché non si fece notte.

Il sole che tramontava sul Gran Canyon non segnò soltanto la fine di una settimana emozionante o di una terribile giornata per i quattro amici, ma la fine di un'era per i Wizzer di tutto il mondo.

Capitolo ventuno

SOGNI CALIFORNIANI

Il giorno dopo, il tragitto di sette ore e mezza fino a Santa Monica, California, fu il più difficile delle loro vite. I quattro amici si sentivano come perfetti sconosciuti mentre coprivano le cinquecento miglia che li separavano dalla loro destinazione finale. Rimasero tutti in silenzio, con un miscuglio unico di shock e vergogna nella mente. Quando la station wagon entrò in California, uno di loro parlò.

«Allora, staremo qui seduti a *non* parlarne?» disse Mo. «Faremo finta di non conoscerci?»

«Ma ci conosciamo?» disse Joey.

«*Certo* che ci conosciamo» rispose lei con decisione. «Forse è più facile per me perché il mio segreto è quello meno scioccante, ma non credo che sia questo gran problema. Sono sicura che avessimo ottime ragioni per tenere nascoste queste cose, ma ciò non vuol dire che non ci fidiamo gli uni degli altri o che non ci vogliamo bene.»

Mo voleva sistemare le cose al più presto. Guardò

negli occhi ciascuno dei suoi amici e disse loro esattamente come si sentiva riguardo alla loro situazione.

«Joey, ho sempre voluto un migliore amico gay. Non sono arrabbiata perché me l'hai nascosto, sono solo dispiaciuta per tutte le occasioni alla *Will & Grace* che ci siamo persi. Sam, il fatto che tu sia un transessuale non mi crea alcun problema. Avrei solo voluto che me lo dicessi prima: ti avrei inondato di amore e supporto. E Topher, non mi interessa che tu abbia una cotta per Sam. L'unico motivo per cui sono un po' triste è perché ho sempre pensato che fossi un po' innamorato di me.»

«*Volevi* che lo fossi?» domandò Topher dal posto di guida.

«Certo che no, sei un fratello per me» disse Mo. «Ma ogni tanto mi è servito a rinforzare la mia autostima. Mi mancherà.»

L'aspirante scrittrice non riuscì a essere d'aiuto quanto aveva sperato. Mo intuiva che i suoi amici volevano solo che stesse zitta.

«Quello che sto cercando di dire è che tutto questo dovrebbe unirci ancora di più» continuò Mo. «Tutti hanno dei segreti, e ora che i nostri sono stati svelati, l'amicizia dovrebbe uscirne rafforzata. Possiamo tornare a essere amici come prima? Davvero lasceremo che tutto questo comprometta il nostro legame?»

«Non tutti riescono a elaborare la situazione in un attimo come te, Mo» disse Topher. «Per un po' cerchiamo di non pensarci.»

Anche se i suoi occhi non erano rivolti verso di lui, Sam sapeva che le sue parole lo erano.

«Allora che cosa facciamo una volta arrivati a Santa Monica?» chiese Mo. «Ci eviteremo e andremo ognuno per la propria strada?»

«Mi sembra un'ottima idea» disse Topher. «Ci darà un po' di tempo per pensare. E ora che *Wiz Kids* è finito, non c'è motivo di continuare un'amicizia che è destinata a svanire.»

Era terribile, ma Topher aveva ragione. Rimanere in contatto negli anni successivi sarebbe stato molto più difficile senza la serie. Forse era meglio separarsi subito, invece di perdersi lentamente col tempo.

Alle cinque di pomeriggio di sabato la station wagon arrivò a Santa Monica. I ragazzi si presentarono alla reception del Sea Glass Inn, l'hotel più economico che ci fosse nelle vicinanze di Santa Monica Pier. Topher lesse online che il set di *Wiz Kids* al Sunshine Studio era già stato smontato per far posto a *NCIS: Boise*, perciò non c'era motivo per fare il tour degli studi; e comunque non l'avrebbero fatto anche se il set fosse stato ancora intatto. I ragazzi di Downers Grove passarono i primi due giorni in California a girare ognuno per conto proprio nell'area di Los Angeles. Gli unici momenti in cui si incontravano era all'hotel, ed era solo per qualche minuto, la sera prima di dormire o la mattina prima di uscire.

Il 4 luglio, il terzo e ultimo giorno in California, non si erano ancora riconciliati né riuniti. Sam passò la serata sul Santa Monica Pier a guardare il tramonto sull'Oceano Pacifico. Pensava di sapere che cosa significasse essere soli, ma ora che non parlava più con i suoi amici stava imparando il vero significato della solitudine. Pregava che durante il viaggio di ritorno a Downers Grove riuscissero a ricucire il loro rapporto, ma non tutti gli altri furono così pazienti.

«Ehi.»

Sam si voltò e vide Topher in piedi sul molo, dietro di lui. Pensò che doveva essere lì da un po', perché non aveva sentito alcun rumore di passi che si avvicinavano.

«Ehi» rispose.

Fu un momento imbarazzante. C'erano così tante cose da dire, ma non c'era un modo semplice per farlo, e così rimasero a fissarsi l'un l'altro.

«Settimana dura, eh?» disse Topher.

«Non me ne parlare» disse Sam. «Be', l'avevi detto che sarebbe stata un'estate indimenticabile.»

«Già» ridacchiò Topher. «Allora, che hai combinato negli ultimi giorni? Hai visto qualcosa di figo?»

«Sono quasi sempre rimasto in zona» disse Sam. «Sono andato sul lungomare, all'acquario, al cinema... niente di particolarmente entusiasmante. E tu?»

«Ho camminato molto» disse Topher. «Sono andato a Venice, alle Pacific Palisades, a Brentwood e in un posto di nome Century City. Non che avessi pianificato nulla, sono finito in tutti questi posti per caso.»

«Topher, probabilmente non c'è niente che possa

dire per farti sentire meglio, ma non ho mai avuto intenzione di ferire i tuoi...»

«Sam, non hai nulla di cui scusarti» disse Topher. «Avevo solo bisogno di un po' di tempo da solo, per pensare. Capisci?»

Sam annuì. «Certo» disse. «Proprio come il MIT, io sono un'altra cosa che non andrà come avresti voluto.»

«E perché no?» disse Topher. «Se lo vogliamo tutti e due, che cosa ce lo impedisce?»

Quelle parole colsero Sam di sorpresa.

«Intendi dire che tutto questo non *complica* le cose?»

«Certo che complica le cose, ma esiste una relazione che non sia complicata?» chiese Topher.

Sam era senza parole. Tra tutti gli scenari che aveva immaginato, questo era senz'altro l'ultima della lista.

«Scusami, è che non so cosa dire» disse. «Ho pensato che mi stessi evitando perché eri arrabbiato...»

«Ti stavo evitando perché ero confuso. È stata una sorpresa scoprire che sei transessuale, ma una sorpresa ancora più grande scoprire che non mi crea nessun problema. Sono sempre stato attratto dalle ragazze, ma c'è solo una persona che posso dire di aver amato... E sei tu. Il mondo non è bianco e nero, e se tutto va a rotoli è perché c'è ancora chi la pensa così. Io non voglio essere una di quelle persone. Voglio solo essere felice, io, e non c'è nulla che mi rende più felice di te. Allora, che cosa pensi? Possiamo cercare di essere *grigi* insieme?»

«E se non funzionasse?» domandò Sam.

«Allora non avrà funzionato» rispose Topher facendo spallucce. «Anche se alla fine dovessimo rimanere solo amici, non posso immaginare nulla di peggio che non averti nella mia vita. Io ci sarò sempre per te, di qualunque cosa tu abbia bisogno, in qualunque momento. È semplice.»

Le parole di Topher fecero venire le lacrime a Sam, ma per la prima volta da moltissimo tempo erano lacrime di gioia. Sam diede a Topher l'abbraccio più forte che poteva.

«Non hai idea di quanto ho aspettato che qualcuno mi dicesse una cosa del genere» disse Sam.

«È andata bene?» disse Topher. «Ho passato tutto il giorno a ripetermi il discorso nella testa. Spero di non essere apparso troppo mieloso o disperato, perché erano parole sincere.»

«No, è stato perfetto» ridacchiò Sam. «E non c'è niente che mi renderebbe più felice di essere *grigio* con te.»

Topher e Sam erano così assorti nella loro conversazione che non si erano accorti di Joey, che si era avvicinato a loro.

«Pare che abbiate il morale bello alto» disse. «Spero di non stare interrompendo nulla.»

«No, stavamo solo parlando» disse Topher. «Vuoi unirti a noi? Sono così stanco di non parlare con voi.»

«Certo» disse Joey. «Mi siete mancati. Questa città è bellissima, ma è terrificante esplorarla da soli. Ieri sera sono andato a vedere *The Rocky Horror Picture Show* e un travestito mi ha disegnato delle V sulla fronte e mi ha avvolto in un boa fluorescente.»

«Vedo che ti sei divertito più di noi» disse Sam. «Andiamo a cercare Mo e facciamo qualcosa di bello tutti insieme: dopotutto è la nostra ultima serata sulla West Coast. Dobbiamo godercela.»

«Andrà tutto bene, vero?» domandò Joey. «Riusciremo a rimanere amici?»

Topher sospirò. «Chissà. Ma so che farò di tutto per starvi vicino. Quando siamo partiti avevo paura che sarebbe stato l'inizio della fine per noi, ma penso che tutto quello che abbiamo passato questa settimana sia servito a rendere la nostra amicizia più solida. Siamo onesti, nessuno crederà a quello che ci è successo. Dobbiamo rimanere amici anche per tenere vivi i ricordi!»

«Non potrei essere più d'accordo» ridacchiò Joey. «Sai, ero furioso quando Cash ha vuotato il sacco sulle nostre vite, ma sono felice di non dovermi più nascondere. Non mi rendevo conto di quanto mentire rendesse la mia vita un inferno.»

«Anch'io» disse Sam. «È bello non avere più barriere tra di noi. Abbiamo tutti una lunga strada davanti, ma almeno non la percorreremo da soli.»

I loro tre cellulari vibrarono allo stesso momento.

«È Mo» disse Sam. «Ci ha mandato un messaggio di gruppo.»

«*Venite nella mia stanza, è un'emergenza*» lesse Joey. «Oh cazzo!»

I tre lasciarono il molo e corsero più veloci che potevano fino al Sea Glass Inn. La porta della stanza d'hotel di Mo era semiaperta e trovarono l'amica all'interno, seduta sul davanzale della finestra. Aveva il viso arrossato e le lacrime le rigavano le guance.

«Oh santo cielo» disse Topher. «Mo, stai bene?»

«Ti sembra che stia bene?!» pianse.

«Che è successo? Qual è l'emergenza?» chiese Sam.

«La nostra amicizia è l'emergenza!» esclamò Mo. «Non abbiamo mai passato così tanto tempo senza parlarci, e non ce la faccio più! La nostra amicizia è l'unica cosa positiva rimasta nella mia vita! Se non possiamo più essere amici, tanto vale che mi butti fuori da questa finestra!»

Spalancò i vetri con fare melodrammatico e una brezza proveniente dall'oceano riempì la stanza.

«Mo, siamo al primo piano» disse Joey.

«È una metafora!» disse Mo. «So che avremmo usato *Wiz Kids* come pretesto per rimanere in contatto, ma siamo realisti, la serie fa schifo dalla terza stagione! Può essere stata la ragione per cui siamo diventati amici, ma non è il motivo per cui siamo rimasti amici. Lo usavamo solo come una scusa per passare del tempo insieme, e non lascerò che la nostra amicizia muoia perché il programma non esiste più! Per me siete molto più di amici, siete la mia famiglia! Chi se ne frega se sarò lontana da voi per il college, voglio passare il resto della mia vita con voi! Voglio che andiamo in vacanza insieme, a fare viaggi e a festeggiare il compleanno di Zac Efron come una famiglia normale!»

«Ooohhh, grazie, Mo» disse Topher.

«È molto dolce da parte tua» disse Joey.

«E noi proviamo lo stesso per te» disse Sam.

«Bene, perché mio padre e il mio gatto sono degli stronzi!» sbottò Mo. «Dobbiamo prometterci a vicenda che qualunque cosa accada, dopo la laurea ci trasferiremo nella stessa città e continueremo a essere amici. Topher non dovrà occuparsi più di suo fratello, Joey potrà vivere come vuole, una volta lontano dai suoi genitori, Sam probabilmente avrà cambiato sesso e io sarò l'unica ragazza quando usciremo, e riceverò le attenzioni di tutti e tutti saranno felici. Ma dobbiamo cominciare qui e ora! Dobbiamo fare la pace e tornare a essere amici perché non ho intenzione di vivere un altro giorno senza di voi.»

Mo si fermò per respirare per la prima volta da quando erano entrati nella stanza. Nessuno dei suoi amici sembrava scettico. Si lanciarono un'occhiata e fecero spallucce come se fossero desideri del tutto normali.

«Per me va bene» disse Topher.

«Anche per me» aggiunse Joey.

«Non vedo l'ora» disse Sam.

Mo era felicissima che condividessero le sue proposte, ma la prontezza con cui le accettarono la confuse. Era stato molto più facile del previsto.

«È successo qualcosa di cui non sono al corrente?»

domandò. «Avete già fatto pace senza di me? Perché solo un'ora fa non ci parlavamo affatto e ora avete accettato di rimanere amici per sempre.»

«Già» disse Topher. «Poco fa, sul molo.»

«Per caso ci siamo trovati nello stesso posto allo stesso momento» disse Joey.

«Sì, non ti abbiamo esclusa apposta» disse Sam.

Mo annuì e si asciugò le lacrime. Aveva preparato un altro discorso di mezz'ora sul perché avrebbero dovuto salvare la loro relazione, ma non ce n'era stato bisogno.

«Be'... fantastico» disse. «Avrei apprezzato di più se qualcuno me l'avesse detto quando ho minacciato di saltare dalla finestra, ma sono felice che siamo tornati tutti amici. Ora fatemi scendere dalla balaustra e datemi un abbraccio.»

I tre fecero quello che Mo aveva detto. Poco dopo l'abbraccio di gruppo, vennero sorpresi da una serie di esplosioni fuori dalla finestra.

«Che succede?» domandò Topher. «Questo è un quartiere sicuro, giusto?»

«È il 4 luglio, scemo» gli ricordò Sam. «Staranno sparando i fuochi d'artificio dal molo. Andiamo a guardarli insieme.»

I ragazzi si unirono a un'enorme folla radunata sul Santa Monica Pier per guardare i fuochi d'artificio. Avevano molto più da festeggiare che l'indipendenza del loro Paese. Il loro legame rinsaldato gettava una nuova luce sul futuro. Non importava che cosa la vita avrebbe riservato loro, sapevano di poter contare sugli altri per superare qualsiasi ostacolo.

A metà dello spettacolo pirotecnico Topher sentì una vibrazione nella tasca dei pantaloni. Guardò il display del telefonino e vide una notifica di CashCarter.com:

> Volevo solo dirvi che sono a Phoenix e mi sto curando. Spero che possiate fermarvi sulla via del ritorno. Ho detto delle cose di cui mi sono pentito. 778 S. Grant Street. – CC

Capitolo ventidue

PROMESSE

La mattina di mercoledì 5 luglio il gruppo di Downers Grove si svegliò presto per affrontare le duemila miglia che li avrebbero riportati a casa. Dopo una lunga e sfiancante discussione, Topher riuscì a convincere i suoi amici ad allungare il tragitto di un centinaio di miglia per andare a trovare Cash Carter in Arizona.

Sette ore più tardi la station wagon arrivò finalmente a Phoenix e si fermò nel parcheggio del Sunny Skies Care Center, al 778 di S. Grant Street. Topher scese dall'auto e fece qualche passo verso la clinica prima di accorgersi che era solo.

«Venite anche voi?» domandò agli altri.

«Abbiamo accettato di venire a Phoenix, ma non abbiamo mai detto che l'avremmo incontrato» disse Mo.

«Vuole chiederci scusa» disse Topher.

«Può scriverci una lettera» rispose Sam. «Non lo voglio vedere.»

«Ma ha abbattuto le barriere che ci dividono, non ricordate?» disse Topher.

«Ci ha pur sempre traditi» disse Joey. «Se vuoi fare il buon samaritano accomodati pure, ma nessuno di noi ha una gran voglia di fargli qualunque favore.»

Topher non insistette oltre. L'unico motivo per cui si sentiva in obbligo di far visita all'attore era che anche lui aveva detto delle cose di cui si era pentito. Avere un'occasione per scusarsi sarebbe stato un sollievo per entrambi.

«D'accordo, d'accordo» disse. «Ecco le chiavi, tenete il motore acceso così non morirete di caldo. Faccio in fretta.»

Topher lasciò i suoi amici in macchina e si incamminò su una stradina di pietra che conduceva al Sunny Skies Care Center. La hall aveva colori chiari e rilassanti, ed era molto pulita. Topher si rivolse a un'infermiera all'accettazione.

«Buongiorno, sono qui per vedere Cash Carter» disse.

L'infermiera digitò il nome sulla tastiera del computer ma non apparve nulla.

«Mi dispiace, non c'è nessun paziente sotto questo nome» disse.

«Errore mio, probabilmente è registrato come Thomas Hanks» disse Topher.

«Oh, sì, stanza 828» disse l'infermiera. «Prego.»

La donna schiacciò un bottone sul bancone e la grande porta di vetro che stava dietro di lei cominciò ad aprirsi lentamente. Topher diede un'occhiata nella hall mentre aspettava che la porta fosse aperta del tutto.

Notò una famiglia numerosa seduta insieme in un angolo, in compagnia di un sacerdote. Piangevano tutti, e il prete stava cercando di consolarli. Dall'altro lato della sala c'era una seconda famiglia seduta accanto a un anziano signore in sedia a rotelle. Cercavano di parlargli, ma l'uomo rimaneva in silenzio e teneva lo sguardo fisso nel vuoto, come se soffrisse di Alzheimer.

«Mi scusi?» disse Topher all'infermiera. «Che tipo di centro di disintossicazione è questo?»

«Non è un centro di disintossicazione, ma un centro di cure palliative» disse. «Dopo questa porta, gira a sinistra in fondo al corridoio e troverai la stanza sulla tua destra.»

«Grazie» disse lui.

Topher seguì le indicazioni, e mentre camminava si domandò se i suoi amici avessero fatto bene a rimanere in macchina. Che cosa ci faceva Cash in un centro di cure palliative? Era andato lì a trovare un fan o un parente malato? E in questo caso, perché mai aveva chiesto loro di venire? Perché avrebbe dovuto mentire dicendo che si stava facendo curare?

Topher entrò nella stanza 828 ma non c'era alcuna traccia di Cash. C'era solo un giovane molto magro ed emaciato che dormiva in un letto. Aveva occhiaie scure sotto gli occhi ed era attaccato a diversi macchinari medici e a una flebo. Chiunque fosse, non sembrava avere molto da vivere. Topher si mise a camminare in silenzio per la stanza in attesa che arrivasse Cash. Era lì da ormai venti minuti e l'attore non si era ancora fatto vedere.

«Sei venuto.»

Topher guardò il letto e vide che il paziente si era svegliato. Stava fissando Topher con un sorriso accennato, e aveva gli occhi aperti quanto bastava per vedere. Era evidente che sapesse chi era Topher, ma Topher non aveva idea di chi potesse essere.

«Non ero sicuro che avessi ricevuto il mio messaggio» disse il giovane a bassa voce. «Sono così felice di vederti.»

All'improvviso Topher capì chi era quel paziente; aveva un aspetto così terribile che non l'aveva riconosciuto fino a quel momento.

«Cash?» disse. «Che cosa diavolo ti è successo?»

«Le cose sono precipitate sabato scorso» disse l'attore. «La sera che me ne sono andato, alcuni turisti mi hanno dato un passaggio fino a Flagstaff. Stavo cercando una farmacia quando sono svenuto e mi sono svegliato in ospedale. Mi hanno trasferito qui lunedì. Era l'unico centro di cure palliative che avesse un letto libero per me.»

«Ma perché?» domandò Topher. «Sei ammalato?»

«Ho un glioblastoma» disse Cash. «È un nome complicato per dire che ho il cancro al cervello.»

All'improvviso Topher sentì la stanza girare intorno a sé e dovette sedersi su una sedia che trovò ai piedi del letto. Era così confuso che si tenne stretto con tutte le proprie forze, come se fosse su un ottovolante senza cintura di sicurezza.

«Cancro al cervello?» esclamò scioccato.

«Mi dispiace di dirtelo così» disse Cash. «Sono diventato umano, eh?»

«E lo hai appena scoperto?»

L'attore distolse lo sguardo, vinto dal senso di colpa, e scosse la testa lentamente.

«In aprile ho cominciato ad avere questi mal di testa terribili» disse Cash. «Un dottore è venuto sul set e mi ha raccomandato di fare degli esami. Eravamo molto indietro con le riprese della serie e i produttori non volevano concedermi del tempo per farli. In maggio, dopo aver terminato la nona stagione, sono andato all'ospedale per una risonanza magnetica, e mi hanno trovato un tumore grosso quanto un chicco d'uva nel cervello.»

«E... e... e hai cominciato un trattamento, giusto?»

«Non avevo molte opzioni» disse. «Un'operazione sarebbe stata rischiosa e avrebbe potuto danneggiare la parte del cervello che controlla la parola; sai bene quanto mi piace parlare, e così quella non era la strada giusta. Altre cure avrebbero potuto portarmi alla paralisi o danneggiarmi la memoria, e non sembravano alternative molto divertenti. Il neurologo mi ha detto che avrei avuto più o meno tre mesi di vita se non avessi fatto nulla, e così ho deciso di viverli al meglio.»

«Aspetta un attimo» disse Topher, esitando a fargli

la domanda di cui non voleva conoscere la risposta. «Cash, mi stai dicendo che... che... stai morendo?»

L'attore fece un respiro profondo.

«Già» disse.

Topher chiuse gli occhi e rimase in silenzio mentre cercava di accettare quella notizia. Non voleva crederci, ma tante cose successe quella settimana cominciavano ad avere un senso e i puntini si stavano unendo da soli.

«Tutti quei comportamenti... bere, fumare, ballare, infrangere la legge... Tutte le cose per cui la gente ti stava crocifiggendo... È stato solo...»

«Il mio modo di vivere al massimo» disse Cash.

«E la sera del concerto, la mattina dopo il concerto, gli sbalzi d'umore incontrollabili, il mal di testa, gli orsetti gommosi, l'OxyContin che tenevi nello zaino...»

«Sintomi e rimedi» disse. «Ti ho detto che quelle pillole non erano ciò che pensavi.»

Ormai tutto aveva senso, ma non per questo era più facile da digerire. Topher cercò di assumere un'espressione coraggiosa, ma era impossibile celare la tristezza che lo aveva invaso.

«Quanto tempo ti rimane?» domandò.

«Dicono che sia questione di giorni» rispose lui. «La risonanza che ho fatto questa domenica ha mostrato che il cancro si sta diffondendo, e cresce in fretta. I tumori ormai sono come gli Starbucks, ce n'è uno a ogni angolo.»

«Se eri così malato perché sei venuto in viaggio con

noi?» domandò Topher. «Perché hai deciso di passare i tuoi ultimi giorni con un gruppo di perfetti sconosciuti? Di certo ci sono cose molto migliori che un uomo in fin di vita può fare...»

L'attore sorrise: sperava che Topher gli facesse quella domanda.

«C'è un raccoglitore nero nel mio zaino» disse Cash. «Aprilo.»

Topher prese lo zaino appoggiato su un'altra sedia vicino al letto. Lo aprì ed estrasse il raccoglitore. All'interno c'erano decine e decine di lettere indirizzate a Cash, alcune scritte a mano, altre stampate da internet. Topher non capiva che cosa significassero finché non riconobbe la grafia e notò che venivano tutte dalla stessa persona.

«Cacchio» esclamò Topher. «Sono tutte mie... Hai conservato tutte le lettere che ti ho scritto...»

«Ti prometto che non è inquietante come sembra» disse Cash. «Nove anni fa, quando lo show era ancora agli inizi, sei stato il primo a scrivere una lettera indirizzata a me e non al dottor Bumfuzzle. Non ti sei comportato come se la serie fosse reale e come se io fossi qualcosa di diverso da un attore, e non mi hai mai chiesto alcun favore. Mi hai soltanto ringraziato per il mio lavoro e mi hai trattato come una persona normale, cosa che non mi succedeva molto spesso. Avevi solo otto anni quando hai scritto la prima lettera, e io ne avevo solo dodici quando l'ho letta, ma quella lettera per me è stata molto importante. Ho chiesto alla compagnia di controllare la posta dei fan e il sito internet e di farmi sapere se fossero arrivate altre lettere scritte da te. Era bello sapere che c'era qualcuno là fuori che mi considerava un ragazzino normale e non un esperto di fisica quantistica.»

«Non so che cosa dire. Qui dentro ci sono lettere che non ricordo nemmeno di aver scritto.»

«Oh, cielo, ero praticamente il tuo analista» ridacchiò Cash. «Mi hai scritto dopo che il primo episodio di *Wiz Kids* era andato in onda e mi hai raccontato che l'avevi trovato fantastico. Mi hai scritto il giorno che hai incontrato Joey, Sam e Mo per dirmi quanto fossi entusiasta di aver trovato degli amici così. Mi hai scritto quando tuo padre ha accettato il primo lavoro d'insegnamento in un altro stato, per dirmi che ti sentivi triste. Mi hai scritto quando a tuo fratello è stata diagnosticata la paralisi cerebrale infantile, per raccontarmi quanto fossi spaventato. Mi hai scritto dopo il primo giorno di scuola superiore per dirmi che eri preoccupato di non riuscire a essere il migliore della classe. Le tue lettere erano sempre così piene di dettagli, mi sembrava di essere lì accanto a te! Sono state le uniche cose che mi hanno fatto sentire un ragazzino normale.»

Topher andò all'ultima pagina del raccoglitore e trovò la lettera che aveva scritto all'attore la sera prima della partenza.

«E poi ti ho invitato a venire in viaggio con noi, e tu sei venuto» disse.

L'attore scoppiò a piangere e annuì. «Avevo bisogno di dirti addio» disse. «Sai, in tutte le lettere mi hai sempre ringraziato e mi hai attribuito il tuo coraggio, ma in realtà eri tu che davi a me il coraggio necessario per andare avanti. In un'industria che si diverte a fare a pezzi le celebrità, su un set diretto da persone a cui non importavo più di tanto, sapere che mi ammiravi mi ha fatto sopportare tutto quanto, e ne è sempre valsa la pena. Sei stato il mio eroe tanto quanto io sono stato il tuo.»

Le parole di Cash spinsero Topher a guardare la propria vita in una prospettiva diversa. Tutto quello che aveva vissuto non era affatto mediocre come aveva pensato perché ora acquisiva un significato molto più profondo. Topher non poteva credere di trovarsi accanto all'eroe della sua infanzia che stava morendo e di sentirsi all'improvviso così importante. Tutto questo suscitò in lui un'ondata di sentimenti che non riuscì a controllare, soprattutto davanti all'attore.

«Devo chiamare gli altri» disse Topher. «Stavano parcheggiando l'auto quando sono entrato, devono essersi persi. Torno subito.»

Corse più veloce che poté per i corridoi del Sunny Skies Care Center, fino a uscire nel parcheggio. I suoi amici furono sollevati nel vederlo, ma erano palesemente innervositi dal fatto che ci avesse messo così tanto.

«Finalmente» disse Joey.

«Mi sono annoiata a morte» disse Mo.

«Hai parlato con Cash?» domandò Sam.

«Sì» ansimò Topher. «E so che non volete vederlo, ma dovete venire.»

«Assolutamente no!» esclamò Mo.

«Non abbiamo cambiato idea» disse Joey.

«Topher, possiamo rimetterci in macchina?» chiese Sam. «Abbiamo così tanta strada da...»

«Cash sta morendo!» gridò Topher.

Tutte le emozioni che aveva contenuto fino a quel momento fuoriuscirono come una cascata. Pronunciando quelle parole si rese conto che era tutto vero. Si appoggiò alla station wagon, scivolò fino a terra e scoppiò in lacrime. I suoi amici scesero dall'auto e si avvicinarono a lui come fosse un animale ferito.

«Topher, è uno scherzo?» domandò Sam.

«No» singhiozzò. «Cash era già malato all'inizio del viaggio, ma non lo sapevamo! Ce lo ha sempre nascosto! Non è una cattiva persona, ha un cancro al cervello! Per questo si è comportato in quel modo! Tiene a noi molto più di quanto avremmo mai potuto immaginare... E per poco non siamo tornati a casa senza fermarci da lui!»

Gli altri non avevano mai visto Topher in quelle condizioni. Non avevano dubbi che fosse la verità, e a quella notizia reagirono come aveva reagito lui. Era difficile accettare la realtà, ma più ci pensavano e più tutto aveva senso.

«Non ci posso credere» disse Sam.

«Dobbiamo andare da lui» disse Mo.

«Ci puoi portare nella sua stanza?» domandò Joey.

Una volta che Topher si fu calmato, condusse i suoi amici dentro il Sunny Skies Care Center e fino alla stanza 828. Bastò un rapido sguardo all'attore perché i ragazzi avessero la conferma di ciò che aveva detto Topher. Benché sapessero già la realtà, gli altri non riuscirono a contenere le emozioni, proprio come era successo a Topher poco prima.

«Non mi compatite» disse Cash. «Mi hanno dato una dose di morfina che addormenterebbe un branco di elefanti. Le cose potrebbero andare peggio.»

«Perché non ci hai detto che stavi male?» chiese Mo.

L'attore scoppiò a ridere. «Senza offesa» disse, «ma non siete il tipo di persona che prende bene le brutte notizie. E mi dispiace tanto di aver svelato tutti i vostri segreti. Sto morendo, ma non vuol dire che ho il diritto di comportarmi come uno stronzo. Spero possiate perdonarmi.»

Viste le circostanze, tutti accettarono le scuse dell'attore. Era come se una gomma magica avesse appena cancellato tutti i brutti momenti e il risentimento che provavano per Cash.

«Credo di parlare a nome di tutti dicendo che ti perdoniamo» disse Joey. «Ci hai fatto arrabbiare per un po', ma ora siamo più uniti di prima. Quindi dovremmo ringraziarti.»

«E non hai detto nulla che non fosse vero» disse Topher. «Al contrario di ciò che la gente ha detto sul tuo conto. Si sbagliano tutti... Quand'è che dirai loro la verità?»

«Non ho intenzione di farlo prima di andarmene» rispose Cash con un ghigno. «Il che è un peccato, perché non c'è cosa che mi divertirebbe di più di vedere la faccia di tutti quegli stronzi quando scopriranno di aver diffamato un ragazzo che aveva un cancro. Sarà un massacro! Godetevi lo spettacolo anche per me.»

«Perché non vuoi vederlo con i tuoi occhi?» domandò Sam.

L'attore fece un lungo sospiro. «Creerebbe ancora più confusione» disse. «La mia vita è sempre stata così folle, così rumorosa e così impegnata. Per una volta voglio che tutto sia tranquillo. E quando tutto il mondo è occupato a rovinare la tua reputazione, si impara presto quali sono i veri amici. Voi siete tutto quello di cui ho bisogno.»

Mo singhiozzava, e riuscì a malapena a pronunciare qualche parola.

«C'è qualcosa che possiamo fare per te?»

Dovette chiederlo, anche se sapevano tutti che la risposta era no. Cash, però, aveva una richiesta molto importante, e le fu grato di avergli dato l'occasione per farla.

«Sì, potete farmi una promessa» disse l'attore. «Promettetemi che non sprecherete il resto delle vostre vite ad accontentare gli altri, perché altrimenti vi sveglierete un giorno e vi accorgerete di non aver mai vissuto.

Fidatevi, è meglio per voi che non impariate la lezione nel modo in cui l'ho imparata io.»

Topher, Joey, Sam e Mo diedero la loro parola a Cash, e quello fu il regalo più grande che potessero fargli.

«Bene» disse Cash ridacchiando. «La mia missione è compiuta.»

Il gruppo di Downers Grove era determinato a rimanere con Cash fino alla fine. Chiamarono a casa e dissero alle loro famiglie che sarebbero rientrati qualche giorno più tardi. Dissero soltanto che si erano fatti un nuovo amico durante il viaggio e che ora si trovava in ospedale malato, e sarebbero rimasti con lui finché non fosse stato libero di andare. Nessuno si sentì in colpa per quella piccola bugia, perché come Cash aveva insegnato loro, c'era una bella differenza tra mentire e non raccontare tutta la verità. Fu un bene che nessuno dei loro genitori avesse nulla da obiettare, perché neanche lo schianto di un meteorite avrebbe potuto allontanarli dall'attore.

Con il procedere della settimana, la salute di Cash peggiorò sempre più. Giovedì l'attore non sentiva ormai più le gambe e i piedi. Venerdì perse sensibilità alle mani e alle braccia. Sabato smise di mangiare e bere. Domenica non riuscì più ad aprire gli occhi e a parlare. Lunedì 10 luglio Cash Carter esalò l'ultimo respiro e morì di una morte pacifica in una stanza molto tranquilla, circondato dai suoi nuovi amici. L'attore non era riuscito ad avere il controllo della propria vita, ma la sua morte fu esattamente come voleva.

Da quel giorno in avanti, ogni volta che Topher, Joey, Sam e Mo pensavano a Cash non immaginavano il personaggio della televisione o il ragazzo malato nella stanza del centro di cure palliative. I ragazzi immaginavano l'attore alla guida di una brillante ed elegante Porsche 550 Spyder che sfrecciava lungo un'autostrada vuota in cielo, intento a prendere in giro, corrompere e traviare tutti gli angeli che incontrava. Era il Cash Carter che nessun altro aveva potuto conoscere, ed era il Cash Carter di cui avrebbero per sempre sentito la mancanza.

Capitolo ventitré

FONDI

Il 10 agosto, esattamente un mese dopo la morte di Cash Carter, Topher, Joey e Mo si sedettero nel loro ristorante cinese preferito di Downers Grove, Cok with a Wok. Erano lì a festeggiare la loro ultima cena insieme, perché il giorno dopo si sarebbero separati per andare al college, e aspettavano impazienti l'arrivo di Sam, non solo perché erano molto affamati ma anche perché quello era il giorno in cui Sam avrebbe detto a sua madre che era transessuale, e non vedevano l'ora di sapere come Candy Rae Gibson avesse reagito.

«Eccolo che arriva!» disse Mo quando intravide Sam attraverso la vetrata del ristorante. «Oh cielo, sono così nervosa di sapere com'è andata! Mi sento come se avessi fatto coming out anch'io!»

«Solo tu puoi reagire così» ridacchiò Joey.

Sam entrò nel ristorante e si sedette al tavolo. I suoi amici non stavano più nella pelle, e senza salutarlo nemmeno chiesero subito tutti i dettagli.

«Allora?» domandò Topher.

«*Allooora...*» esordì Sam, e tutti i suoi amici si fecero più vicini. «In realtà è andata meglio di quanto mi aspettassi.»

«È fantastico!» esclamò Joey.

«Non fraintendetemi, ci sono state molte lacrime» raccontò Sam. «Ma tutto sommato Candy Rae Gibson l'ha presa abbastanza bene. Non ho dovuto spiegarle che cosa volesse dire transessuale per esempio, il che è stato positivo. A quanto pare c'era un personaggio transessuale nella stagione scorsa di *Grey's Anatomy* e così mia madre pensa di essere un'esperta in materia. Ma mi ha fatto lo stesso molte domande: se ha niente a che fare con lei, se sono transessuale perché ha fallito nel suo compito di madre, se c'è stato qualcosa che avrebbe potuto fare diversamente e bla bla bla. Ma una volta che le ho assicurato che non aveva niente a che fare con lei, ha gestito bene il resto della conversazione. In realtà, forse fin troppo bene: mi ha costretto ad ascoltare *Born This Way* di Lady Gaga insieme a lei per sei volte di fila.»

«Sam, sono così felice per te!» disse Mo dandogli un forte abbraccio. «Hai avuto paura di questo giorno per tutta la vita!»

«Già, ci si sente bene a poter essere sinceri con tutti» disse Sam. «Le ho spiegato della clinica che ho trovato a Providence, in cui ho in programma di cominciare la terapia ormonale. Mi ha chiesto se può venire anche lei per farsi un giro di estrogeni, e le ho dovuto spiegare che non è come andare dall'estetista.»

Joey era felicissimo per l'amico, ma non riuscì a nascondere la tristezza che aveva negli occhi.

«Joey, tutto bene?» domandò Sam.

«Sì, benissimo» disse. «Sono così felice per te, Sam. Vorrei solo che fosse così facile anche per me, capisci?»

«Non hai più parlato con tuo padre?» domandò Mo.

«Nemmeno una parola» disse Joey. «Ma sono andato a pranzo con mia madre un giorno sì e uno no. È così melodrammatica, indossa sempre occhiali da sole e un velo in modo che nessuno della chiesa la possa riconoscere. Devo continuare a ricordarle che sono gay e non un terrorista.»

«So che è stato difficile quando tuo padre ti ha detto di andartene, ma è stato bellissimo averti in casa mia» disse Topher. «Joey è stato un grande aiuto per me e mia madre: ci ha dato una mano con Billy e ogni weekend ci ha cucinato i migliori pancake del mondo. Ieri mia madre ne ha parlato come fosse figlio suo, e non si è nemmeno corretta.»

«Non potrò mai ringraziarti abbastanza per avermi ospitato» disse Joey. «È stato come essere in vacanza. Sceglierei Billy ogni giorno, in cambio di quei barbari con cui vivevo.»

Anche se erano seduti davanti a lei, Mo diede un colpetto al suo bicchiere con un cucchiaio per attirare l'attenzione degli amici.

«Anch'io ho un piccolo annuncio da fare» dichiarò.

«Oggi sono riuscita a convincere mio padre a darmi i soldi per andare alla Columbia.»

«È fantastico!» esclamò Sam. «Come hai fatto?»

«La compassione non sembrava funzionare, e così ho optato per un metodo diverso... Il ricatto!» spiegò Mo con entusiasmo. «Gli ho detto che se non avesse sganciato, da anziano l'avrei messo nella casa di riposo peggiore che fossi riuscita a trovare. Ha funzionato.»

Tutti scoppiarono a ridere e le batterono il cinque.

«Ottimo lavoro, Mo!» disse Topher.

«Sai essere terrificante quando vuoi» disse Joey.

Mo gli rivolse un ghigno che svanì rapido quando le venne in mente un pensiero triste.

«Sapete, è stato grazie a Cash che ho trovato il coraggio per farlo» disse. «L'ho pensato molto stamattina. Ci pensate che è già passato un mese dalla sua morte?»

«Non riesco ancora a crederci... Nulla di quel viaggio mi sembra reale» disse Sam. «È stato la Mary Poppins peggiore del mondo. Un giorno è piombato nelle nostre vite, ci ha convinto a fare delle cose terribili e in qualche modo è riuscito a cambiare in meglio l'esistenza di tutti noi. Sono andato con mia madre dalla medium da cui si fa leggere il futuro, in caso lo spirito di Cash avesse qualcosa da dirci.»

«E si è fatto sentire?» domandò Topher.

«All'inizio no» spiegò Sam. «Così ho chiesto a Madame Beauffont, la medium si chiama così, di mettersi in contatto con lui. Ha ricevuto un messaggio chiaro da qualcuno, e credo che sia stato lui.»

Gli amici rimasero con il fiato sospeso.

«E allora?» domandò Joey. «Che ha detto?»

«*Andate via! Mi sto scopando Marilyn Monroe*» disse Sam.

Scoppiarono tutti a ridere così forte che misero a disagio gli altri clienti del ristorante. Bastò quella semplice frase volgare perché nessuno di loro avesse più alcun dubbio sull'esistenza dell'aldilà. Solo il vero Cash avrebbe potuto fare un commento del genere.

«Non per tirarvi giù di morale, ma qualcuno ha per caso guardato il funerale di Cash oggi?» domandò Mo.

«Perché hanno aspettato un mese intero prima di celebrarlo?» domandò Topher.

«Perché è stato sponsorizzato dalla Canon e la loro nuova macchina fotografica esce questa settimana» disse Mo. «L'ho guardato fino a quando Damien Zimmer ha fatto l'elogio funebre, poi ho dovuto spegnere. È stata un'ottima mossa, perché a quanto pare subito dopo Kylie Trig ha cantato *Wind Beneath My Wings*.»

«Sembra più l'esecuzione di Cash che il suo funerale» disse Joey. «Come può la stessa persona che ha indetto uno sciopero della fame mondiale quando *Wiz Kids* è stato cancellato cantare al funerale dell'attore principale? E poi non è nemmeno capace!»

«Non ho visto nessun video, ma ho visto le foto»

disse Sam. «E mi dispiace dirlo, ma è davvero pacchiano mettere un tappeto rosso a un funerale. E Amy Evans doveva per forza indossare quel cappello tipo Pharrell? È stata così irrispettosa.»

Tutti annuirono.

«Il mercoledì sera non sarà più lo stesso» disse Topher. «Forse dovremmo collegarci lo stesso e guardare un'altra serie, magari *Doctor Who* o *Supernatural.* Forse possiamo convincere anche Huda e Davi!»

«È un'ottima idea» disse Mo. «E non ti dimenticare che abbiamo in programma di andare tutti da Sam a Rhode Island per il Ringraziamento, e poi di tornare qui a Natale, e di passare le vacanze di primavera a New York da me.»

«Sono così felice che tu abbia deciso di studiare a Downers Grove, Joey» disse Sam. «L'Oklahoma non sarebbe stato un posto molto divertente in cui passare le vacanze.»

«Sì, sono contento anch'io di rimanere qui» disse Joey. «Dopo la laurea triennale io e Topher ci trasferiremo in qualche posto più vivace. Magari sulla East Coast vicino a voi, in modo che vederci per le vacanze sia più facile.»

Topher guardò i suoi amici e sorrise. Avevano mantenuto la promessa fatta a Cash e avevano fatto grandi passi avanti nell'ultimo mese. Sperava che ovunque fosse l'attore, li stesse guardando sentendosi molto fiero di loro. Non rimase assorto nei suoi pensieri molto a lungo, perché venne interrotto dalla vibrazione del telefonino che aveva in tasca.

«Mi sta chiamando un numero con prefisso 323» disse Topher. «Sapete da dove proviene?»

«Credo sia Los Angeles» disse Mo.

«Pronto?»

«Pronto, parlo con Christopher Collins?» disse l'uomo al telefono.

«Sì, chi parla?» domandò Topher.

«Sono felice di essere finalmente riuscito a mettermi in contatto con lei, signor Collins. La stavo cercando da qualche settimana. Mi chiamo Carl Weinstock, ero l'avvocato di Cash Carter.»

«Buonasera, signor Weinstock» disse Topher, poi coprì il microfono del telefono per spiegare ai suoi amici chi era, perché sembravano molto curiosi. «È l'avvocato di Cash.»

«E che cosa vuole?» sussurrò Joey.

Topher fece spallucce. «Che cosa posso fare per lei?»

«Spero di non disturbare» disse il signor Weinstock. «Sono l'esecutore testamentario del signor Carter, e devo finire di distribuire i suoi beni prima della fine della settimana. Ha lasciato un fondo fiduciario a suo nome: se riuscissi a prendere un volo per Chicago domani, avrebbe tempo di incontrarmi?»

«Certamente» disse Topher, poi lanciò un'occhiata ai suoi amici. «*Cash mi ha lasciato qualcosa nel testamento.*»

«Fortunato!» esclamò Sam.

«È per caso in contatto con il signor Joseph Davis, la signorina Samantha Gibson e la signorina Moriko Ishikawa?» domandò il signor Weinstock.

«Sono seduti tutti e tre davanti a me» disse Topher.

«Che cosa vuole da noi?» chiese Mo a bassa voce.

«Fantastico!» disse il signor Weinstock. «Il signor Carter ha lasciato fondi anche per loro. Potrebbero accompagnarla domani, se riuscissimo a trovare un momento nella giornata che vada bene per tutti?»

«Glielo chiedo subito» disse Topher. «Sam, a che ora ti devo portare all'aeroporto domani?»

«Non prima delle quattro» rispose.

Topher gli fece ok con il pollice. «Siamo liberi fino alle tre del pomeriggio» disse al telefono.

«Ottimo» rispose il signor Weinstock. «Stasera prenoto il volo. Uno dei miei soci lavora a Chicago e ci lascerà usare la sua sala riunioni. Vi farò sapere l'orario e l'indirizzo domani, una volta confermato.»

«Va bene» disse Topher. «Ci vediamo domani.»

Topher riagganciò. I suoi amici lo stavano fissando come se avessero appena guardato un film di Hitchcock senza audio.

«Di cosa avete parlato?» domandò Mo.

«A quanto pare Cash ha pensato a *tutti* nel testamento» disse. «Incontreremo il suo avvocato domani a Chicago, e ci darà quello che ci ha lasciato.»

«Wow» disse Sam. «Chissà cos'è.»

«Spero che non sia altra di quell'erba che ci ha fatto fumare» disse Mo.

Alle dieci del mattino del giorno dopo Topher ricevette un messaggio da Carl Weinstock con l'orario e l'indirizzo dell'appuntamento. Topher inoltrò il messaggio agli altri e alle due il gruppo di amici si ritrovò al ventitreesimo piano di un grattacielo nel centro di Chicago. Era la sede dello studio legale Meredith Brown & Associates, e la ragazza della reception li condusse fino a una grande e intimidatoria sala riunioni. Carl Weinstock li stava aspettando seduto, con una valigetta aperta sul tavolo. Era un uomo basso e robusto con dei folti baffi.

«Grazie mille per aver accettato di incontrarmi all'ultimo momento» disse dando loro la mano. «Perché non vi sedete, prometto che sarò breve.»

Topher, Joey, Sam e Mo si sedettero di fronte all'avvocato, che passò a ciascuno di loro una cartelletta con il loro nome scritto in copertina.

«Prima di tutto lasciate che vi dica quanto sono addolorato» disse Carl. «Ho lavorato con Cash da quando aveva dodici anni, e potete capire quanto difficile sia stato questo momento per me e il mio studio. Poco prima di morire Cash ha messo da parte dei fondi per aiutare ciascuno di voi a pagarsi gli studi. Aprite e date un'occhiata.»

Ognuno aprì la propria cartelletta e rimase sbalordito alla vista dell'assurda quantità di soldi che l'attore aveva deciso di donargli.

«Cazzarola» esclamò Joey.

«Questo... questo... è per noi?» domandò Sam.

«Sì» disse Carl. «Il signor Carter non era sicuro di quanto costassero i corsi che avete scelto, dato che avevate tutti in programma di frequentare università diverse, ma voleva lasciarvi abbastanza denaro da non dovervi preoccupare.»

«Dove pensava che saremmo andati a studiare?» disse Mo. «A Buckingham Palace?»

«Ci sono almeno tre zeri in più di quanto mi servirà mai» disse Topher.

«E c'è altro» disse Carl.

I teenager voltarono pagina e scoprirono una seconda generosa eredità che l'attore aveva lasciato loro.

«Come potete vedere, il secondo documento è più preciso e si riferisce ai vostri bisogni individuali» disse Carl. «Signor Davis, Cash le ha lasciato il suo appartamento nella Upper East Side a Manhattan, se mai le venisse voglia di studiare recitazione a New York. Signorina Ishikawa, Cash le ha lasciato i diritti ufficiali per la sua biografia, nel caso le passasse per la mente di mettersi a scriverne una. E per il signor Collins e la signorina Gibson, Cash ha lasciato un fondo aggiuntivo ciascuno. A lei, signor Collins, spetta il Fondo Billy Trust, e contiene una somma sufficiente ad assumere un aiuto a tempo pieno per suo fratello, in modo che lei si possa dedicare agli studi. Signorina Gibson, Cash non ha lasciato alcuna indicazione su come usare il suo, che ha chiamato Fondo per il Cambiamento.»

Dopo tutte le sorprese di quell'estate, gli amici di Downers Grove non pensavano che potesse ancora esserci qualcosa capace di spiazzarli. Tuttavia i quattro tenevano lo sguardo fisso sui documenti, con gli occhi sgranati e la bocca spalancata: non erano abituati alle belle sorprese.

«Noto che siete tutti abbastanza stupefatti» disse Carl. «Vi lascio da soli un momento mentre assorbite tutte queste informazioni. Se avete domande, mi trovate qui fuori.»

L'avvocato uscì per dar loro qualche minuto di privacy. Ci volle un po' prima che Topher, Joey, Sam e Mo realizzassero che non stavano sognando, e ancora di più prima che trovassero le parole per dire qualcosa.

«Cazzarola» esclamò Joey di nuovo, come se non avesse nessun'altra parola nel proprio vocabolario.

«Possiamo davvero accettare tutto questo?» domandò Sam.

«Certo che possiamo» disse Joey. «Se non lo facessimo probabilmente finirebbe tutto in tasse o roba del genere, vero Topher? *Topher?*»

«Scusate, sono solo sbalordito» disse. «Non mi sarei mai aspettato che Cash facesse qualcosa del genere per noi. E tu, Mo? Sei tu la creativa del gruppo. Avresti mai immaginato che potesse accadere una cosa del genere?»

Nonostante la sua fervida immaginazione, Mo era scioccata quanto gli altri. L'aspirante scrittrice sentì che lei e i suoi amici stavano vivendo un incredibile lieto fine, come fossero alla pagina finale di una delle sue storie strampalate.

«Assolutamente no» disse. «Non m'importa di quello che ha detto Cash il primo giorno in macchina. Tutto quello che ci è successo quest'estate, be'... È stato... *altro che fanfiction.*»

NOTA DELL'AUTORE

Altro che fanfiction è la storia di cinque giovani adulti che devono affrontare sfide sociali uniche. In questo libro sono trattati diversi argomenti delicati, nella speranza di dare ai lettori che hanno sofferto di problemi simili conforto e speranza, e agli altri consapevolezza e comprensione.

Tuttavia, per far procedere la storia nella maniera migliore, ogni tanto le opinioni e le scelte dei personaggi possono essere errate. Vi prego di non prendere le loro azioni come generalizzazioni o esempi da seguire, ma come sbagli e successi di cinque persone normali.

E se siete genitori, vi garantisco che i vostri figli conoscevano già tutte le parolacce contenute nel libro...

RINGRAZIAMENTI

Vorrei ringraziare Rob Weisbach, Avina Ling, Alla Plotkin, Melanie Chang, Megan Tingley, Derek Kroeger, Will Sherrod, Heather Manzutto, Rachel Karten, Nikki Garcia, Jerry Maybrook, Joey Garcia, Kheryn Callender, Collyn Dungey, Fox Benwell, Jen Graham, Karina Granda, Ruiko Tokunaga e tutti i miei amici e la mia famiglia.

E, ovviamente, ringrazio tutti gli autori di fanfiction che nei loro romanzi hanno raccontato di me e della mia immagine. Grazie per l'ispirazione... E per avermi descritto con gli addominali scolpiti.

INDICE

Finito di stampare nel mese di settembre 2017
presso Grafica Veneta S.p.A.
Via Malcanton, 2 – Trebaseleghe (PD)

Rizzoli
LIBRI

ISBN 978-88-17-09645-4